LAIA T. GICH

EL REINO DE LA CÚPULA I
LA CORTE MECÁNICA

Platero
COOLBOOKS

Título: El reino de la Cúpula I. La corte mecánica
Primera edición: marzo, 2025
© 2025, del texto e imagen de portada Laia T. Gich.
© 2025, de la edición, maquetación y diseño Platero CoolBooks.
© Platero Editorial S.L.
Glorieta Fernando Quiñones s/n .
Edif. Centris, planta 2, módulo 10. 41940 Tomares (Sevilla)
info@plateroeditorial.es
www.plateroeditorial.es
Diseño de cubierta: Platero Coolbooks.
Ilustración de portada por Anna Cánovas León, @cannovass_
Printed in Spain-Impreso en España
ISBN: 978-84-10062-96-2

Para los lectores que no se conforman con vivir una sola vida y, como yo, se refugian en los libros, donde son verdaderamente libres.

ÍNDICE

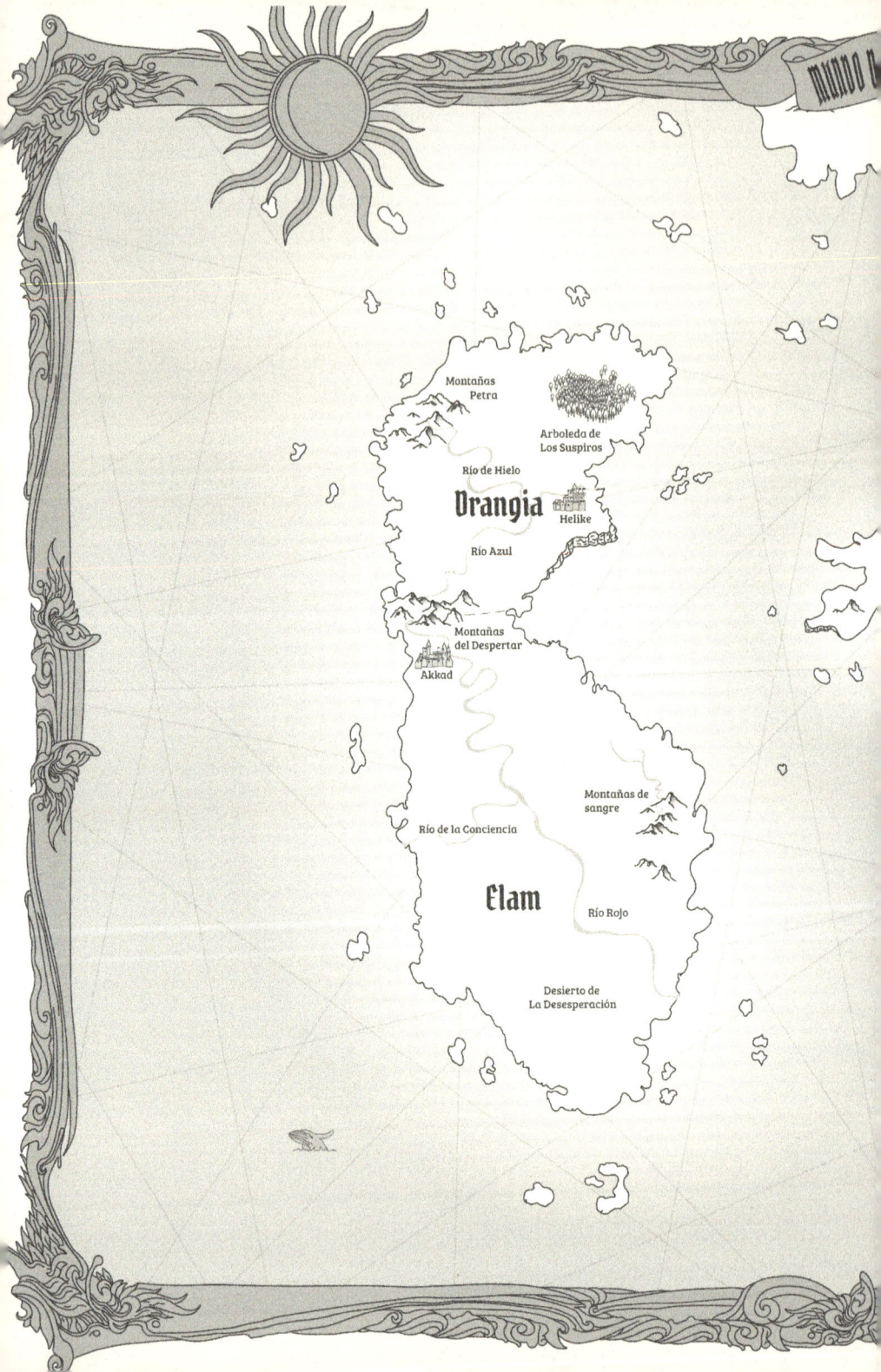

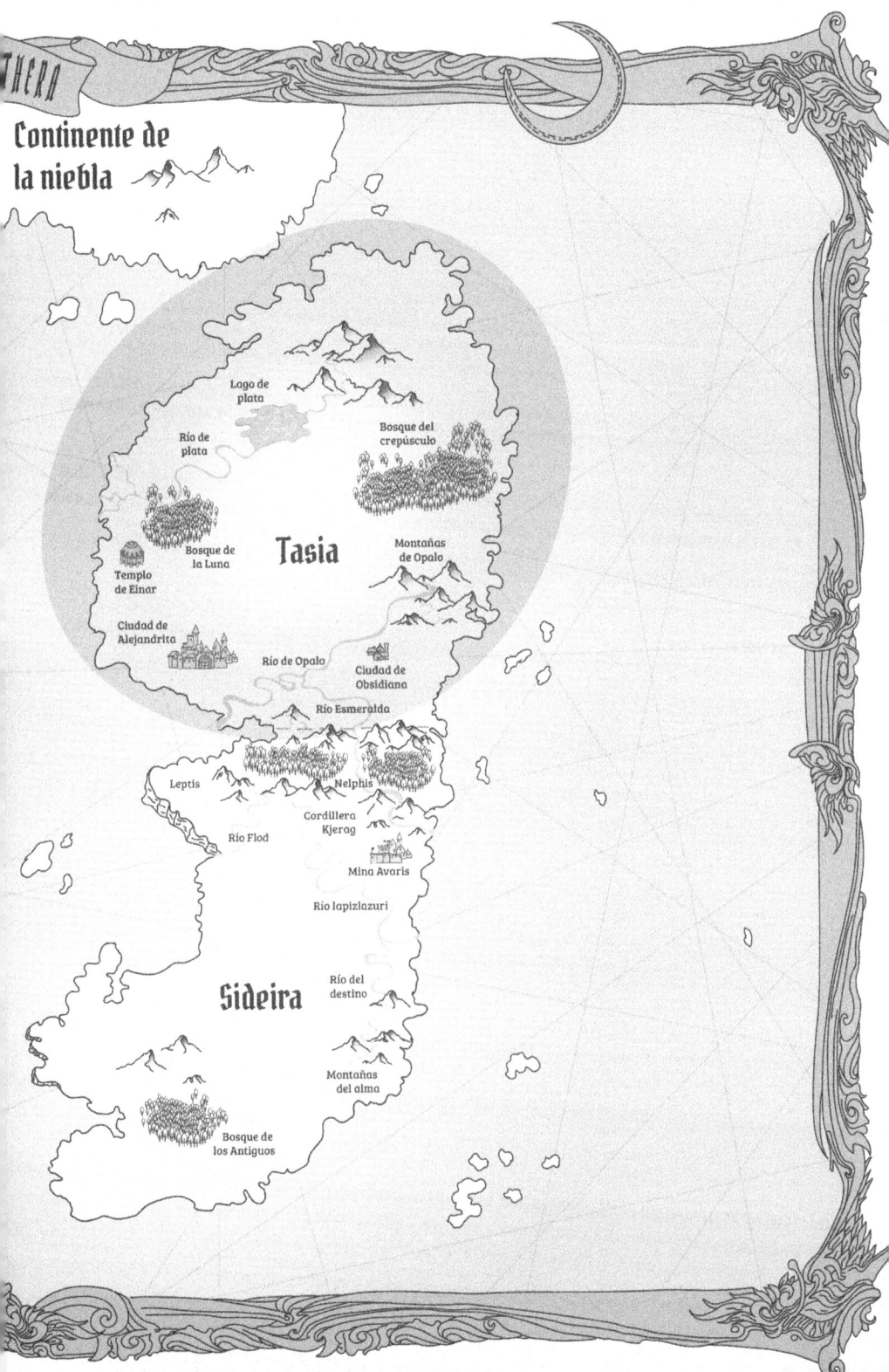

CAPÍTULO 1

ALISH

Pertenezco a la nación soberana de Tasia, cuna de la magia. Mi pueblo es inmortal, pero esa inmortalidad no nos salvó de la esclavitud. Durante siglos, nuestra nación vecina, el Imperio sideira, secuestró y esclavizó a mi gente, todo para extraer la energía mágica de nuestros cuerpos y alimentar sus máquinas, fueron muy pocos los que sobrevivieron a esa tortura y muchos de ellos no se recuperaron. Pero todo cambió cuando una niebla cubrió el continente, trayendo consigo enfermedades y monstruos. En un gesto desesperado, el padre de mi abuelo convocó a todos los habitantes de nuestra patria para conjurar un enorme escudo que disipara la niebla de nuestro reino; así nació lo que llamamos la Cúpula, durante más de diez mil años nos ha traído paz, pero también aislamiento de las demás naciones.

Durante esos diez mil años, cuando los jóvenes tasianos llegan a la mayoría de edad son convocados para ceder parte de su energía vital durante cien años a la barrera mágica. Un pequeño precio para la seguridad colectiva.

¿Y quién soy yo? Soy Alish, hija del rey Eamon y la reina Tafne. Hasta hace solo unas semanas, era la segunda en la línea de sucesión, pero mi hermano Galván fue asesinado durante las negociaciones de paz, ahora la pesada corona recae sobre mi cabeza. Yo no era nadie, una rata de biblioteca escondida cada día entre libros polvorientos para intentar evitar a mi madre. Galván era el único que me comprendía, y ahora ya no estaba.

—¿Aún no estás lista? —preguntó mi madre, irrumpiendo en la

habitación sin permiso. Solo pude dedicarle una mueca de desprecio ante tal invasión de mi privacidad—. No me mires de esa manera, el cuerpo de Galván ya está preparado y, para desgracia de todos nosotros, tú deberás sustituirlo.

Todavía escuchaba las palabras de mi hermano en mi cabeza cuando mi madre me hablaba de esa manera: «No la escuches, Alish. Eres extraordinaria, pero todavía no te has dado cuenta de ello. No le muestres nunca lo mucho que te duelen sus palabras porque entonces te tendrá en su poder».

—¿Vas a llevar ese vestido?

—Sí, Galván me lo regaló, era su favorito —solo le respondí eso, mientras acababa de arreglar el fino vestido de gasa negra con diminutas estrellas tejidas con hilo de plata y me ponía la tiara que me había cedido mi abuela antes de dormirse.

Mi madre me volvió a mirar de arriba abajo. Los tasianos no vestíamos de negro en los funerales, sino de plateado, que simbolizaba la sangre de Einar, nuestro dios padre. Aunque yo creía que mostraban las cenizas en las que nos convertían y esparcían a lo largo de la frontera. Lo hacían porque incluso en la muerte quedaba un reducto de magia que podía ser cedido a la Cúpula.

—Cámbiate —me ordenó con voz gélida.

—No —le respondió mi padre en el mismo tono que ella había empleado conmigo—. Galván querría que llevara ese vestido.

—Mi hijo está muerto.

—No te olvides de que también era mi hijo y su hermano. —Mi padre pocas veces alzaba la voz, pero cuando lo hacía el palacio retumbaba, pues estaba en sintonía con su magia—. Y si Alish quiere demostrar el último respeto a su hermano de esa manera, es libre de hacer lo que quiera.

—Tú mataste a nuestro hijo enviándolo a Sideira. —Mi madre intentó abofetear a mi padre, pero este le cogió la muñeca antes de que su mano impactara contra su mejilla.

—Tafne —gruñó—, te olvidas muy fácilmente de quién es el soberano aquí. ¡Nunca!, nunca vuelvas a levantarme la mano y nunca vuelvas a dirigirle la palabra así a nuestra hija. Ella es la heredera al trono y, tan pronto ella ocupe mi sitio, espero que te eche a patadas de este palacio.

Mi madre salió de la habitación a trompicones sujetándose la muñeca por donde la había cogido mi padre, luego él posó sus ojos en mí y el pulso de energía mágica que había estado sintiendo desde que mi madre lo intentó abofetear desapareció.

—Siento que hayas presenciado esto, Alish —me dijo acercándose a mí con cautela, a veces olvidaba lo poderoso que era—, no me tengas miedo.

—No, no te tengo miedo, papá —le respondí acercándome a él y abrazándolo fuertemente por la cintura—, echo de menos a Galván.

—Yo también —admitió con un susurro—. Estás preciosa, hija, tu hermano estaría encantado de verte así, una reina. No lo olvides nunca, tú eres el futuro de Tasia, sé que estás escondiendo tu potencial mágico por miedo. No lo hagas, te haces un flaco favor a ti misma. Galván sabía que eras más poderosa que él, por eso intentó enseñarte todo lo que pudo, siento no haber hecho lo mismo.

Miré hacia un lado, siempre había estado sola. Mi madre se desentendió de mí cuando nací porque las *matronae* dijeron que era débil y mi padre estaba demasiado concentrado en educar a Galván como para hacer lo mismo conmigo. Así que mi abuela Brunilda me había cobijado bajo su ala. Fue ella quien se dio cuenta de que las *matronae* habían mentido o fallado en su veredicto, así que me instruyó en secreto, trajo a tutores y profesoras de todo el reino para prepararme.

—No pasa nada, papá. —Pero sí pasaba, me dolía que durante casi ochenta años no me hubiera puesto los ojos encima o preguntado cómo estaba y sentía. Desde que dejé de ser una niña ya nunca pasó tiempo conmigo, pero ahora debía hacerlo, tenía que prepararme para un deber para el cual no me sentía preparada.

—Ven, vamos a dedicarle el último adiós a tu hermano. —Me puso el brazo entre el suyo y descendimos la gran escalinata para dirigirnos al templo de Einar.

El cuerpo de mi hermano descansaba en un carro de oro, adornado con flores de medianoche. Nadie lo sabía, pero esas flores eran sus favoritas, decía que le recordaban el cielo estrellado. Vestía la armadura ceremonial de mi familia, una armadura completa de auricalco, tan brillante que parecía que el mismísimo sol había entrado en el edificio. El casco reposaba entre sus piernas mientras sostenía su espada de metal lunar entre las manos. Su cara mostraba serenidad y paz, no parecía él. Galván siempre había sido jovial, con una mirada pícara y una sonrisa se encendía a toda jovencita que pasara por su lado.

—¿Dónde está la daga de los primogénitos? —preguntó mi madre con voz chillona.

—La tiene Alish, Galván se la dio antes de ir a Sideira —le respondió mi padre.

—Debe tenerla él.

—Si el príncipe se desprendió de ella, debe tenerla la princesa —dijo una de las sacerdotisas de Einar que acompañaba el carro fúnebre.

—Pero ella no es la primogénita.

—Ningún tasiano se desprende de ella, salvo que el dios padre le guíe para hacerlo. —La sacerdotisa miraba a mi madre directamente a los ojos—. Ni siquiera la realeza, los primeros hijos, está por encima de los designios de dios padre.

Después de esas palabras, la sacerdotisa se dirigió hacia mí y me dedicó una reverencia.

—Que el regalo que fue entregado libremente te proteja, princesa.

—Gracias —le respondí con la daga entre mis manos, la había sacado de mi ceñidor cuando mi madre había empezado a chillar como una loca.

Mi madre pasó delante de nosotros dirigiéndonos una mirada fría y envió un pulso mágico hacia mí que me hizo perder el equilibrio momentáneamente. No entendía cómo me odiaba tanto. Mi padre simplemente la ignoró y nos hizo subir al carruaje que nos llevaría al templo.

El templo de Einar era una maravilla, las piedras de mármol blanco se entrelazaban con las ramas de los árboles, haciendo que casi pareciera que no había paredes en él y que simplemente era un arco de un bosque muy antiguo. Pero en esta ocasión había sido adornado con las mismas flores que cubrían el carruaje de mi hermano. Mientras entrabamos en el templo, la gente murmuraba sobre la muerte de Galván o mi elección de vestido, pero mi padre tiró de mí hasta llevarnos al centro del ábside.

—Oh, dios padre —dijo la sacerdotisa suprema—, acoge a tu hijo Galván en el salón de los héroes, él, que nos ha dejado demasiado joven y no ha podido servirte en tu tierra, que lo haga entre los salones de tus dominios.

—Que así sea —respondimos todos a la vez.

Pero yo solo podía pedir al dios padre que cuidara de él, que cuidara de mi hermano, como él había hecho conmigo. Y si en su infinita misericordia lo consideraba apto para renacer, volviéramos a encontrarnos.

Einar era el que nos había hecho abandonar nuestra forma mortal como recompensa por nuestro valor durante las Guerras Oscuras, él era el padre de todo, toda vida procedía de él, al igual que era el dueño de la resurrección y la reencarnación de las almas, él valoraba si un alma todavía tenía un propósito que cumplir en este mundo o si era merecedor de servirle en los vastos territorios del otro reino.

Cuando acabaron los ritos públicos y todos los presentes hubieron presentado sus respetos, se cerraron las puertas del templo.

—Aun en la muerte hay deber —dijo uno de los sacerdotes—, aun en la muerte hay esperanza, aun en la muerte hay protección. Que tus cenizas, Galván Freyasson, protejan a aquellos que amabas y a los que juraste proteger.

Mi padre hizo una señal a los sacerdotes para que empezaran con el último rito.

—Un momento, por favor —supliqué y me acerqué a mi hermano, le besé en la frente y me quité un fino colgante de oro, que representaba una luna, y lo uní al suyo, que era un sol—, aunque estemos separados, que mi cariño siempre vaya contigo, como la luna sigue al sol.

Volví a colocarme al lado de mi padre y este me dio la mano antes de volver a dar permiso para que empezara el último rito.

—Que el fuego de Pyre, amante y esposa de Einar, nuestro dios padre, te consuma y libere de tus vestiduras mortales. —La Sacerdotisa Suprema envió una llamarada al cuerpo de Galván reduciéndolo a cenizas en cuestión de minutos.

No lloré en ningún momento, no mostraría a nadie lo afectada que estaba. Él me lo había hecho prometer una vez, cuando todo el mundo pensaba que era un lastre para mi familia, cumpliría mi promesa.

Más tarde, en la soledad de mi habitación, me derrumbé, dejé que todo el dolor se apoderara de mí y el palacio tembló, tembló ante mi grito silencioso. El temblor se extendió a toda la ciudad y fue mi única muestra al mundo de que me habían arrebatado a la única persona que realmente me quería.

CAPÍTULO 2

ALISH

Las cenizas de Galván se enviaron a todos los bastiones que recorrían la frontera, incluso se arrojaron al mar. Porque incluso en la muerte debíamos continuar sirviendo.

Los días siguientes fueron frenéticos, la corte se había sumido en el caos. Exceptuando a los amigos de mi hermano, nadie me había dado el pésame por su muerte, nadie me había preguntado cómo me sentí al respeto, al contrario, fuera donde fuera se escuchaban murmullos sobre lo poco capacitada que estaba para subir al trono, incluso había escuchado una conversación de mi tío con mi padre donde se le instaba a que uno de sus hijos se casara conmigo para no devaluar el poder de la sangre de Einar. Lo peor es que mi madre apoyaba esa idea, nunca me había sentido tan insultada en toda mi existencia. Me encerré en mi habitación durante dos días sin apenas tocar la comida, tenía un nudo en el estómago que me impedía tragar cualquier cosa que no fuera un caldo. Al final, mi padre vino a mi encuentro, una de las sirvientas, desobedeciendo a la camarera real, le contó el estado en que me encontraba.

—Alish. —Levanté la vista de mis manos hacia mi padre—. Me han dicho que no comes y que no has salido de la habitación. —Se sentó en la cama y me agarró la mano—. ¿Qué ocurre, hija?

—Escuché la conversación que tuvieron mamá y el tío Haakon contigo, sobre que me casara para no diluir el poder mágico de Einar...

Mi padre suspiró ruidosamente y me levantó el mentón para que no apartara la vista de sus ojos.

—Yo nunca te obligaré a nada parecido, el amor, hija, es una cosa muy preciada y me gustaría que lo conocieras. —Me dedicó una sonrisa triste que no supe interpretar—. Tu sangre es la que marca nuestro linaje, si no quieres casarte con ningún compañero, no lo hagas, escoge a alguien que te guste y... —Mi padre hizo una pausa y se sonrojó.

—¿Me estás sugiriendo que tenga relaciones sexuales para engendrar un heredero? —pregunté ofendida.

—Bueno, dicho así queda un poco feo. A lo que me refiero es que no necesitas un consorte si no lo quieres. Y si quieres a alguien a tu lado, no tiene por qué llevar el mando, tú serás la única gobernante, no tienes por qué otorgarle el título de rey, a no ser que tú quieras y se lo merezca. —Hizo una pausa, parecía evaluar sus palabras antes de decirlas—. Cualquier hijo tuyo será considerado hijo legítimo por proceder de ti, en la antigüedad, solo la línea materna se consideraba regente, pero durante seis generaciones solo han nacido varones y la ley cambió, por eso a tu hermano se lo considero príncipe heredero aunque tú nacieras, aunque supongo que si hubieras querido el trono lo hubieras conseguido sin ningún problema.

—Yo nunca le hubiera arrebatado el trono a Galván.

—Lo sé, ahora vístete y ven a comer conmigo. —Su padre se levantó y abrió las ventanas—. Si quieres podemos ir al puerto, a aquel local de pescado asado que te gustaba de pequeña. ¿Todavía te gustan las gambas?

Asentí con la cabeza con tristeza, hacía más de cincuenta años que mi padre había salido a comer conmigo y tenía la extraña sensación que lo hacía porque no quedaba nadie más.

Después de las dos semanas de luto que marcaba la ley de Einar, empezaron los preparativos para mi juramento, la ceremonia del despertar, eso me convertiría oficialmente en la heredera al trono.

Mi padre me hizo preparar la corona de la última reina de Tasia. Habían pasado varias generaciones desde que una reina gobernó por sí misma y me hizo confeccionar varios vestidos acordes al diseño de la corona.

En la ceremonia del despertar se desatarían mis poderes, o al menos eso decían las sacerdotisas. Einar tocaría mi mente y yo despertaría al mundo. Pero no creía que eso fuera posible, había pasado cien años escuchando que era una vergüenza para la casa Freyasson. ¿Y si fracasaba en este cometido? ¿Qué harían conmigo si no era digna?

—Hija, ¿qué te ocurre? Está temblando el palacio. —Mi padre me miró con preocupación—. Cualquier jovencita estaría encantada con esta atención.

—No, no he asistido a ningún evento sola, ¿recuerdas? —le respondí con amargura—. Galván era el único que se acordaba de que yo existía.

—Eso no puede ser posible.

—¿Nunca te diste cuenta de que mamá se las arreglaba para enviarme lejos? Las hijas de tía Yilda se aseguraban de que cualquier chico que quisiera acercarse a mí saliera despavorido, solo los amigos de Galván me hacían compañía. —Yo solía llamarlos el cuarteto rompecorazones, no había muchachos más hermosos en Ciudad Alejandrita, y dudaba de que alguien en toda Tasia pudiera hacerles sombra. Galván, Lech, Gerd y Klaus habían sido mi única compañía durante esos años, Klaus fue algo más para mí, aunque al final la relación no cuajó. Fueron los únicos que se preocuparon por mí después de la muerte de mi hermano y sé que, si algún día necesitara ayuda, ellos acudirían sin preguntar.

—Debí protegerte. —Una mezcla de tristeza y furia cruzó su mirada.

—La abuela lo hizo por ti. —No quería hablarle mal a mi padre, pero era realmente frustrante que nadie hubiera notado mi infelicidad.

—Lo siento, Alish, de verdad que lo siento.

—No se puede cambiar el pasado, centrémonos en lo que tenemos entre manos. No tengo ganas de volver a revivir mis años de soledad, para suerte de todo el mundo, cuando termine la ceremonia empezará mi guardia.

Me giré hacia los vestidos y me fijé en uno azul cobalto bordado con hilo de plata, tenía una larga cola de gasa con pequeños cristales, parecía la extensión del cielo cuando empieza a amanecer.

—Quiero llevar este para la ceremonia de mañana.

—Estarás preciosa con él, Alish, aunque tú estarías bonita incluso vestida con un saco. —Le hice una mueca ante tal comentario—. No me mires así, eres muy bonita.

—Mamá discreparía contigo, al igual que toda la corte…

—Tu madre tiene envidia de lo que representas en el gobierno, ella nunca ostentará el mismo poder que tú. Ella es mi consorte, en ti corre la misma sangre que Einar.

—¿Por qué te casaste con ella? Nunca os habéis soportado.

—Estuve muy enamorado de ella, cuando nos conocimos no era así. Era curiosa, amable y divertida. Cuando aceptó casarse conmigo pensé que Einar me había bendecido, todo cambió cuando nació tu hermano. Se convirtió en lo que es hoy en día. —Estaba segura de que para él tenía que ser duro contarme todo aquello, hasta aquel momento no me había atrevido a preguntar—. Tras tu nacimiento, pasaron cosas…

—¿Qué cosas?

—No quiero hablar de ello ahora, Alish, entiende que para mí es duro rememorar lo que pasó. Te prometo que antes de sumirme en el Sueño, te contaré toda la historia.

—¿Fue mi culpa? —pregunté abrazándome a mí misma.

—¡¿Qué?! —Tomó mi cara entre sus manos y me obligó a mirarlo—. Nunca, nunca pienses que mi relación con tu madre acabó mal por tu culpa. Fueron otros motivos. —Luego me abrazó y acunó como hacía décadas que no lo hacía—. Debo ir al templo a preparar tu ceremonia, ¿estarás bien? Puedes venir conmigo si lo deseas.

—Estaré bien, solo quiero dormir.

—Como desees. —Me dio un beso en la frente y salió de mi habitación.

Me puse el camisón y me metí en la cama, deseaba irme a la guardia. Sería el momento de probarme a mí misma lejos de la influencia de mi madre. Puede que cuando volviera… pudiera demostrar quién era realmente sin miedo a ser juzgada.

A la mañana siguiente, las sacerdotisas vinieron a prepararme, me lavaron con el agua del manantial sagrado y me pintaron las runas de Einar por todo el cuerpo. Me ayudaron a vestirme y me colocaron la tiara de mi abuela.

—Cuando os coronen como heredera, la corona se acoplará a la tiara, vuestra abuela la hizo modificar —me contó una de las sacerdotisas.

—¿Por qué? —pregunté asombrada.

—Einar guía los pasos de nuestro pueblo, solo tenéis que aprender a escuchar sus designios. —Me miró de arriba abajo comprobando que todo estuviera como debía estar—. Estáis preciosa, princesa, una digna representante de la familia Freyasson.

—Yo no lo tengo tan claro —me quejé mientras me daba la vuelta para mirarme en el espejo—, espero que mi poder sea suficiente para ocupar mi lugar.

—¿Pensáis que no sois poderosa, niña? —me preguntó la sacerdotisa suprema entrando en la habitación—. Estáis totalmente equivocada, puedo notar el poder oculto en vuestro interior. No tengáis miedo de dejarlo salir, tenéis que mostrarnos quién sois en realidad.

—Las *matronae*...

—Las *matronae* se equivocaron —sentenció—, si estáis lista debemos irnos, dadle los zapatos a Orla, por favor, debéis hacer el viaje al templo descalza. Llegaréis magullada y sangrando, no os voy a mentir, Einar exige tenacidad y sacrificio a sus primeros hijos. No os preocupéis, tengo fe en vos, nosotras os acompañaremos durante todo el camino.

Me quité los finos zapatos y se los entregué a Orla, luego la sacerdotisa suprema me tendió la mano y empezamos a bajar las escaleras. Mis padres estaban al final, les hicimos una reverencia. Mi padre me dedicó una sonrisa, pero mi madre se dio la vuelta y subió al carruaje.

—Vamos, princesa, tenemos un largo camino que recorrer. —La sacerdotisa suprema me dio un apretón de manos y me dedicó una cálida sonrisa—. Majestad, esperadnos en el templo.

—Nos vemos allí, hija.

Salimos del palacio y la gente empezó a hacer pasillo para dejarme pasar. Las piedras del camino se clavaban en mis pies y para cuando salimos de la ciudad ya los tenía en carne viva y dejaba pequeños rastros de sangre a mi paso.

—No desfallezcáis, princesa, no les deis el gusto a todos aquellos que dudan de vos.

—Creo que me estoy volviendo loca, he dejado de notar las piedras bajo mis pies, es como si caminara sobre hierba fresca. —Miré hacia el suelo y a cada paso que daba aparecía hierba bajo mis pies.

—Veis, mi querida niña —dijo la sacerdotisa con entusiasmo—, tenéis el favor de Einar, él quiere que lleguéis al templo y subáis al poder.

Cuando llegamos a las puertas del templo, el sol casi se había puesto, yo estaba agotada, pero muy satisfecha de mí misma. No habíamos ido por el camino principal, sino que seguimos el mismo camino que siguieron mis antepasados cuando Einar los convocó por primera vez. Cuando entré, toda la corte se dio la vuelta, sentí que las mejillas me ardían ante el escrutinio de todos aquellos ojos. La sacerdotisa suprema me llevó hasta el altar de piedra, donde las demás sacerdotisas y sacerdotes me esperaban para empezar la ceremonia del despertar.

—Querido pueblo, la princesa ha pasado la primera prueba con gran determinación, Einar estará complacido de ello, ahora debemos despertar su poder para que sirva al dios padre y a su pueblo en los años venideros.

Mi padre se levantó del trono que presidía el altar y me tendió la mano para que me sentara en él.

—Estoy orgulloso de ti —me susurró—, los que no han pasado por esta prueba desconocen lo doloroso que es pasar por ese camino totalmente descalzo, ahora mira al frente, no mires a la corte y, pase lo que pase, no apartes la vista.

La sacerdotisa suprema se puso delante de mí con la corona de las reinas de Tasia en las manos, una corona que mi madre nunca llegó a poseer porque ella era consorte y no reina por derecho propio.

—Princesa Alish, aquella que lleva la sangre de Einar, portadora de luz. ¿Juráis ser la mano del dios padre en esta tierra, seguir su voluntad y designios? ¿Protegeréis a nuestro pueblo incluso de vos misma?

—Lo juro por Einar.

Las sacerdotisas me envolvieron ante la atenta mirada de la sacerdotisa suprema, levantaron las manos hacia mí y convocaron la magia presente en el templo.

—¡Oh, Einar, dios padre! —No podía apartar la vista de la sacerdotisa suprema que empezó a levantar los brazos hacia el cielo—. ¡Despierta el poder escondido de tu hija, muestra a todos aquellos que dudan de ella que es digna de ostentar el trono de Tasia y gobernar en tu nombre!

Cuando la sacerdotisa suprema acabó su ruego, un gran rayo cruzó el cielo impactando en mis pies, quedé envuelta de una luz cegadora y el templo empezó a temblar. Clavé mis dedos en el trono por miedo a caerme de él, pero no fue hasta que mi padre posó su mano en mi hombro que me di cuenta de que aquel temblor y aquella energía cegadora provenían de mi cuerpo.

—Alish, la portadora de luz, ha despertado. —La sacerdotisa Suprema se giró hacia la corte con una sonrisa en sus labios—. Inclinaos ante ella, oh, pueblo de Tasia, inclinaos ante la heredera al trono. —Se acercó a mí con la corona en las manos y la posó en mi cabeza.

Todos y cada uno de los presentes se arrodilló ante mí, solo mi padre permaneció en pie con una sonrisa en su cara. Cuando el pulso de energía se calmó, las sacerdotisas hicieron salir a todo el mundo del templo.

—Bien hecho, princesa —me felicitó la sacerdotisa suprema—. Hacía milenios que este templo no presenciaba un despertar como el vuestro. Que Einar os guíe.

Con una inclinación de cabeza, mi padre despidió a los pocos presentes que quedaban y nos volvimos a palacio. En otra ocasión se hubiera celebrado una gran fiesta en mi honor, pero ya se había retrasado mi guardia a causa de la muerte de Galván, y no se podía retrasar más por un acto social que podía celebrarse cuando terminara mi servicio.

Esa noche, durante la cena familiar, mi madre puso su punto de vista sobre la mesa una vez más, desde la muerte de mi hermano era un tema recurrente. Quería eliminar cualquier servicio de la corona a la barrera, la excusa era que la familia real estaba por encima de esas cosas.

—Eamon, no me parece bien que los miembros de la realeza participemos en la guardia, nos pone a la altura de los plebeyos y ya perdimos un hijo por culpa de los sideiros.

—Es la ley, todos los tasianos han de servir para mantener la Cúpula. Todos somos, somos todos, no hay más que hablar. Alish empezará su guardia, es mi última palabra al respecto. —Mi madre susurró algo después de la sentencia de mi padre, me pareció entender que lo llamaba algo como estúpido patán.

La cena continuó en silencio y el ambiente era cortante como una navaja.

—Hija, si ya has terminado, deberías retirarte —me dijo mi padre—, mañana empieza un gran servicio para ti y lo tendrás que compaginar con tus estudios.

—Sí, padre, ¿ya se sabe en qué puesto de guardia estaré destinada?

—Estarás cerca de Ciudad Obsidiana, el capitán Alexander ha pedido tus servicios. Él cree que estarás bien ahí. Alexander siempre ha sido un buen amigo de nuestra familia —aclaró—, fue el mentor de tu hermano y ahora será el tuyo.

Entonces mi madre se levantó de la mesa y sin mediar palabra salió del salón.

—Nunca superará la muerte de tu hermano.

Para mi madre Galván era todo su mundo, tenía grandes esperanzas puestas en él. El príncipe dorado, lo llamaba ella, la esperanza de la casa Blais para recuperar poder dentro del reino. Pero mi hermano no estaba interesado en ceder ante los deseos de mi madre, él quería poder vivir en paz, con cierta aceptación entre Sideira y nosotros, creía firmemente que una alianza sería beneficiosa para ambas naciones.

—Galván creía en la posibilidad de paz entre Sideira y nosotros, su muerte fue un duro golpe para todos.

—Para ti tampoco ha sido fácil, estabais muy unidos. No dejes que la pena te paralice, tienes un deber que cumplir. Cuando llegues a la edad de reinar yo me sumiré en el sueño y el abuelo de mi abuelo se despertará para aconsejarte durante unos años, luego se volverá a dormir y reinarás sola.

La inmortalidad se había vuelto una carga para nuestros semejantes. El sueño había sido la respuesta, no todos se sumían en él, pero la gran mayoría agradecía descansar del paso de las eras. Mi padre era uno de ellos, no tenía alguien a su lado que lo apoyara, había preparado a Galván para sucederlo y ahora debía hacerlo conmigo. Sé que para él era duro, aunque no lo quisiera reconocer. Me besó en la frente y me dirigí a mi habitación. Echaría de menos el Palacio de Diamante y Ciudad Alejandrita, en ella había nacido y vivido durante estos cien años. En mi habitación encontré la armadura ligera negra y la capa que llevaría durante las horas que durara mi servicio a la Cúpula, luego, en mis horas de descanso, podría vestirme como quisiera, aunque se me había aconsejado que no fuera nada ostentoso.

A la mañana siguiente mi padre se despidió de mí y me dirigí a Ciudad Obsidiana, eran dos días de viaje. Estaba nerviosa, dos meses atrás solo era Alish la princesa, segunda en la línea de sucesión, de mí se esperaba que fuera la consejera de mi hermano y su cara visible en el ejército, ahora era Alish la heredera al trono. Mi vida había cambiado en un abrir y cerrar de ojos, no sabía si estaría preparada para lo que se suponía que esperaban de mí.

Las miradas a mi llegada fueron cuanto menos suspicaces, las chicas me miraban con recelo y los chicos con curiosidad de una posible nueva conquista.

—Buenas tardes a todos, soy el capitán Alexander, soy vuestro oficial superior. Quién fuerais antes de llegar aquí no importa, todos servís a la Cúpula, es vuestro deber con nuestro pueblo. Se os notificarán vuestros turnos y vuestras horas de descanso. Retiraos.

El capitán me hizo un gesto para que me acercara a él.

—Princesa. Es un honor que sirváis en mi compañía.

—Por favor, capitán, no es necesario tanto protocolo. He venido aquí a lo mismo que todos ellos.

—Me alegra saber que tenéis las ideas claras, al igual que vuestro hermano. Mis sentidas condolencias por su pérdida. —El capitán parecía realmente apenado por la muerte de Galván, por lo que mi hermano me había contado de él, fue como un segundo padre mientras duró su guardia—. No solo seré vuestro oficial, sino que también seré vuestro mentor en el combate cuerpo a cuerpo. La magia es importante, pero también es bueno que sepáis empuñar un arma.

—Gracias, capitán, sois muy amable, Galván hablaba muy bien de vos. —Me dedicó una breve sonrisa que me indicó que el sentimiento era mutuo—. Entiendo, Galván me enseñó algunas cosas. Espero que mi nivel no sea muy bajo.

—Seguro que os enseñó bien, venid, la única ventaja que tenéis por ser quien sois es que no compartiréis habitación. Os aconsejo que conozcáis gente aquí, pero mejor guardar las distancias. En un futuro subiréis al trono y os tienen que ver como su gobernante, y no como una amiga a la que puedan acudir por cualquier problema banal. Se os ha puesto el último turno de guardia antes del amanecer, así podréis dormir la mayoría de la noche y, cuando acabéis la guardia, dedicaros a estudiar.

—Muchas gracias, capitán.

—Tenéis un mapa con el recorrido que debéis hacer, empezaréis mañana por la noche, el día de hoy lo dedicaremos a que aprendáis el ritual que debéis hacer para ceder la energía a la Cúpula.

Cuando el capitán me dejó sola en la sencilla habitación, me miré por primera vez en el espejo. Casi no reconocí el reflejo que me devolvió, parecía una persona diferente, ahí estaban mis rasgos, pero la cara de soledad había desaparecido y en mis ojos brillaba la esperanza de un futuro más prometedor.

CAPÍTULO 3

KILIAN

Las negociaciones de paz con los tasianos se habían ido al traste, la muerte del príncipe Galván a nuestras puertas ponía una diana en mi pueblo. Sí, mis antepasados eran culpables de los peores crímenes, ¿pero debíamos pagar por toda la eternidad? Yo no lo creía y limpiaría nuestro nombre.

El asesinato de Galván estaba envuelto en misterio, no parecía que el príncipe hubiera podido defenderse incluso con el enorme poder mágico que tenía. Solo había dos opciones, lo habían sorprendido o simplemente conocía a sus atacantes y en primer momento no reaccionó. Las armas también eran inusuales, como si alguien las hubiera puesto ahí para culparnos, diseños anticuados que no se habían usado durante siglos.

Le había prometido a Galván que cuidaría de su hermana, el pobre muchacho, en sus últimos latidos, estaba más preocupado por lo que le podía pasar a ella que a él mismo, pero ¿cómo iba a cuidar de alguien a quien no podía ni acercarme?

Los meses después de la muerte del príncipe fueron tensos, mi padre quería demostrar que su muerte no había sido orquestada por nuestra mano. Los objetos que había traído Galván con él no nos dieron ninguna pista de quién podía estar implicado. Una daga de una exquisita manufactura había sido encontrada a su lado, pero no sabíamos si era suya o del atacante, un diario y una carta para su hermana Alish.

Cada vez que miraba la carta de Galván para su hermana, me invadía una sensación de anhelo que no sabía de dónde provenía. Recordaba una de las conversaciones del príncipe con especial cariño: «Deberíais conocerla, es la tasiana más inusual que podáis conocer», me dijo, yo le pregunté por qué antes de ser consciente de lo que realmente estaba pasando: «mi pueblo se ha vuelto desconfiado, por motivos obvios, pero ella es curiosa y valiente. Aunque mi madre y los cortesanos la intentan ningunear, es mucho más poderosa que yo, es mi reflejo».

Galván sentía un enorme cariño hacia su hermana, eso se notaba en la manera que tenía de hablar de ella. No era como si estuviera vendiéndomela para que mi interés fuera creciendo, había amor genuino en sus palabras. Eso me hacía tener más ganas de encontrarme con ella cuando devolviera los efectos personales del príncipe, podría pedir que viniera ella a la frontera para recogerlos y así averiguar por mí mismo si las palabras de Galván eran ciertas.

—Hermano —dijo Tristán dándome un golpe en el brazo, sacándome de mi ensoñación—. ¿Quieres un cotilleo?

—Tristán, no me interesa quién se ha acostado con quién —le reprendí.

—No es nada de eso. La princesa Alish ha empezado su guardia.

—¿En serio?

—Vamos hermano, llevas semanas con la carta de Galván para ella, sé que quieres conocerla. Su hermano te la vendió muy bien.

—Ni que fuera una yegua…

—No, pero los soldados dicen que es una belleza.

—Entonces tendré que presentarme formalmente, por el bien de las negociaciones de paz —le respondí dándole un codazo.

—Y supongo que el que tenga un par de buenas tetas no tiene nada que ver, ¿verdad?

Mi hermano tenía un raro sentido del humor, siempre estaba intentando emparejarme con cada mujer bonita que hubiera en el imperio, pero para sus relaciones era extremadamente cauteloso. En una cosa tenía razón, yo llevaba meses con esa carta en el bolsillo, deseaba verme con ella, no porque su hermano me hubiera hablado de su belleza y sus encantos, sino porque yo recordaba a una pequeña princesa de cabellos plateados y los ojos del color de las violetas, que me había entregado su espada de juguete a través de la barrera para que pudiéramos jugar juntos mientras su abuela y mi madre intentaban hallar una solución al conflicto de nuestras patrias. La pequeña princesa no mostró ningún miedo hacia mí o mi madre, al contrario, nos sonreía, incluso le entregó a mi madre un ramo de flores que había recogido de camino a la reunión. Todavía conservaba esa espada, había pasado casi un siglo de ese encuentro y seguía preguntándome qué pasaría si nos volviéramos a ver, ¿se mostraría igual de afable? ¿O, por lo contrario, su madre había sembrado la semilla de la discordia hacia nosotros?

Esa noche me dirigí a la Cúpula, la gran barrera de energía levantada por los tasianos para defenderse de nosotros, aunque ahora seguramente ya no la necesitarían, somos la sombra de lo que una vez fuimos, solo los grandes cortesanos añoran esos tiempos oscuros.

Me acerqué a la zona del Bastión del Palatinado, según mis informadores, la habían destinado al servicio del capitán Alexander, el mismo mentor que su hermano.

—Señor —me saludó uno de los soldados de la frontera—, cada noche, unas horas antes del alba, patrulla por esta zona.

—¿Cuántos van con ella? —Quería asegurarme de que nadie pudiera notar mi presencia ahí.

—Nadie, majestad, la princesa patrulla sola.

—¿Cómo que patrulla sola?

—Sí, nadie la acompaña desde que empezó su guardia hace tres meses, no hemos visto que tuviera ningún compañero o compañera. Al principio nos sorprendimos, porque como mínimo van de dos en dos, pero al escuchar los comentarios de las demás patrullas entendimos por qué.

—¿Tengo que rogar para que me lo cuentes? —Empezaba a perder la paciencia.

—No, lo siento, señor, nadie quiere ir de patrulla con ella. Los hijos de los altos cortesanos que están haciendo la guardia han esparcido rumores sobre ella.

—¿Qué clase de rumores?

—Antes de que llegara decían que era débil y que…

—¿Que qué?

—Que era una promiscua que se había acostado con todos los amigos de su hermano.

—¿Y? Cada uno en su cama que haga lo que quiera mientras sea consentido.

—No estoy juzgando, majestad, es lo que ellos decían.

—¿Y después de su llegada?

—Por lo que dicen, hacía milenios que no había un despertar como el suyo, dicen que toda Tasia tembló. La llaman la portadora de luz.

—¿Crees que el temblor que notamos antes de que llegara fue ella?

—Eso creen sus compañeros.

Esperé toda la noche entre las sombras, en el lugar donde mis hombres me habían contado que hacía su ronda, estaba a punto de irme cuando una figura empezó a acercarse a la barrera. Era grácil y, por la forma en que se contoneaba, era una mujer, enfoqué mejor mi vista y ahí estaba ella. No podía negar quién era con esa melena plateada recogida en una intrincada trenza, labios carnosos de color carmesí que invitaban a ser mordidos, piel de porcelana y los ojos lilas tan característicos de la familia de su madre. Cedió un poco de su magia a la barrera y empezó a caminar por la frontera, decidí seguirla y observarla durante un tiempo, pero cuanto más la veía más me cautivaba, esa noche todavía le estaba más agradecido a Ansgar por habernos dotado de una increíble visión nocturna, así podría vigilarla sin que ella se percatara de mi presencia.

A veces se cruzaba con algún otro soldado de guardia, algunos le hacían una pequeña reverencia, otros, en cambio, ni siquiera se molestaban a saludarla.

Esa mañana estuve distraído, incluso mi padre, que últimamente no nos presta mucha atención ni a Tristán ni a mí, se dio cuenta.

—Hijo, ¿dónde tienes la cabeza? —preguntó sacándome de mi ensoñación.

—Aquí, padre, dándole vueltas a la muerte de Galván —le respondí, aunque era mentira, estaba pensando en una mujer con los ojos lilas y cabello plateado—, tenemos que demostrar que no tuvimos nada que ver, es imperativo que firmemos la paz con Tasia.

—Estoy contigo, hijo, tú y tu hermano debéis demostrar nuestra inocencia, no sé cuánto tiempo más podrá Eamon frenar a su esposa y a su hermano.

—No resistiremos una guerra total —sentenció Tristán—, el abuelo consiguió frenarlos porque todavía teníamos las armas con su magia, ahora nos arrasarían.

—Kilian, hay algo más, ¿no? Te veo realmente cansado.

—Es porque trasnocha —le respondió Tristán con sorna.

—Descubriréis quién hizo esto y disiparéis cualquier sospecha hacia nosotros, quiero la paz, hijos, estoy agotado de tantas muertes. —Mi padre posó una de sus manos encima de la mía, era un gesto que había hecho desde siempre cuando quería reconfortarme—. No tardaré muchos días en volver a Avaris, Nelphis me recuerda demasiado a vuestra madre.

—No es ese miembro de la familia real tasiana quien le quita el sueño.

—Ya vale, Tristán. —Mi hermano tenía la mala costumbre de airear mis pensamientos a mi padre, pero también entendía el cambio de tema.

—Kilian, ¿qué quiere decir Tristán?

—Ayer seguí a la princesa Alish, ha empezado su guardia —le respondí a mi padre, no sin antes darle una mirada de advertencia a mi hermano.

—¿Crees que es prudente, tal y como están las cosas? No nos podemos permitir otra acusación.

—Yo creo que se ha encandilado de ella —le respondió Tristán antes de dar un sorbo a su té—, la verdad es que es muy hermosa, me gusta su sonrisa.

—¿Cuándo la has visto sonreír? —le pregunté con asombro.

—Cada vez que se cruza con algún miembro de la guardia les dedica una sonrisa, aunque no es una sonrisa de verdad, no le llega a los ojos —me contó—, pero nadie se acerca a charlar con ella, se debe sentir muy sola. Creo que le tienen miedo.

—La línea de sangre real tiene un poder mágico sin igual, aunque no he escuchado nunca que lo hayan usado hasta el extremo —le comenté a Tristán—, pero sí que me informaron mis hombres de que los tasianos comentan que no ha habido un despertar como el suyo en milenios.

—Deberías presentarte, Kilian —me dijo mi padre—, y devolverle los objetos que tienes de Galván, no es bueno que te los quedes.

No, no era correcto que me quedara tales objetos, pero era la única excusa que tenía para acercarme a ella y no sabía si estaba preparado para ello.

Una noche decidí que ya la había observado desde la distancia durante demasiado tiempo. Me acerqué a ella con todo el sigilo que mi armadura podía darme, aunque para mi sorpresa la princesa se percató de mi presencia, demasiado pronto para mi gusto. Tenía dos opciones: darme la vuelta y alejarme o presentarme ante ella.

CAPÍTULO 4

ALISH

—¿Quién anda ahí? —pregunté en voz alta.

Nadie respondió a mi pregunta, pero sabía que había una presencia que se ocultaba entre las sombras.

—Puedo enviar una corriente de energía a través de la Cúpula e incendiar todo el bosque. Así que voy a contar hasta tres para que salgas de donde estás… ¡Uno! ¡Dos!

Una figura con armadura pesada salió de entre los matorrales, para llevar una armadura tan pesada era extremadamente silencioso. No me extrañaba que me hubiera costado tanto detectarlo.

—La princesa tiene buen oído —dijo el desconocido.

—¿Cómo sabéis quién soy?

—Vuestros compañeros no son nada discretos cuando se trata de hablar de vos, pero la princesa de Tasia no pasaría desapercibida, aunque quisiera, con esos ojos lilas herencia de la casa Blais, vuestra madre los tiene de un tono más oscuro. Y qué decir del pelo plateado que solo posee la línea de sangre real.

—No todo el mundo puede saber lo de los ojos de mi madre. ¿Quién sois? Descubríos.

El soldado se quitó el casco lentamente, revelando un cabello azabache oscuro como una noche sin luna, un mentón fuerte, los ojos más azules que había visto y unos labios carnosos que se curvaban en una sonrisa burlona, era el hombre más apuesto que había visto en mi vida.

—Sois realmente mandona.

—No me habéis respondido.

—Dejad que me presente, soy Kilian, el príncipe Kilian de Sideira —me respondió haciendo una reverencia.

—¿Qué hace el heredero al trono patrullando la frontera?

—Quería ver si los rumores eran ciertos. Que la mismísima heredera al trono de Tasia estaba haciendo la guardia.

—Todos los ciudadanos tenemos el deber de hacerlo, aunque no sería necesario si no nos hubierais secuestrado y asesinado durante siglos.

—La princesita tiene garras.

—Vuelve a llamarme princesita y te asaré —le amenacé generando una llama en la palma de mi mano.

—Vuestro hermano ya me contó que teníais carácter.

—¿Conocisteis a Galván? —pregunté extinguiendo de golpe la llama de mi mano.

—Vuestro hermano era un hombre honorable, su pérdida fue muy sentida para mí. Los dos queríamos la paz entre nuestras patrias.

—¡Murió en vuestro territorio y con él la posibilidad de cualquier paz!

—Os puedo asegurar que estamos investigando lo ocurrido. Encontramos este diario en sus aposentos, en él había una carta para vos.

El príncipe dejó el diario encima de la roca que marcaba nuestra frontera y yo lo recogí. Al abrirlo vi claramente la letra de Galván plasmada en sus páginas y, tal como había dicho el príncipe, una carta para mí.

Querida hermana.

Las negociaciones parece que van bien, los príncipes Kilian y Tristán tienen tantas ganas como yo de que esto salga bien. Parecen hombres honorables, me gustaría que los conocieras.

Estoy seguro de que podemos llegar a un punto en el que podamos tolerarnos mutuamente y poner fin a las hostilidades.

Te echo de menos, hermanita, cómo me gustaría que estuvieras aquí. Todo es tan diferente y creo que he conocido a alguien. Cuando vuelva a casa te contaré más, eres la única con quien realmente puedo hablar.

Nos veremos pronto, tu hermano que te quiere,

Galván

—Dice que conoció a alguien, ¿sabéis a quién se refería?

—Por desgracia no tengo esa respuesta para vos.

El sol empezó a despuntar por encima del bosque y el cuerno de final del turno resonó entre los árboles.

—Debo irme, tengo que pasar el parte para el siguiente escuadrón.

—¿Les diréis que os habéis encontrado conmigo?

—No, porque no habéis intentado entrar en nuestro territorio.

—¿Volveréis esta noche?

—Sí.

—Entonces nos volveremos a ver.

—¿Por qué?

—¿Por qué qué?

—¿Por qué quieres volverme a ver?

—Por mis propias razones —me respondió el príncipe sin contestarme a la pregunta que había formulado, esa clase de juegos me irritaban mucho y puse los ojos en blanco—, no me pongáis los ojos en blanco, si queréis saber por qué, venid esta noche y podremos conversar.

El príncipe empezó a andar hacia el interior del bosque, no sin antes dar una última mirada hacia atrás, como si quisiera asegurarse de que seguía ahí. El segundo cuerno volvió a sonar y yo me dirigí corriendo hacia el punto de control.

Esa mañana no pude concentrarme en mis tareas, no dejaba de pensar en el diario de mi hermano y en la carta que había dejado para mí. ¿Tendría que ver la persona que había conocido en Sideira con su muerte?

—Alish, princesa —me reprendió Alexander con los brazos cruzados—. ¿Me estás escuchando?

—Lo siento, capitán —me ruboricé, estaba tan concentrada pensando en lo que había escrito en el diario que no había escuchado que el capitán me estaba hablando.

Alexander negó con la cabeza antes de acercarse a mí para rectificarme la postura del brazo que sujetaba el arco.

—Cuando tenséis la cuerda del arco, inspirad hondo y apretad la musculatura del abdomen, eso os ayudará, venga, probad —me ordenó.

Me coloqué tal y como me había ordenado e inspiré hondo mientras tensaba la cuerda del arco de cedro que tenía en mis manos, apunté y solté la flecha, solo cuando esta impactó en el círculo interior de la diana me permití sacar el aire de mis pulmones.

—Tenéis buena puntería, pero os falta práctica.

—Mi abuela me enseñó un poco, hasta que me prohibieron usar armas en palacio, aprendimos a conjurar flechas de hielo.

—¿Quién…? No, no me respondáis. —Alexander levantó las palmas de sus manos, aunque parecía casi tan joven como yo, en los ojos había la sabiduría de alguien que había vivido durante casi mil años—. Me puedo imaginar quién fue, pero ahora estáis aquí y será mejor que aprendáis.

—¿Creéis que la paz duradera entre Sideira y nosotros es posible? —Nunca me había atrevido a preguntar esto fuera de mi círculo interno, y además me daba miedo saber la verdad.

—Sí, aunque la muerte de Galván… No sé, Alish, yo lo miro desde la fría lógica y su muerte no da ningún beneficio a Sideira. —Alexander apartó la vista de mí y suspiró—. No hagáis caso a los pensamientos de este viejo capitán. Id a descansar, por hoy hemos terminado, después del almuerzo creo que viene el tutor de diplomacia, puede que él tenga más respuestas que yo.

Alexander me dejó sola en el campo de entrenamiento, parecía que no todo el mundo estaba convencido de que hubieran sido los sideiros y yo no quería dejarme engañar por las palabras del príncipe, pero al igual que mi capitán, yo siempre había tenido dudas.

Después de mis tutorías me dirigí a mi habitación, apenas había traído cosas conmigo, alguno de mis libros favoritos y algún regalo que me había hecho Galván. Desde que llegué al bastión había intentado entablar conversación muchas veces con muchas personas, pero apenas me habían respondido, la conversación más larga había sido con el príncipe Kilian, qué triste era mi vida.

Me tumbé en la cama y saqué el diario de Galván, tenía que averiguar quién lo había matado.

Día 20 de la siembra del 10184 después de la Cúpula

Hoy he entrenado con Alish, se le da muy bien combinar la magia
con la espada, estoy orgulloso de mi hermana. He visto cómo empiezan

a mirarla los muchachos. En los años que he estado fuera se ha convertido en una joven muy hermosa, tendré que empezar a ejercer de hermano mayor. Aunque me temo que mis primas y mi madre echarán por tierra cualquier tipo de acercamiento hacia ella.

Padre quiere que lidere la delegación para intentar firmar la paz con los sideiros. El tío Haakon se ha puesto furioso, dice que soy un niño y que me cagaré encima cuando llegue a Sideira. Que él debería ser quien fuera a los acuerdos, «el gran general», pero padre sabe que si va él todo saldrá mal. El tío tiene demasiado odio en su cuerpo, no los culpo, fue de los pocos que sobrevivió a un cautiverio, pero ya han pasado mil años. Otro emperador reina en Sideira, uno que desea la paz y el entendimiento.

Galván quería la paz, ¿pero sería posible después de su muerte? Por las palabras del príncipe parecía que no habían estado implicados. Debía indagar más y si tal como había prometido el príncipe nos volveríamos a encontrar esta noche.

Esa noche no dormí bien, estaba impaciente por el futuro encuentro, así que cuando vinieron a por mí me preparé tan rápido como pude y me dirigí a mi zona de patrulla. Después de ceder mi energía a la Cúpula esperé, pero él no llegaba. Cuando ya me había cansado de estar plantada ahí, él apareció entre los árboles.

—Siento haberos hecho esperar, princesa, he conseguido nueva información sobre vuestro hermano y no quería venir solo con palabras.

—¿Nueva información?

—Sí, cuando descubrimos a vuestro hermano moribundo estaba rodeado de varias armas.

—¿Podemos hablar mientras patrullo? No puedo descuidar mis deberes.

—Por supuesto.

—¿Qué me decíais de unas armas?

—Se encontraron varias espadas rodeando su cuerpo cuando llegamos, el diseño de esas armas no se utiliza desde hace unos dos mil años, también encontramos esta daga —me dijo acercándose a la Cúpula para que la pudiera ver.

—Parece una daga de los primogénitos, se les regala al primer hijo o hija de cada familia cuando llegan a la mayoría de edad. Pero no es la de mi hermano, esa la tengo yo en mi poder.

Desenfundé la daga que llevaba en mi pierna para que pudiera ver el diseño.

—Son iguales, exceptuando el color del mango y que la vuestra tiene el símbolo de Einar marcado.

—El símbolo de Einar solo lo podemos llevar la línea directa de sangre real, fuimos los primeros a los que nos dio el don de la magia. Para él somos sus primeros hijos.

—Desconocía que vuestra familia había sido tocada por el mismísimo Einar.

—Hay muchas cosas de nosotros que desconocéis —le respondí cruzándome de brazos—, no estabais muy interesados en conversar con nosotros, solo nos queríais como baterías.

—Entiendo vuestra suspicacia hacia mi pueblo y hacia mi persona, pero vuestro hermano quería la paz tanto como yo y además, con su último aliento me pidió que cuidara de vos.

—¿Que cuidarais de mí?

—Mi hermano y yo lo encontramos herido, intentamos hacer todo lo que pudimos para salvarlo, pero...

—¿Cómo puedo saber que decís la verdad?

—Él mismo dijo que no me creeríais y me dijo: «Dile a mi pequeña ratoncita que mire en el escondite de mi habitación, ahí encontrará alguna respuesta».

—Nadie más me llamaba así, era una cosa nuestra, solamente lo hacía cuando estábamos solos. Ratoncita de biblioteca.

—Será mejor que me vaya, vienen algunos de los vuestros. —El príncipe miró por encima de mi hombro, pero yo no vi a nadie—. No tardarán en llegar.

—¡Esperad! —grité antes de que se internara en el bosque—. ¿Volveremos a vernos?

—¿Queréis volver a verme? —me preguntó con una sonrisa genuina.

—Sí —respondí sonrojándome.

—Entonces volveremos a vernos —me respondió con satisfacción.

Antes de que un contingente de guardias llegara a mi posición, el príncipe se internó en el bosque.

—Princesa —dijo uno de los guardias cuadrándose ante mí.

—¿Teniente, ocurre algo?

—Nos han ordenado que os escoltemos a la capital.

—Estoy en mi guardia, no puedo irme.

—Son órdenes de la reina, el capitán Alexander está informado de la situación. Debéis acudir a la ceremonia de Einar.

La ceremonia de Einar se celebraba cada quinientos años, en ella rendíamos pleitesía a nuestro dios padre y a sus hijos. Einar había venido a nosotros cuando en el mundo había solo oscuridad. Él nos había bendecido con el don de la magia, y su mujer, Pyre, diosa madre de los drangianos, con el sol. Después de eso no intercedieron en nuestras vidas para nada, solo cada quinientos años durante sus festividades nos ofrecían una profecía.

—Teniente, me gustaría acabar mi turno, falta muy poco para la salida del sol. Podéis esperarme en el Bastión del Palatinado.

—Pero la reina…

—Mi madre no tiene que saber a qué hora habéis conseguido dar conmigo. Estoy segura de que al capitán Alexander le gustaría que acabara mi cometido aquí antes de dejar mi puesto.

—Está bien, princesa, como ordenéis. —El teniente me saludó antes de darse la vuelta—. Volvemos a Bastión del Palatinado, tendremos todo preparado para cuando la princesa termine su cometido.

En cuanto los hombres se hubieron alejado un poco, empecé a conjurar un hechizo para poder dejar un mensaje al príncipe cuando volviera aquí por la noche. No esperaba que nadie entendiera por qué hablaba con un sideiro y todavía menos que hablara con el heredero al trono, pero la muerte de Galván había sido cuanto menos sospechosa y, si él podía ayudarme a encontrar respuestas, colaboraría con mi peor enemigo.

CAPÍTULO 5

KILIAN

Me había escondido entre los árboles mientras llegaba medio batallón de soldados, por desgracia para mí, podía ver a Alish, pero no podía escucharla. Aunque debo decir que la postura corporal era mucho más reveladora que cualquier palabra que pudiera escuchar, fuera lo que fuera lo que le dijera ese soldado, no le había gustado lo más mínimo.

Luego, cuando los soldados abandonaron el claro, ella se acercó a la barrera, miró a todos los lados y empezó agitar sus manos formando pequeñas chispas de color anaranjado. Por muchas décadas que pasaran, no podía dejar de maravillarme ante el don de la magia, tan puro, tan delicado y, para qué negarlo, muy sensual si lo hacía ella. Se contoneaba como si estuviera bailando, podía ver cómo estaba con los ojos cerrados murmurando alguna cosa y no pude dejar de preguntarme cómo sería sentir esas manos sobre mí. Ese pensamiento hizo que mi armadura se volviera muy incómoda y tuve que acomodarme para que no me doliera la erección que me había provocado ver el contoneo de sus caderas.

«Kilian, eres un salido», me reproché a mí mismo, pero no podía negar que había soñado con ella desde el día que la vi por primera vez haciendo su ronda, que Ansgar me protegiera.

Estuve observándola hasta que envió lo que fuera que había conjurado a través de la barrera y desapareció entre los árboles de camino al bastión. Cuando me aseguré de que no había nadie en las inmediaciones, me acerqué al punto a donde ella había enviado la magia, no vi nada, pero noté un leve cosquilleo en la piel. Mi madre me había contado cuando era tan solo un crío que, si notabas un cosquilleo en un lugar con magia, esa magia era conjurada para ti y se revelaría en el momento en el que el conjurador lo hubiera indicado.

Volví a palacio, no me sacaba de la cabeza el modo en el que me había preguntado si volvería, se había sonrojado cuando le había dicho que sí y me había hecho dar un vuelco el corazón cuando levantó los ojos hacia mí y me sonrió. Por esa sonrisa me hubiera puesto de rodillas y le hubiera pedido que se fugara conmigo.

Llegué al ala donde se encontraba mi habitación, exhausto, quería quitarme la armadura y meterme en la cama, pero me encontré con la persona que menos deseaba ver en ese momento.

—Príncipe Kilian —me saludó inclinándose.

—Darinka. —Intenté pasar por su lado sin detenerme, Darinka era la hija mayor del consejero de la moneda de mi padre y un par de décadas atrás fue mi amante, pero esa historia terminó tan mal como había empezado y no tenía ninguna intención de que me montara un escándalo de los suyos a esas horas.

—Ya has perdido totalmente la educación, por lo que veo. —Me agarró del brazo y me hizo darme la vuelta y aplastarme contra sus pechos.

—Darinka, jamás vuelvas a ponerme las manos encima, no te olvides de quién soy.

—Recuerdo bien quién eres, Kilian. —Me miró con esa sonrisa seductora tan característica suya. Noté cómo su mano bajaba desde mi pecho hasta mi ombligo—. Recuerdo a un hombre entre mis piernas rugiendo de placer…

Le agarré la muñeca y la aparté de mí, sabía que le dejaría los dedos marcados, pero quería quitármela de encima como fuera, había comprendido, demasiado tarde, que ella quería algo más que solo revolcarse en la cama conmigo. Quería sentarse en el trono de Sideira y no le importaba a quién follarse para conseguirlo. Ella se sorprendió ante mi reacción, no solía ser rudo con las mujeres, pero Darinka era peligrosa como una serpiente arbórea.

—No te permito que me tutees, Darinka, soy su majestad o señor, nunca, nunca vuelvas a usar mi nombre. —Me alejé de ella con grandes zancadas y llegué a mi habitación.

No podía negar que Darinka era hermosa entre los de mi especie, con su cabello castaño, siempre recogido en intrincados peinados. En sus ojos siempre había deseo, su piel rezumaba el aroma a sexo y su cuerpo era un sinfín de curvas acentuadas por el estrecho corpiño que llevaba debajo del vestido de gasa que poco dejaba a la imaginación.

Había sido una buena noche hasta ese momento y no iba a permitir que me la estropeara. Me quité la armadura y sin quitarme la ropa me metí en la cama mirando al techo.

—¿Qué has dejado para mí en el bosque? —me pregunté con un gruñido, me pasé un brazo por encima de los ojos e intenté dormir.

Después de unas pocas horas de sueño noté que alguien entraba en mi habitación.

—¡Kilian! ¿Piensas dormir todo el día? —Tristán podía ser muy melodramático—. No sé qué hiciste ayer, pero lord Derian está que se sube por las paredes. Le está diciendo a papá que deshonraste a su hija.

—Yo solo la aparté —gruñí—, quién coño se piensa que es ese imbécil, papá debería echarlo, es un mal administrador.

—Los cortesanos se están subiendo a las barbas de papá, o lo paramos ahora o no te quedará ni rastro del trono.

Ni me molesté en cambiarme de ropa, me puse las botas y agarré mi espada.

—Vamos, esto termina hoy.

Tristán y yo caminamos por los pasillos del palacio a toda velocidad, la mayoría de cortesanos se apartaban a nuestro paso. Miré de reojo a Tristán, tenía puesta su máscara fría de príncipe, así que supuse que yo también debía verme así de amenazador si la gente se apartaba tan solo vernos. Cuando llegamos al despacho de mi padre ni nos molestamos en llamar, Tristán me abrió la puerta y yo entré. Entré como un vendaval en medio de una tormenta.

—¿Qué está ocurriendo? —rugí al ver a mi padre compungido en su silla, luego miré al consejero, quien se había quedado petrificado ante mi entrada.

—Asbjörn, la educación de tus hijos deja que desear —cacareó insolente—. ¿Cómo pudiste tratar a mi hija de esa manera? Contesta, Kilian.

—Es su alteza imperial —le respondió Tristán.

—Yo solo la aparté de mi camino, nada más ni nada menos. Además, yo no tengo que responder ante ti, Derian, eres el consejero de la moneda porque a mi padre le diste pena, arruinado cuando terminó la última guerra contra Tasia.

—¿Qué sabrá un niño de la guerra?

—Sé que te habías escondido en tu fortaleza durante semanas y que mi tío Derick te sacó a patadas para que defendieras tus tierras. —Derian abrió los ojos como platos, no quedaba nadie vivo de esa época, la mayoría de los altos lores habían muerto en el último gran ataque contra las fuerzas combinadas del rey Belobeso y el príncipe Eamon—. También sé que te había confiado al príncipe Haakon, te habían dado órdenes de no lastimarlo por si habíamos de negociar y, en cambio, tú lo torturaste... Rompiste su mente y su cuerpo de tal manera que en el presente sufrimos las consecuencias por tu puta negligencia. Así que escúchame bien, Derian: nunca jamás volverás a salir de los deberes que tienes asignados, nunca jamás volverás a venir a mi padre con cuentos y nunca jamás pienses que porque me follé a tu hija un par de veces tienes potestad de venir aquí a exigir cualquier tipo de compensación.

—Robaste su virginidad... —se quejó él con un susurró, el muy cobarde, ni se atrevía a mirarme.

—Ese carro pasó mucho tiempo antes de que yo llegara, créeme. —No sabía si Derian temblaba de rabia o de miedo. Tristán pondría más espías en su casa y si sospechaba de cualquier tipo de interferencia lo aplastaría sin pensárselo dos veces—. ¿Tienes algo más que decir?

—No, Ki... Quiero decir, no, su majestad imperial —me respondió con una reverencia.

—Si no tienes asuntos del tesoro que tratar, sal ahora mismo de aquí. —Tristán se apartó para que Derian saliera por la puerta y la cerró de un portazo.

—Papá... No puedes dejar que te ninguneen de esta manera —me quejé sentándome en uno de los sillones de delante de su escritorio, Tristán se acomodó en el otro.

—Lo sé, hijo, pero estoy tan cansado, se suponía que tu madre y yo debíamos vivir una vida tranquila en el campo, lejos de todo esto, y me cayó la corona encima.

—No podría llevarla nadie mejor —le respondió Tristán—, otro hubiera intentado volver a los tiempos oscuros, ahogándonos todavía más en el pozo que nuestra raza estaba cavando.

—¿De dónde venías a esas horas? ¿Has perseguido otra vez a la princesa? —Mi padre parecía agotado y anciano, si alguno de nosotros podía llegar a parecer anciano alguna vez. Mi padre solo parecía unos años mayor que yo, pero en sus ojos se veía anhelo por el olvido.

—No, ya no la persigo. He hablado con ella varias veces. —Mi padre abrió los ojos y se le desencajó la boca ante la sorpresa—. Me detectó una noche mientras la vigilaba y me presenté.

—¿Y? Venga, Kilian, no nos dejes en ascuas. —Mi hermano era impaciente, no podía esperar que nadie ordenara sus ideas en su mente sin darle prisa para que soltara la información.

—Le he contado nuestras sospechas y le he devuelto los objetos personales de su hermano que todavía tenía en mi poder. Al principio fue recelosa conmigo, pero después de leer el diario de Galván su trato conmigo se suavizó e incluso me ha preguntado si nos volveríamos a ver.

—¿Volverás a verla? —Por primera vez en mucho tiempo vi un hilo de esperanza en la mirada de mi padre, esperanza de paz.

—Sí, le dije que volvería esta noche.

—¿Cómo es ella? —me preguntó Tristán—. ¿Es como la describía su hermano?

—No la conozco tanto como para juzgarla, pero creo que sí que es tal y como Galván dijo que sería, y puede que mucho más.

Cuando posé mis ojos en mi hermano, este tenía una sonrisa socarrona en sus labios. Tristán era muy observador, no en vano era el jefe de mis espías, sus dotes de recabar información no tenían parangón en el imperio, además de tener un gran número de soldados fieles a él. Entre los dos teníamos cinco veces más soldados leales a nosotros que el resto de altos lores de Sideira, y eso era una ventaja ante cualquier posible traición.

—Espero que hayas sido cortés con ella, no creas que no sé lo que dicen las mujeres de palacio —me reprendió mi padre.

—He sido el perfecto caballero que mamá hubiera querido que fuera. Pero debo admitir que no me desagrada hacer la ronda junto a ella, es muy curiosa y parece disfrutar del trabajo que está haciendo.

—¿No estará intentando sonsacar información?

—No, Tristán, no me ha preguntado nada comprometedor. Solo quiere saber quién asesinó a su hermano, pero a mí me preocupa que, si escarba demasiado y no tiene aliados en la corte, vayan a por ella.

—Si no se siente segura en Tasia, ofrécele salvoconducto con nosotros. —Mi padre era un alma caritativa, durante sus años de reinado había intentado ayudar a las clases bajas del imperio ahogadas por los altos lores y sabía perfectamente que si Alish se encontraba en peligro le ofrecería protección en nuestra patria.

—No creo que ella aceptara —sentenció Tristán—, ¿podría confiar tanto en nosotros como para venir? Seguramente habrá crecido con las historias de las máquinas chupadoras de magia, francamente no me extrañan que nos odien, yo también lo hago. ¿Cómo pudieron hacer todo aquello?

—No podemos cambiar el pasado, Tristán, pero podemos hacer un futuro mejor para los que vengan.

Miré a mi padre y a mi hermano, cada uno a su manera intentaba que nuestro continente fuera un lugar mejor para nuestra gente y esperaba que yo también pudiera hacer lo mismo.

—Kilian, ve a descansar, si esta noche debes encontrarte con la princesa es mejor que duermas un poco.

—Gracias, papá, avisa si Derian vuelve a tocarte las narices.

—Deberíamos quitarle su título y privilegios —gruñó Tristán—. Ve a dormir, hermano, yo me quedo un rato más con papá.

Volví a mi habitación y por suerte el sueño me envolvió rápidamente, cuando me desperté era negra noche. Me lavé y me volví a colocar la armadura.

—Dudo que puedas estar más guapo —me dijo Tristán entrando en mi habitación—, ya sé, ya sé que tengo que llamar, pero no me puedo sacar la mala costumbre. ¿Las tasianas ven igual de bien que nosotros en la oscuridad?

—No lo creo, lleva una pequeña luz flotante con ella.

—Qué práctico.

—Te hace fácil de detectar, aunque creo que por eso lo hacen. Para hacernos saber que siguen ahí esperando que los ataquemos.

—Qué triste, he enviado gente a casa de Derian y he supuesto que lo autorizarías. —Mi hermano me conocía muy bien—. Ve, anda, no hagas esperar a tu princesa.

—No es mi princesa —repliqué.

—No, pero te gustaría que así fuera. —Tristán me puso la mano en el hombro—. Nadie te ha hecho brillar de la manera que lo haces. Sea lo que sea que ella ha despertado en ti, no se lo escondas. El amor es algo precioso para dejarlo perder.

Tristán salió de la habitación sin decir una palabra más, fuera quien fuera había dejado huella en mi hermano. Debía ser una persona muy especial para él si había conseguido herirlo de aquella manera.

Volví al punto donde siempre nos encontrábamos, pero no apareció. Empecé a preocuparme cuando la siguiente patrulla pasó por mi lado y ella continuó sin dar señales. Cuando me aseguré de que no quedaba ningún guarda, me acerqué a la Cúpula e intenté enfocar más allá de ella, pero no vi nada. Entonces volví a notar el cosquilleo de la magia y ella se me apareció en forma de chispas de fuego.

—Kilian, lo siento, esta noche no vendré. Los guardias de ayer venían a buscarme, debo acudir a la ceremonia de Einar. —Era tan extraño tenerla tan cerca de mí, casi podía tocarla—. Volveré al anochecer del quinto día, espero haber averiguado algo sobre el diario durante mi estancia en Ciudad Alejandrita. Será extraño no compartir una parte de la noche contigo, me he acostumbrado a tu presencia y no me desagrada tu compañía. Tengo que irme, no puedo demorarme más o volverán para buscarme. Adiós.

Cuando la última parte del mensaje fue entregado, la figura desapareció y me volví a quedar en penumbra.

No podía dejar de rememorar la frase «me he acostumbrado a tu presencia y no me desagrada tu compañía», ¿sería mucho desear que yo hubiera despertado lo mismo que ella había despertado en mí?

Cuando estaba con ella notaba como una conexión, una pulsación muy débil que continuaba en mi cuando me alejaba de la Cúpula.

—Ansgar, ayúdame, guíame, porque creo que me he enamorado.

CAPÍTULO 6

ALISH

Dos días después, el carruaje que me había llevado desde Bastión Palatino hasta Ciudad Alejandrita cruzaba las puertas del Palacio de Diamante. Desde pequeña siempre había encontrado curioso que se llamara de esta manera, pues no era de diamante realmente, aunque desde lejos pudiera parecerlo. Al bajar del carruaje mi madre me esperaba al pie de las escaleras, tiesa como cuerda de violín, pero era la única que había salido a recibirme.

—Hija.

—Hola, madre, no creía que tuviéramos que interrumpir mi guardia por el festival.

—Tu padre ha insistido, no debemos ofender a Einar. El dios padre exige que todos los miembros de la familia real estén presentes, y ahora, niña, tú eres la heredera al trono. —La última frase fue pronunciada con un tono gélido y aunque no lo dijo con palabras, sabía perfectamente que mi madre preferiría tener aquí a Galván.

—No hace falta que me hables así, sé perfectamente que preferías que yo estuviese muerta en vez de Galván. —Mi madre abrió los ojos por la sorpresa y sin dar contestación alguna entró en el palacio.

La seguí hacia el interior, solo hacía unos meses que no estaba ahí, pero el ambiente se había enrarecido, como si la concordia hubiera sido drenada de ese lugar.

Cuando pasé por delante del estudio de mi padre, la puerta se abrió abruptamente y mi tío salió hecho una furia.

—¡Vas a lamentar lo que has hecho, Eamon, la paz no es posible con Sideira!

—¿Es una amenaza, Haakon?

—No, es una verdad. Tu estúpido sueño y el del imbécil de tu hijo muerto nos destruirán a todos.

No sé qué me pasó por la cabeza, pero escuchar ese descalificativo de mi hermano me hizo lanzar una bola de energía hacia mi tío. Este salió volando varios metros hasta impactar contra una de las columnas. Empecé a acercarme a él envuelta en un sinfín de hilos eléctricos que chisporroteaba a mi paso.

—¡Cómo te atreves a hablar así de Galván!

—Maldita zorra, ¡me has roto un brazo!

—Vuelve a faltar el respeto a mi padre o a la memoria de mi hermano y te partiré el cuello.

—Alish —me dijo mi padre cogiéndome del brazo—, cálmate, niña, seguro que tu tío no pretendía decir eso.

Mi padre miró a su hermano y mi tío bajó la mirada.

—Lo siento, Alish, no pretendía decir eso.

—Retírate Haakon —le ordenó mi padre.

Mi tío pasó por nuestro lado con una mirada llena de odio.

—Eres demasiado indulgente con él.

—Tienes que comprender que la juventud de tu tío no fue fácil. Fue de los pocos que sobrevivió a un cautiverio. El emperador Tarciano, padre del actual emperador Asbjörn, era un tirano sediento de sangre.

—¿Y eso le da potestad para tratarte como lo hace y hablar así de Galván? Lo capturaron porque fue un imprudente, el abuelo me lo dijo antes de dormirse. Adelantó el flanco del río Esmeralda cuando tenía que retirarse para que tú pudieras emboscarlos.

—Tu abuelo no debería haberte contado eso. Dejemos esta conversación. —Me cogió la mano y empezó a subir la escalera—. Ven, cuéntame qué tal va todo por Bastión Palatinado mientras te acompaño a tu cuarto.

Le conté todo lo que había hecho durante los meses de mi ausencia, aunque me guardé para mí misma la extraña compañía que había tenido los últimos días.

—Mi pequeña, estoy orgulloso de ti. Nosotros debemos dar ejemplo, nunca lo olvides. Ahora descansa y acicálate para esta noche.

Al entrar en mi habitación vi un hermoso vestido de seda azul marino, era muy sencillo, solo tenía un pasador de plata en el hombro izquierdo con el símbolo de Einar, pero, al tocarlo, miles de hebras paletadas se movieron por la tela.

Me metí en el baño y disfruté de la enorme bañera, me lavé y peiné rápidamente, sabía que mi madre estaría hecha una furia si se retrasaba la ceremonia por mi culpa. Pero cuando iba a salir por la puerta me encontré a Klaus.

—¿Puedo pasar? —me preguntó.

Yo le hice un gesto afirmativo y él entró en la habitación, me miró de arriba abajo como alguien que examina una mercancía, no me gustó que me mirara así.

—¿Necesitas algo? —pregunté con un hilo de voz.

—¿No puedo venir a ver a una vieja amiga? —me respondió él mientras se acercaba a mí—. Te veo muy bien, la guardia te ha sentado pero que muy bien. —Sin darme opción a réplica Klaus estampo sus labios contra los míos, con una mano me inmovilizó la cabeza y con la otra me apretaba contra su cuerpo. Conseguí zafarme enviando un pulso mágico directo a su pecho que hizo que Klaus quedara sentado en el suelo.

—¿Estás loco? —pregunté jadeando—. ¿Cómo te atreves a asaltarme así?

—Creí que me echarías de menos y que te repensarías lo de estar juntos —me respondió mientras se levantaba.

—Ya te dije que no sentía nada por ti.

—Bien que te lo pasabas bien en la cama conmigo —gruñó él.

—Yo y todas las mujeres nobles del palacio.

—¿Es por eso? ¿Porque crees que te fui infiel?

—Sé que me fuiste infiel, te vi yo misma, pero aparte de eso no quiero estar contigo, no siento nada por ti y hasta hace un momento creía que eras mi amigo, pero tal y como te has comportado no creo que lo seas. Sal de mi habitación y no vuelvas a dirigirme la palabra.

—¿A quién te estás follando en el Bastión del Palatinado? —me preguntó Klaus, pero yo tenía la vista en sus manos que estaban envueltas en llamas—. Dime quién es —insistió él, pero yo simplemente le cerré la puerta en los morros.

Me pasé una mano por el pelo e intenté tranquilizarme, estaba tan nerviosa que mi magia se estaba descontrolando y si bajaba en ese estado de nervios puede que hiriera a alguien.

Cuando conseguí calmarme, bajé al gran salón y vi a mi tío hablando con mi madre.

—Alish, cómo te atreves a tratar así a tu tío, es un héroe de guerra —me reprendió mi madre cuando llegaba a su lado.

—¿Héroe de guerra? —pregunté con sorna—, tendrías que preocuparte más por la manera en que trata a padre y no porque... ¿Cómo me llamaste, tío? ¡Ah, sí! Una maldita zorra como yo le haya pateado el trasero.

—¡Alish! —gritó mi madre con una voz varias notas más aguda.

—¡Ya basta! —gritó mi padre entrando en el salón—. Esta discusión ya se ha terminado, vamos al templo de una vez.

El camino hacia el templo fue muy tenso, mi madre estaba realmente enfadada por mi comportamiento hacia mi tío. Pero no llegaba a comprender por qué le importaba más ese cobarde que nuestra familia.

El templo de Einar era una maravilla, las piedras de mármol blanco se entrelazaban con las ramas de los árboles, haciendo que casi pareciera que no había paredes en él y que simplemente era un arco de un bosque muy antiguo.

Cuando entramos en el templo, el dios se materializó ante nosotros, engalanado con una armadura plateada y totalmente cubierto por un casco. Hacía milenios que nadie había podido observar su rostro, algunos de los sacerdotes decían que era por la ofensa de que nos hubiéramos dejado capturar y extraer el don que nos había otorgado.

—Mis hijos e hijas. —La voz de Einar resonó en todo el templo—. Hechos a mi imagen, aquellos que poseen el puro don de la magia.

—Dios padre —le respondió mi padre inclinándose—, venimos a ti como cada quinientos años, como ordenaste eones atrás, para escucharte.

—El que había de ser coronado encontró la muerte por el traidor, pero cuando la estrella del alba se siente en el trono radiante, suya será la venganza. Guárdate de los que tienes cerca, oh, Lucero del Alba, porque ellos serán el causante de que te ahogues en aguas oscuras.

Después de eso, el dios se desvaneció, pero antes de hacerlo podría jurar que me había mirado directamente a los ojos.

Mi padre posó la vista en mí con clara preocupación.

—Está claro que la primera parte de la profecía se refería a Galván, pero hablaba como si su muerte hubiera sido causada por uno de los nuestros.

—Déjate de patrañas, hermano, tu hijo murió a manos de los sideiros, los mismos con los que intentas firmar la paz.

—¿Tienes más conocimientos que el padre de todos?

—¿Dónde estaba Einar cuando nos masacraban?

—Sabes perfectamente que Dios solo nos da avisos, lo que hagamos con ellos son solo cosa nuestra.

—Yo ya te he avisado, Eamon.

Después de eso, mi tío salió del templo.

—¿Qué más han de hacer a nuestra familia para que les declares la guerra? —le preguntó mi madre antes de seguir a mi tío, dejando a mi padre sin poderle dar una respuesta.

—Puede que tengan razón y yo solo sea un iluso —se lamentó él.

—¡No, padre! Galván quería lo mismo que nosotros, un futuro sin miedo. La Cúpula nos da seguridad, pero es una jaula.

Mi padre levantó la vista hacia mí, su semblante era el de la derrota. Poco quedaba ya del hombre que me hacía volar con magia cuando era pequeña.

—¿Quién será el Lucero del Alba? —me preguntó—. Los sacerdotes deben investigar las crónicas a ver si hay alguna referencia al respecto. Ve, hija, vuelve a palacio y vuelve a Bastión Palatino, creo que allí, de momento, estarás mejor.

—Pero…

—Obedece, Alish.

Miré una última vez a mi padre antes de volver a palacio, pero antes de partir tenía que entrar en la habitación de Galván. El príncipe Kilian me había dicho que en su último aliento le pidió que mirara en su escondite.

Cuando llegué a palacio me fui directa a mi cuarto y me puse el uniforme de la guardia, aprovechando que ya era noche cerrada, me escabullí por los balcones para entrar en la habitación de mi hermano. Todo estaba exactamente como él lo había dejado y una sensación de soledad invadió mi cuerpo. Él era el único que me comprendía de verdad.

El escondite de Galván era un cuarto conjurado por mi abuelo para que su nieto mayor tuviera algo de intimidad cuando fuera necesario, él lo había compartido conmigo antes de irse a las primeras negociaciones de paz.

—El ratoncito vuelve a su hogar —susurré.

Las puertas de la habitación se abrieron ante mí revelando el escritorio secreto de mi hermano.

—¿Qué has dejado para mí, Galván?

La habitación estaba llena de diarios, a mi hermano le encantaba escribir sobre lo que le pasaba cada día. Escogí el último que había escrito, no creía que en los demás encontrara algo útil, empecé a ojear las páginas hasta que una entrada llamó mi atención, eran de unas semanas después de volver de la primera conferencia de paz.

«Noto que alguien me está siguiendo, desde que volví de Sideira me siento vigilado. ¿Puede ser porque me hayan visto demasiado animado conversando con él?». Más adelante parecía que empezaba a temer por su integridad. «Cada día me siento más amenazado, es una sensación que no se me va de la cabeza. Si cuando vuelva de Sideira continúo con este malestar que me reconcome la mente, se lo contaré a Alish. Estoy aterrado de volver a Ciudad Alejandrita, pero me preocupa no poder volver a Sideira si las cosas salen mal y no poder verlo otra vez».

En el diario no había más entradas, seguramente seguía en el que ya tenía en mi poder, pero en ningún momento revelaba el nombre de la persona que había conocido. ¿Había sido él su agresor? O la causa por la que habían matado a mi hermano.

Salí de la habitación sin ser vista y me subí al carruaje de camino a Bastión Palatino, no tenía ganas de despedirme de mi madre, con la última conversación ya había tenido suficiente. Dos días después divisaba las torres de defensa del bastión y por primera vez en días supe que era donde debía estar. Cuando llegara debía contar el augurio al capitán Alexander y mis sospechas, él había sido su mentor y un buen amigo, seguramente él me ayudaría a poner las cosas en prospectiva.

—Necesito hablar con el capitán —le dije a uno de los guardias cuando bajé del carruaje.

—En la capital y cuando acabes el servicio serás nuestra princesa, aquí, guapita, no me da órdenes una novata.

—No te lo estoy pidiendo, te acabo de dar una orden como alteza real, así que mueve el culo y llévame con el capitán.

El guardia dudó por un momento, pero me llevó con el capitán a regañadientes.

—Capitán —saludó él entrando en su despacho—, la recluta Alish pide veros.

—En estos momentos estoy ocupado.

—Ya lo has escuchado, ve a tu puesto.

Esto era demasiado importante, así que me colé en el despacho.

—Capitán, discúlpeme, pero es importante —interrumpí.

—Alish, es totalmente inapropiado, esto tendrá consecuencias.

—Capitán, le estoy pidiendo audiencia como princesa, por favor, escúcheme.

El capitán pudo ver la urgencia en mi rostro y con un gesto de mano indicó al guardia que se fuera.

—Me estás poniendo en un aprieto, niña —se quejó.

—Lo siento, Alexander, pero es sobre Galván, creo firmemente que lo asesinó alguien de los nuestros.

El capitán abrió los ojos como platos.

—Siéntate y cuéntame todo.

Me senté en la silla del despacho y le conté el augurio de Einar, lo que había leído en los diarios de Galván y lo que me había contado una fuente anónima.

—Supongo que no me puedes decir quién es tu fuente.

—No, lo siento. No es que no confíe en ti, pero de momento no creo que sea prudente.

—Está bien, confío en ti. Tengo algún contacto de mis días como sombra intentaré indagar.

—Muchas gracias, ahora mismo no sé en quién puedo confiar.

—Debemos actuar como si no supiéramos nada, así que vete a descansar, te toca guardia esta noche.

—A las órdenes, capitán.

—Alish… Que estas interrupciones no se vuelvan a repetir.

Me fui corriendo a mi habitación, estaba deseosa de que llegara la noche para contarle todo lo que había descubierto a Kilian, en estos momentos él parecía ser mi mejor aliado.

Cuando llegó mi turno de guardia encontré una rosa negra encima de la roca que señalaba la frontera.

—Eran las favoritas de mi madre —dijo una voz sobresaltándome.

—¡Por Einar!

—Lo siento, no pretendía asustaros.

—No… No pasa nada.

—Recibí vuestro mensaje, gracias por avisar de vuestra partida.

—De nada. ¿Esta rosa es para mí? Nunca había visto una de color negro.

—Sí, es una variedad que solo crece cerca del castillo donde nació mi madre. Un regalo único para una mujer única.

¿Me había llamado mujer única? ¿O se estaba refiriendo a su madre? La forma en que me miraba me ponía nerviosa y ansiosa al mismo tiempo. ¿Cómo podía tener ganas de pasar tiempo con el que se suponía que era mi enemigo?

—He descubierto que mi hermano tenía miedo de alguien de palacio, empezó a sentirse intranquilo cuando volvió de la primera cumbre de paz. Sospechaba que estaba relacionado con alguien que había conocido en Avaris.

—Si supiéramos quién era la persona que había conocido…

—¿Podríais intentar indagar? Mi tío está haciendo presión para que mi padre os declare la guerra.

—Eso sería una desgracia para nuestras patrias, intentaré averiguar si alguien se había interesado por Galván durante sus estancias en mi corte, vos deberíais investigar las personas que lo acompañaron.

—Me parece bien.

—Supongo que no recordaréis que ya nos conocíamos.

—¿Sí?

—Erais muy pequeña, tendríais unos cuatro años, vinisteis con vuestra abuela a una reunión con mi madre en la frontera, no muy lejos de donde ahora nos encontramos.

—Recuerdo jugar con un niño a través de la Cúpula, ¿erais vos?

—Sí, todavía tengo la espada de madera que me disteis.

—Mi abuela fue quien me enseñó que la paz entre nuestras patrias era posible, tenía un gran respeto por vuestra madre.

—A ella le hubieran gustado vuestras palabras. —Vi un aire melancólico en su mirada, debía ser bonito tener una madre que te ofrece amor incondicional—. Sé que a vuestra madre no le gustamos en demasía.

—Bueno, entonces tenemos algo en común, tampoco le agrado yo —respondí encogiéndome de hombros—, pero no quiero hablar de ello, ahora debo irme, tengo que entregar el informe matutino.

—¿No le habéis contado al capitán nuestros encuentros?

—No, en ningún momento me he sentido atacada por vos y tampoco habéis hecho nada para intentar cruzar la Cúpula. No veo el motivo para informar, o ¿creéis que debería hacerlo? ¿Tenéis malas intenciones? —Kilian me miró con cara divertida mostrando los colmillos.

—Con Tasia no tengo ninguna intención. —Hizo una pausa y me miró con tanta intensidad que mi corazón se aceleró—. Con vos las peores —me dijo con voz casi susurrante para luego darse la vuelta y empezar a caminar hacia los árboles dejándome ahí plantada.

Esa noche tuve que deslizar mis manos entre mis muslos dos veces para sentirme saciada de lo que aquellas palabras habían provocado en mí, no fue lo que dijo, sino cómo lo dijo. Por Einar, esa voz debería estar prohibida.

Las semanas posteriores a nuestra pequeña alianza fueron caóticas, me fue muy difícil averiguar quién había acompañado a mi hermano a Sideira, los documentos se habían perdido, no podía ser casualidad. El capitán Alexander tampoco había podido averiguar nada al respecto, pero había movilizado espías en cada casa noble para intentar conseguir información.

Me volví a encontrar con el príncipe después de varios días sin tener noticias de él.

—Buenas noches, princesa —me dijo haciéndome una reverencia.

—Creo que podríamos dejar el protocolo de lado, ¿no? —Él solo me dedicó una sonrisa, pero en su rostro podía ver que le complacía que nos tuteáramos.

—He encontrado una lista de las personas que acompañaron a tu hermano durante las negociaciones. —Kilian me dio la lista a través de la barrera—. ¿Conoces a alguien?

—Conozco todos los nombres, son caballeros de varias casas nobles. Pero solo conozco a tres —le respondí—. Gerd Dulka, caballero del quinto batallón de los cruzados del Mar de la Luna, es el hijo menor del gran sacerdote, se crio con Galván. Klaus Telep era el *deartháir* de mi hermano.

—¿*Deartháir*?

—Cuando el heredero o heredera al trono acaba su servicio a la Cúpula, escoge aquel o aquella en quien confíe más para ser su hermano o hermana de armas. Klaus era el mejor amigo de mi hermano, él fue a quien eligió como *deartháir* y habría muerto intentando protegerlo.

Volví a leer la lista otra vez, todos ellos eran amigos de la infancia de Galván. Ninguno se hubiera atrevido a hacerle daño y menos a orquestar toda la pantomima para inculpar a los sideiros. Pero Soren...

—Soren es mi primo, es el hijo de Haakon. —No recordaba que Soren hubiera acompañado a Galván, no tenían muy buena relación.

—¿Ocurre algo?

—Soren no tendría que haber ido, Galván no lo quería cerca. Si dejó que lo acompañara sería por obligación.

—¿Por qué no lo quería cerca?

—Soren está empeñado en que me case con él, para conservar el linaje puro, según dice.

—¿Te hizo algo, Alish?

—Si Galván no hubiera llegado cuando lo hizo... —Todavía recordaba ese momento.

—¿Qué pasó?

—Tenía apenas veinte años y me encontraba en la biblioteca leyendo un libro de astronomía, Soren entró y se acercó a mí, recuerdo levantarme y dejar el libro en el carro, pero me cerró el paso, me estuvo hablando sobre la grandiosa línea de sangre que engendraríamos si me casara con él. —Levanté la vista hacia Kilian y su rostro reflejaba una ira que haría huir a cualquiera con un par de dedos de frente—. Yo le respondí que no tenía ninguna intención de casarme con él, pero se rio de mí y me dijo que tenía suerte de tener buen aspecto, porque con mi nivel mágico sería imposible encontrarme marido.

—Menudo imbécil —bufó Kilian—, los hombres de Tasia deben ser imbéciles si no ven lo maravillosa que eres.

—Intenté zafarme de él, pero me arrinconó en una estantería y empezó a subirme el vestido. Intenté gritar, pero me tapó la boca.

—Tu poder mágico debía ser muy superior al de él.

—Yo era muy joven y todavía no podía controlar mi magia en el estado de nervios en que me encontraba —le aclaré—, por suerte mi hermano había quedado para tomar el té conmigo y entró en la biblioteca justo cuando Soren estaba acabando de bajarse los pantalones, Klaus entró tras él y me sacó de la biblioteca, tuvieron que separar a Galván para que no matará a Soren.

—Si alguna vez vuelve a intentarlo... —Kilian se puso tenso como si hubiese detectado algo que no debería haber estado ahí, una manada de seis *lobosith* apareció entre los árboles y lo empezó a rodear. Los lobos eran tan grandes como un caballo pequeño, con su pelaje totalmente negro y espeso, le mostraban sus fauces mientras no dejaban de gruñirle y sus enormes patas dejaban profundas marcas en la nieve.

—Aléjate —me ordenó—, pueden cruzar la Cúpula.

Kilian desenvainó la espada y esquivó el primer ataque de uno ellos. Aun con la armadura pesada era grácil y silencioso. Era un guerrero experimentado, se podía ver en la posición que adoptaba después de cada movimiento.

—¡Kilian! ¡Abajo! —grité enviado una gran bola de fuego a través de la barrera, esta impactó contra dos lobos reduciéndolos a ceniza.

El alfa del grupo puso los ojos en mí y empezó a avanzar hacia la Cúpula, Kilian se interpuso entre el enorme lobo y yo. Levantó su espada y el lobo esquivó su golpe, parecía como si el animal intentará encontrar una grieta en su guardia, pero Kilian anticipaba cada uno de sus movimientos y los esquivaba con facilidad, con el último giro le asestó una estocada en el lomo. El lobo aulló de dolor y se volteó hacia su atacante clavándole los incisivos en el antebrazo. El animal se retorció sobre sus patas, intentando profundizar más en el agarre de Kilian.

—Maldito bastardo —maldijo mientras le clavaba la espada en el cuello, donde empezó a brotar la sangre del animal, muriendo a los pocos instantes.

Los demás lobos se acercaron a Kilian lentamente evaluando la situación, parecía que querían cansarlo, pero yo no tenía intención de que se volvieran acercar a él, levanté un muro de hielo entre los animales y él y luego convoqué una serie de rayos que fueron impactando cada vez más cerca de los lobos, obligándolos a huir hacia el bosque.

—¿Estás bien? —La preocupación en su voz era clara, pero aún lo fue más cuando se sorprendió al verme cruzar la Cúpula y acercarme a él—. Princesa, no debes cruzar.

—Estás herido, dame el brazo —le exigí, tendiéndole mi mano para que me acercara su brazo.

—Es solo un rasguño.

—No es solo un rasguño —le reprendí—, la saliva del *lobosith* es altamente venenosa, si no te curo morirás en horas.

Él me dio su brazo y desmonté la placa donde el lobo le había mordido, dejando al descubierto la mordedura que empezaba a ponerse negra. Empecé a conjurar un hechizo para extraer la ponzoña, esta empezó a salir del cuerpo formando pequeños hilos negros que goteaban hacia el suelo. Kilian siseaba mientras salía la ponzoña de su organismo, pero no se movió ni un milímetro mientras lo curaba. Cuando la herida estuvo limpia, la cerré.

—Puede que te moleste unos días, pero no te quedará cicatriz.

—Eres muy valiente.

Levanté la mirada hacia él y me vi sumergida en esos ojos azules con toques plateados, nunca había estado tan cerca de un sideiro. Fue la primera vez que vi que sus orejas eran ligeramente puntiagudas y sus incisivos más pronunciados que los míos, dándole un aspecto amenazador.

—¿Valiente? Nadie me ha dicho nunca que fuera valiente.

—Has cruzado para ayudarme, para ayudar a un enemigo.

—Yo ya no te considero mi enemigo, antes puede que sí, pero ya no.

Sin previo aviso me cogió del mentón y me besó, aunque se retiró como si el beso hubiera sido un acto visceral que no hubiera podido frenar.

—Lo siento... —dijo con un susurro.

Pero no dejó de sujetarme por la cintura y apoyó su cabeza en mi frente, por Einar, ese hombre olía como el mar en primavera. No podía apartar mis brazos de su cuerpo, entonces me puse de puntillas y esta vez lo besé yo. Él se sorprendió de que le devolviera el beso, pero me atrajo más hacia él aplastándome contra la armadura. Las piernas empezaban a flojear, nadie me había besado como él lo estaba haciendo.

—Alish, si no me detienes, no sé si podré parar.

—No, no quiero que te detengas.

De un salto, Kilian nos subió a la copa de una secuoya que había tras nosotros. Yo me aferré a él por la impresión de ser elevada a tal velocidad.

—No... no sabía que teníais tanta fuerza.

—Me alegra poder sorprenderte. He pensado que aquí estamos más seguros de miradas indiscretas.

Muy suavemente me pasó un mechón de pelo rebelde detrás de mi oreja como si fuera la cosa más delicada del mundo y posó su mano detrás de mi nuca. Empecé a respirar entrecortada. El beso de antes hizo que la adrenalina me corriera por las venas, no me había percatado de lo nerviosa que estaba en realidad.

Kilian era muy distinto a Klaus, era seguro de sí mismo y autoritario, pero al mismo tiempo era delicado conmigo, como si le diera miedo que pudiera salir corriendo.

Estábamos muy cerca el uno del otro y podía notar su aliento rozando la piel de mis mejillas.

—¿Te doy miedo? —me preguntó.

—No, no es miedo, me pones nerviosa, no sé qué esperar.

—Desde que tu hermano me habló de ti me moría de ganas de volverte a ver y, cuando llegaron los rumores de que habías comenzado la guardia... No pude resistirme a encontrarte.

—¿Qué te dijo Galván de mí?

—Que eras la más inusual tasiana que podría encontrarme, que eras su reflejo, aunque no entendí bien a lo que se refería.

—Siempre me decía que era su versión en mujer, y eso enfadaba a mi madre.

Kilian posó una mano en mi cadera y me atrajo más hacia él, ahora ya no había distancia entre nosotros, luego bajó su otra mano desde mi nuca hacia mi espalda presionándome ligeramente contra él y finalmente rozó sus labios con los míos, no fue como el anterior beso, este fue casi casto, como si esperara que yo le diera permiso para ir más allá. Me volvió a besar trazando con su lengua mi labio inferior, buscando entrar en mi boca, yo no me resistí, quería saborearlo.

Nos separamos ligeramente sin aliento, mirándonos a los ojos mientras escuchaba mi corazón martillear en mis oídos.

—Alish —me dijo al odio con una voz ronca que me provocó un espasmo en la parte baja del vientre—, no tenemos que hacer nada que no quieras. ¿Quieres que me detenga?

—No.

Mientras me volvía a besar empezó a desabrochar hábilmente las tiras de mi peto de cuero para acto seguido quitármelo por la cabeza, dejándolo en el suelo de la enorme rama junto a mi capa. Kilian deslizó la mano desde mi espalda hacia mi pecho y lo masajeó, haciendo que mis pezones se endurecieran. Al notar sus manos expertas me aferré a su cuello tirando de él para profundizar el contacto.

Yo, por mi parte, intenté desabrocharle la armadura, aunque debo decir que fracasé en el intento.

—Nuestras armaduras tienen muchos cierres. —Se rio en mi cuello—. Déjame a mí.

Primero se quitó la pesada capa negra, para acto seguido empezar a desabrochar uno a uno los pasadores de su coraza y sus perneras, para luego quitárselos y dejarlos a un lado. Tan solo se había quedado con un pantalón de cuero negro y una camisa negra abierta por el pecho.

Kilian me tendió la mano y me volvió a acercar a él, notaba su cálido cuerpo bajo la fina capa de tela.

—¿En qué estás pensando? —me preguntó.

—No parecéis tan gráciles embutidos en esas armaduras pesadas.

—Nosotros no tenemos magia, pero somos muy fuertes, aunque no lo parezcamos, ese fue uno de los dones que nos concedió Ansgar.

—¿Uno de los dones?

—¿Os estáis ofreciendo a mí para sonsacarme información? —preguntó Kilian con una sonrisa burlona.

—Sí, ese ha sido mi plan desde el principio —le respondí siguiéndole el juego—. ¿Qué vas a hacer conmigo por tal ofensa?

—Ya pensaré algo al respecto.

Se sacó la camisa por la cabeza revelando un torso musculoso y bien tonificado, sus abdominales se contrajeron cuando pasé las uñas por encima de ellos. Tenía la piel bronceada, seguramente por entrenar sin camisa, mis manos pálidas destacaban en su piel. En uno de sus brazos había tatuado un gran dragón azul, seguí sus líneas con los dedos, ensimismada en la belleza del dibujo.

—Es mi símbolo como heredero de la corona.

—Es muy bonito.

—Nunca me habían dicho que fuera bonito, la mayoría de las mujeres cree que es amenazador.

—Pues se equivocan.

No podía entender cómo alguien podría creer que aquel magnífico hombre fuera amenazador, puede que causara respeto por su altura y porte, pero yo no me había sentido amenazada en ningún momento.

Luego, cuando la luna iluminó su piel, pude apreciar que tenía pequeñas cicatrices, algunas parecían garras, otros mordiscos a lo largo del torso, el costado y los brazos.

—Por Einar —dije cubriéndome la boca.

—Nosotros no tenemos la Cúpula que repele los monstruos, tenemos muchas escaramuzas. Esto es lo que te llevas cuando un dientes de sable te salta desde un árbol —dijo señalando la cicatriz que iba desde el hombro izquierdo hasta la mitad de su pecho.

—Lo siento.

—¿Por qué? Tú no tienes la culpa, seguramente si mis antecesores no os hubieran hecho todo lo que os hicieron nos hubierais ayudado.

—Tienes razón, pero ahora sí podemos ponerle remedio —le dije antes de darle un suave beso en el pecho, justo donde empezaba la cicatriz más extensa.

—Creo que es mi turno —dijo poniendo sus manos debajo de mi camisa, subiéndomela, dejando mis pechos al descubierto—. Sube los brazos.

Yo le hice caso y los subí para que pudiera sacarme la camisa, pero se detuvo cuando la tela quedó encima de mis ojos, sujetándome las muñecas detrás de mi cabeza y volviéndome a besar. Gemí cuando sus labios abandonaron los míos para capturar uno de mis pezones que se habían endurecido más al contacto con el aire fresco de la noche. Con la mano libre desabrochó los cordones de mi pantalón y me cogió en volandas para tumbarme encima de las capas. Estaba muy nerviosa, nadie me había tocado como lo estaba haciendo él.

—Estás temblando —me dijo mientras me sacaba las botas.

—¡Esto es ridículo! —me quejé—. ¡No debería estar tan nerviosa!

Noté cómo se tumbó a mi lado, persiguiendo con un dedo la curva de mis pechos.

—Creo que te pone nerviosa no poder ver —sentenció mientras acababa de sacarme la camisa—, es normal, tienes que confiar mucho en una persona para dejarte a su merced.

Se abrió camino por mi garganta hasta mis pechos, besando y lamiendo mi piel expuesta mientras con la mano libre me quitaba los pantalones y la ropa interior, dejándome totalmente desnuda. Luego se levantó y se acabó de desnudar para mí, revelando toda su masculinidad, que estaba dura y palpitante ante la anticipación. Se arrodilló a mi lado, me acarició las piernas y fue trazando pequeños círculos por mis muslos hasta llegar a mi zona íntima, notaba cómo las mejillas me ardían y mi respiración se volvió más pesada ante el toque de sus dedos. Podía notar cómo me humedecía todavía más cada vez que uno de sus hábiles dedos jugaba con mis pliegues. Deslizó un dedo en mi interior dejándolo quieto para que me adaptara a su intrusión y luego empezó a moverlo.

Empecé a gemir cuando movió el pulgar hacia arriba para rozar suavemente mi clítoris y me aferré todavía más a él. Luego separó mis muslos con una rodilla y se acomodó entre ellos.

—¿Estás lista, Alish?

—Kilian… Por favor —supliqué.

De una sola estocada se hundió en mi interior acallando mi gemido con un beso, cuando notó que me había acomodado empezó a mecerse lentamente, pasando su mano por mi muslo, acomodando mi pierna en su cadera para a profundizar más las penetraciones. Kilian me miró con ojos entrecerrados jadeando, con su mano libre me dio un suave tirón en el pelo haciéndome arquear la espalda y dándole total acceso a mi cuello para que lo besara y mordisqueara, el roce de sus colmillos era extrañamente excitante. Solo las estrellas eran testigos de nuestros jadeos encima de ese enorme árbol, Kilian no dejó de mirarme en ningún momento mientras continuaba nuestro baile encima de ese árbol. Nuestros cuerpos estaban empapados en sudor y yo empezaba a notar las contracciones en mi útero en cada embestida.

—¡Kilian! —grité aferrándome más a su espalda mientras mi orgasmo explotaba donde nuestros cuerpos se unían y me recorría el resto del cuerpo. Noté cómo él empezó a acelerar sus penetraciones hasta que con un gruñido noté cómo se liberaba en mi interior.

Lo envolví en mis brazos, manteniéndolo apretado contra mi pecho, él respiraba entrecortadamente, pero no dejaba de besarme una y otra vez. Luego se incorporó levemente para mirarme a los ojos.

—No ha estado mal, ¿no? —se burló.

—No, nada mal —le respondí resiguiendo su labio inferior con el pulgar para luego besarlo.

—El sol ya empieza a despuntar —se lamentó mirando el alba.

—Sí, deberíamos vestirnos, no tardará en resonar el cuerno.

Kilian salió de mi interior dejándome una extraña sensación de vacío, se levantó y me tendió la mano para ayudarme a levantar de la gran rama que había sido testigo de nuestra frenética unión.

—Ven, te ayudaré, eres la que tiene más prisa para salir de aquí.

—Me gustaría que no fuera así —le dije apoyando la cabeza en su pecho, mientras él me envolvía en sus brazos.

—Lo solucionaremos, Alish, encontraré la manera de que podamos estar juntos.

—Eso me gustaría.

Kilian me ayudó a vestirme acariciando mi cuerpo durante el proceso.

—¿Estoy presentable?

—Estás preciosa.

Entonces sonó el primer cuerno de aviso.

—Debo irme ya.

—Espera te bajaré.

—Tranquilo, no es preciso. —Me acerqué al borde de la rama y conjuré una plataforma, me subí a ella y empezó a descender hacia la Cúpula—. ¿Nos veremos esta noche?

—Aquí estaré.

Crucé la barrera y empecé a correr frenéticamente por el bosque para intentar llegar a tiempo al cambio de guardia, pero cuando divisé la torre de vigía, un contingente de guardias salió a mi paso.

—Deteneos, princesa —dijo uno de ellos.

—Ahora no tengo tiempo, debo llegar con el capitán Alexander, está esperando mi parte de guardia.

—¿Y qué le vas a contar, niña tonta? —preguntó una voz detrás de mí—. ¿Que te follaste a un enemigo en tu turno?

—¿Tío Haakon? —pregunté dándome la vuelta—. ¿Qué haces tú aquí?

—Venía a convencerte de que te casaras con mi hijo, pero al igual que tu hermano tienes predilección por los príncipes sideiros —dijo escupiendo en el suelo.

—¿Qué quieres decir? —pregunté retrocediendo.

—Sí, tu hermano se entendió nada más y nada menos con el segundo en la línea de sucesión al trono del imperio. No solo era un maldito traidor como tú, sino que encima era un desviado.

—¡Cállate! ¡Galván no era nada de eso! —grité.

—Ahora, mi querida sobrina, creo que debo cambiar mis planes y hacerte desaparecer, como hice con Galván.

—Tú… ¿Tú lo mataste?

—Era un escollo en mis planes y, al igual que tú, era un traidor a la patria.

—La paz es posible, tío.

—¡Cállate, zorra! —gritó golpeándome en la cara tan fuerte que me hizo sangrar el labio.

—¡Te mataré por esto! ¡Sabes que soy mucho más poderosa que tú!

—Exacto, lo eres, pero nosotros somos muchos más, inmovilizadla —ordenó mi tío a sus hombres.

Ocho fornidos soldados cayeron sobre mí, mientras mi tío encantaba unas cadenas para inmovilizarme, forcejeé, pero consiguió atarme. Luego uno me tapó los ojos y otro me cubrió la boca, así de esta manera no podía hacer magia y estaba totalmente indefensa.

—Siento que esto haya acabado así —me susurró al oído, me recorrió el mentón con el pulgar, era un gesto demasiado íntimo, me estremecí de asco. Me cargó como un saco sobre su hombro y me tiró encima de una superficie dura, que supuse que era un carruaje.

No sé cuánto rato estuvimos por los caminos, pero empecé a oler a sal, así que intuí que nos acercábamos a la costa, luego, entre dos hombres me cargaron y me volvieron a dejar en el suelo.

—Que no se mueva y que nadie le quite nada de lo que lleva o podrá mataros —ordenó mi tío.

Noté cómo unas botas pesadas se acercaban a mí y alguien me cogió del peto elevándome del suelo.

—Esta vez no voy a dejar ningún cuerpo, pensaba que matando a Galván en Sideira estallaría la guerra, pero el imbécil de tu padre no sirve ni para esto.

Intenté gritar que era un cobarde, pero ni un sonido salió de mi garganta.

—Adiós, Alish, espero que tu muerte sea rápida —me dijo dejándome otra vez en el suelo—, podrías haber sido una gran reina conmigo a tu lado.

Empecé a escuchar cómo los hombres gritaban que prepararan el barco para zarpar y en ese momento entendí que querían arrojarme en el Mar de la Luna. Navegamos durante varias horas, en las cuales no dejaba de pensar en mi padre, pero sobre todo en Kilian, no quería morir, quería volver a su lado.

—Estamos a punto de cruzar la Cúpula —dijo uno de los hombres—, la tiraremos ahí, si lo hacemos en nuestros dominios el rey podría localizarla.

Noté cómo traspasamos la barrera mágica y supe que había llegado mi hora.

—Venga, vamos a deshacernos de esta traidora —dijo una voz ronca.

—Lástima que tenga tanto poder, nos podríamos haber divertido un poco con ella —le respondió otro.

—Yo no me juego el cuello por un polvo y esta traidora no se merece una buena polla tasiana. —Se rio un tercero.

Luego me cogieron entre dos, intenté moverme y luchar, pero fue en vano, la sensación de caer fue aterradora, entré en el agua y me hundí.

Recordé las palabras de Einar: «Guárdate de los que tienes cerca, oh, porque ellos serán el causante de que te ahogues en aguas oscuras». ¿Era yo el Lucero del Alba? Ahora ya poco importaba, notaba cómo se me acababa el aire y luego solo oscuridad.

CAPÍTULO 7

KILIAN

Cuando me desperté aquella mañana mi cama olía a ella, yo olía a ella, había dejado una impronta en mí sutil como una brisa de primavera. Me había pasado la noche rememorando en sueños cada caricia, cada jadeo, me había clavado las uñas en la espalda cuando había llegado a su orgasmo y eso me había arrastrado al mío propio. Me hubiera gustado pedirle que se quedara conmigo, que el resto del mundo no importaba, pero por desgracia ambos teníamos obligaciones y verla marchar flotando en ese halo mágico había sido lo más duro que había hecho en toda mi vida.

Me vestí y me dirigí al comedor, tenía que hablar con mi padre para contarle lo sucedido y mis intenciones de casarme con ella si ella me aceptaba.

—Buenos días, hermano —me saludó Tristán mientras pinchaba un espárrago—, ya creía que no nos dignarías con tu presencia.

—Gracias, Tristán, es bueno ver que a uno lo echan en falta.

—Buenos días, hijo, te veo muy animado —me dijo mi padre con una sonrisa—, hacía mucho tiempo que no te veía así.

—Tengo algo que contaros. —Me acomodé en la silla e indiqué a los sirvientes que salieran de la habitación—. Activa las defensas, Tristán.

Mi hermano abrió los ojos de par en par, se levantó y accionó la palanca para activar las defensas de la sala. Durante nuestros siglos de oro habíamos diseñado artefactos que impedían que la gente escuchara lo que ocurría en esta sala, la mayoría de máquinas de palacio usaban la energía del sol para funcionar, pero en algún punto descubrieron que la magia de los tasianos mejoraba notablemente su rendimiento y lo incorporaron. Al principio los tasianos cedían la magia voluntariamente como algo comercial, pero cuando mis antepasados empezaron a codiciar más, los esclavizaron y mataron.

—Ya está, la sala es segura —dijo Tristán mientras volvía a sentarse en el sillón.

—¿Qué ocurre, hijo? —Mi padre estaba realmente preocupado, nunca había necesitado asegurar la sala para hablar con ellos.

—Ayer por la noche estuve con la princesa Alish, estábamos hablando como cada noche, cuando una manada de *lobosith* me flanqueó y atacó, la princesa envió una descarga ígnea a través de la barrera e incineró a dos de ellos. Eso la hizo ser el blanco del alfa, yo me puse entre ellos y me mordió. —Mi hermano palideció, pero yo levanté una mano para que me dejara seguir—. El resto de la manada huyó y la princesa cruzó la barrera para curarme.

—¿Qué hizo la princesa? —Hacía tiempo que no veía a mi padre tan sorprendido—. Puede que haya esperanza para la paz.

—Luego nos besamos, bueno, yo la besé primero.

—¡Kilian! —me reprendió Tristán—. ¡Joder! ¡¿No puedes tener la polla en los pantalones por una vez!?

—Tranquilo —me quejé—, ella me lo devolvió, no la forcé a nada. Cuando terminamos de… Ya me entendéis.

—No me lo puedo creer —dijo mi padre pasándose una mano por la cara.

—Los dos queremos estar juntos, antes de irse me dijo que no quería marcharse.

—¿Entonces ella tiene sentimientos por ti?

—¿Qué tan malo sería? Yo nunca me había encontrado en esta situación, sueño con ella, me siento intranquilo si no la veo, temo por ella por si puede pasarle algo.

—¿Vas cachondo todo el día? —me preguntó Tristán—. ¿Notas su gusto en la boca? ¿Su olor en tu piel? ¿Ha cambiado tu tatuaje?

—Sí a todo, pero no sé qué quieres decir sobre el tatuaje.

—Quítate la camisa —me ordenó mi padre y yo lo hice.

—El dragón ha cambiado —me dijo Tristán mientras lo miraba con atención—, ahora tiene los ojos del color de ella y el símbolo de Ansgar está entrelazado con el de Einar.

—La unión está bendecida por los dioses. —Mi padre se recostó en su silla—. ¿Entiendes lo que significa?

—Tenemos que hablar con un sacerdote, voy a buscar al gran maestre —dijo Tristán mientras salía de la sala.

—¿Qué significa, papá?

—Significa que ella es tu pareja eterna, Ansgar nos hizo cazadores, ya lo sabes, tenemos todas las ventajas que nos pudo dar, pero para anclarnos y calmar nuestra ira guerrera nos concedió a nuestras parejas. Ellas tienen poder sobre nosotros, con un solo gesto pueden ponernos de rodillas.

—No he conocido a nadie que le pasara lo mismo.

—Porque nuestra sociedad ha ido por libre, ya no esperamos a nuestra pareja, ahora la mayoría de uniones son políticas.

—¿Pero qué pasaría si se despertara el vínculo con alguien que ya está casado?

—Que ambos machos lucharían hasta la muerte.

Al cabo de lo que pareció una eternidad, Tristán apareció con el gran maestre.

—Majestades imperiales. —Se inclinó al entrar—. El príncipe Tristán me ha informado, ¿puedo ver el tatuaje?

El gran maestre se acercó a mi brazo y lo estudió con detenimiento.

—Es extraño, se ha alterado el tatuaje entero. Desde la postura del dragón, antes estaba atacando, ahora está defendiendo. —El maestre se cruzó de brazos—. Es la primera vez que veo algo así en mis dos milenios como gran maestre. Los ojos eran azules como vos, ¿decís que es el mismo violeta que los de ella?

—Sí, además ha aparecido el símbolo de Einar.

—Einar y nuestro dios padre Ansgar son hermanos, como ya sabéis.

—Sí, enemistados.

—No, nunca ha sido así. Eso es una mentira que los altos lores contaron hace siglos para justificar sus matanzas. Los que hablamos en nombre del Gran Cazador hemos combatido siempre esas mentiras.

—¿Entonces todo nuestro imperio se sustenta en una mentira? —pregunté indignado.

—Vos y vuestra familia estáis devolviendo el orgullo a Sideira, lo que pasó en el pasado no se puede cambiar, pero podemos intentar pavimentar un futuro mejor. ¿Entonces es una tasiana? Eso puede ser problemático.

—No solo una tasiana —respondió mi padre—, la mismísima heredera del trono de Einar.

—Oh.

—Sí, oh —se quejó Tristán.

—Puede que no sea una mala noticia, podría ser el primer paso para una paz duradera en el continente. Pero no sé cómo Einar le hará saber que vos sois su pareja, los registros que tenemos de antes de la esclavitud están muy olvidados, pero podría investigar.

—Hazlo —le ordené.

—Una sugerencia, mi príncipe, si le contáis todo esto en breve, por favor, sea cortés y estad calmado. Vuestras hormonas estarán en plena efervescencia y vuestro instinto protector os puede jugar una mala pasada. Recordad que ella es tasiana, no tiene los mismos impulsos que nosotros y podríais asustarla.

—Relájate antes de esta noche, por tu bien, por el de ella y el nuestro —ordenó mi padre.

—Ven, hermano —me dijo Tristán—, vamos a practicar un poco con los puños.

—Os haré saber cualquier descubrimiento que haga en los archivos, majestad.

Tristán tenía razón, soltar toda aquella tensión me había ayudado, esa noche le contaría lo que me había contado el gran maestre y le diría que preguntara a su Sacerdotisa Suprema sobre ello.

Esperé donde siempre con una rosa negra en mis manos, pero ella no aparecía. Me acerqué a la Cúpula, por si ella había dejado un mensaje, pero nada.

—¿Quién sois? —preguntó una voz desde el otro lado de la Cúpula.

Me giré y era un capitán tasiano con su armadura nocturna y sostenía la daga de Alish.

—Soy el príncipe Kilian —le dije con un leve movimiento de cabeza.

—Soy el capitán Alexander, alteza imperial. ¿Puedo preguntar qué hace el heredero al trono de Sideira aquí?

—No os voy a mentir capitán, el príncipe Galván y la princesa Alish me dijeron que erais un hombre de honor. —Me estaba arriesgando mucho, pero algo en mi cuerpo me decía que Alish estaba en peligro—. Había quedado con vuestra princesa, hace semanas que nos estamos viendo mientras ella hacía su ronda.

—¿Erais vos su fuente de información? —Asentí con la cabeza—. ¿En qué se ha metido esta niña?

—Nunca le he hecho nada —gruñí—, ella me salvó la vida, es mi pareja y noto que algo le ha pasado. Teníamos que vernos esta noche, pero no ha aparecido, la última vez me dejó un mensaje de fuego.

—Alish no ha llegado esta mañana al bastión —me respondió con voz grave, la noticia me impactó como un puñetazo. ¿Dónde estaba ella? ¿La habrían atacado?—. Su tío me ha dicho que un grupo de sideiros ha intentado cruzar mientras hablaban y que ella ha desaparecido en medio del caos.

—¡Eso es mentira! —Notaba un sabor metálico en la boca y un hilo de sangre recorrió mi labio, me había mordido de rabia—. Nadie de mi pueblo ha atacado la Cúpula y yo no le haría nada a ella.

—Cálmate, muchacho. —El capitán usó su tono autoritario para intentar calmarme, pero yo no podía hacerlo, no con esa sensación que me recorría el cuerpo—. No me creo ni una palabra de ese imbécil, además, no ha habido ninguna perturbación en la Cúpula. Los capitanes estamos en sintonía con su magia, notamos si alguien está interfiriendo con ella. Por eso he decidido investigar, he hecho el mismo recorrido que hacía ella y me he encontrado con la daga de Galván, Alish no se hubiera desprendido voluntariamente de ella.

—Pues acusad al príncipe Haakon.

—No hay pruebas, no puedo acusarlo sin revelar que ella se estaba viendo con vos. Eso deshonraría a Alish y pondría una diana en vuestro pueblo. Haakon tendría su guerra. ¿Es lo que queréis?

—No.

—Ella está viva, ¿no lo notáis? Si realmente ella es vuestra pareja…

—Lo es —sentencié.

—Tenéis que notar su magia a través de vuestro cuerpo, una vibración, escuchad vuestro instinto.

—Ella está viva, lo noto aquí —le dije señalando mi pecho—, es como si mi corazón tuviera un segundo latido.

—Esa sensación es ella.

—¿Pero dónde está?

—Eso es lo que intentaremos averiguar. —Para mi sorpresa el capitán cruzó la Cúpula y se acercó a mí—. Juntos.

Yo le tendí la mano y él me la estrechó.

—Juntos.

CAPÍTULO 8

ALISH

Me desperté en una cama mullida y llena de mantas. Por la ventana de la habitación podía ver un paisaje nevado. Levanté las mantas y vi que mis ropas habían sido cambiadas por un largo camisón. Intenté levantarme de la cama, pero me notaba débil y sin fuerzas. Me alarmé cuando la puerta de la habitación se abrió y entró una muchacha.

—Oh, estás despierta. —La chica tenía aspecto elámico, había visto pocas veces a gente de Elam, pero siempre me había parecido un pueblo curioso, tan diferente a nosotros, con su tez del color del caramelo y esos ojos rasgados. Sus ojos verdes como el jade destacaban con el color de su piel y su pelo rojo como las hojas en otoño—. La matriarca Irelia estará complacida al ver que has recuperado la conciencia.

—¿La matriarca Irelia? ¿Eso quiere decir que estoy en Drangia?

—Sí, estás en la noble casa de Tveit, el hijo de la matriarca vio cómo te tiraban de un barco y te rescató del mar.

—¿Cómo te llamas?

—Me llamo Rania y sirvo a la matriarca. Te ayudaré a vestir y haré que te preparen algo de comer, debes estar hambrienta.

La muchacha salió de la habitación y al cabo de unos pocos instantes volvió con una bandeja con comida.

—Bébete el caldo, te sentará bien.

Le di un sorbo al caldo y estaba buenísimo, era consistente y tenía un regusto a jamón. Parecía que no había comido en días, porque apuré el caldo en cuestión de un minuto, luego Rania me dio una onza de pan crujiente, mientras me lo comía vi cómo abría un armario y sacaba un grueso vestido carmesí con detalles dorados.

—Creo que este te irá bien.

—¿Mis ropas?

—Lo siento, quedaron inservibles. Ven, te ayudaré a vestirte, estos vestidos drangianos tienen muchas capas y son complicados de poner si no lo has hecho nunca, y dudo que una tasiana se haya puesto algo tan grueso con el clima templado que tenéis. —Era verdad, en mi tierra no había nada parecido, solíamos vestir con telas ligeras y cuando el invierno llegaba lo solucionábamos con capas de pieles.

—No, nunca me había puesto algo tan grueso.

Rania me ayudó a ponerme el intrincado vestido y me peinó. Luego me condujo por la casa hasta llegar a una sala donde se encontraba una mujer sentada en un sillón. Tenía el pelo canoso y unas arrugas incipientes en la cara, el porte era regio, aunque amable.

—Oh, princesa, me alegro ver que habéis recobrado la conciencia y os encontráis bien.

—¿Cómo sabéis quién soy? —pregunté.

—Mi pueblo, al igual que el vuestro, ha sido bendecido con unos dones, puede que no sean tan espectaculares como vuestra magia, pero nos han mantenido a salvo.

—Creo que debo dar las gracias a vuestro hijo por salvarme.

—Es una suerte que Nial os escuchara gritar.

—Eso es imposible, me pusieron una mordaza mágica.

—Gritasteis con vuestra mente, Pyre nos dio el don de poder leer las mentes, normalmente miramos de no escuchar a nuestros congéneres, pero vuestro grito fue imposible de ignorar.

Si aquella gente podía leer la mente, seguramente ya conocerían todo lo que me había pasado y el porqué había llegado ahí.

—Venid, querida, la emperatriz desea hablar con vos —dijo la matriarca levantándose del sillón.

La seguí a través de las estancias hacia la calle, me estremecí cuando noté el frío del exterior.

—Entrad en el carruaje, estaréis más caliente.

Dentro del carruaje había un muchacho de mi edad, pero aún sentado parecía ser el doble de alto que yo, con unos ojos avellana y el pelo rubio bien corto. Irradiaba control, como si quisiera ocupar todo el aire del carruaje con solo su presencia.

—Veo que nuestra náufraga se ha recuperado.

—Princesa Alish, este es mi hijo Nial, general de las Fuerzas Imperiales.

El Imperio de Drangia estaba gobernado por la emperatriz Nyha, que controlaba el territorio gracias a las matriarcas, el único rol político que tenían los hombres era el militar y el ejército estaba totalmente entregado a su emperatriz.

—Encantada de conocerte y gracias por salvarme la vida. —Le tendí la mano y él se la llevó a los labios y me besó los nudillos.

—De nada.

La vista por la ventana del carruaje era espectacular, casas con los tejados llenos de nieve. Hombres y mujeres con sus gruesas capas.

—Os debe parecer muy diferente a vuestro hogar —dijo la matriarca Irelia.

—Sí, no suele nevar en Tasia y si lo hace no cuaja. Son unos vestidos asombrosos.

—Ya casi llegamos a palacio —dijo Nial sacándome de mi ensoñación.

El palacio de la emperatriz estaba hecho de roca volcánica, con incrustaciones de piedras verdes, formando un intrincado mosaico que no alcanzaba a comprender.

—¿Cómo mantenéis las casas calientes?

—Bajo el suelo hay aguas termales, todas las casas tienen un sistema de fontanería que distribuye el calor y el agua corriente caliente para los baños.

—Un sistema muy ingenioso. —Me preguntaba si sería posible adaptar esa tecnología a las casas tasianas, tener agua corriente caliente debía ser una maravilla.

—Hemos aprendido a usar lo que la madre nos ofrece.

Nial bajó del carruaje y ayudó a su madre a descender de él y luego a mí. La matriarca parecía tan liviana andando con ese grueso vestido y la capa, en cambio, yo parecía un pato mareado por la sensación del peso.

—¿Os ayudo? —me preguntó Nial levantando una ceja, parecía

divertido, o puede que hubiera escuchado mi mente suplicando que no me cayera de morros al bajar.

—Sí, por favor, este vestido pesa como el granito.

Nial se rio, una risa profunda como la de alguien que ha visto muchas cosas en la vida. Era sabido que los drangianos podían estar contentos si llegaban a los novecientos años de edad, así que no sabía el equivalente de madurez respecto a mi pueblo.

—Venid, tomad mi brazo —me dijo tendiéndome la mano—, os ayudaré a llegar a la sala del trono.

Yo tomé su mano y él la posó en su brazo ayudándome a equilibrar el peso, con mi otra mano recogí un poco del vestido para intentar no tropezar. Los tres fuimos conducidos, a través de los pasillos de palacio, hasta una gran sala de granito negro y en centro un gran trono de diorita. En él estaba sentada una mujer de mediana edad, pelirroja con ojos azules, que me sonreía.

—Matriarca Irelia, estoy muy contenta de ver que vuestra invitada se ha recuperado totalmente.

—Así es, alteza imperial —le respondió inclinándose.

—Acercaos, princesa Alish, legítima heredera del trono de Tasia.

Nial me soltó y dejó que me acercara al trono, aunque debo admitir que no tan delicadamente como me hubiera gustado.

—Tranquila, querida, no sufráis. —Se rio la emperatriz—. Estos vestidos nos mantienen calientes, pero son engorrosos de llevar, se necesitan años de práctica.

—Sois muy amable conmigo.

—Irelia, podéis retiraros de momento, me gustaría hablar con la princesa.

La matriarca y Nial abandonaron el salón del trono y la emperatriz me indicó que me sentara en un pequeño banco a su lado.

—Supongo que Irelia os ha puesto al tanto de nuestros dones.

—Así es, majestad.

—Qué te parece si nos tuteamos, será más cómodo para las dos.

—Si a su majestad imperial le parece bien, yo no tengo nada cn contra.

—Bien, quiero decirte que sé tu situación, tuvimos que leerte la mente cuando llegaste. Tranquila, solo pude profundizar yo. —Me tranquilizó—.

Me he intentado poner en contacto con el príncipe Kilian, pero ninguno de los mensajes ha recibido respuesta, creo que los están interceptando. Respecto a tus padres y a lo que te sucedió en tu reino, he preferido no decir nada para tu seguridad, no sabemos quién más estaba implicado en el asesinato de tu hermano y en el intento frustrado del tuyo.

—Que el barco de Nial pasara por ahí y me escuchara gritar mentalmente fue una suerte.

—Fue la providencia de Pyre —aclaró la emperatriz—. Hablando de nuestra diosa madre. Quiere que pases por el sendero del fuego, si lo pasas ella te instruirá, cree que los dones que te puede transmitir te serán útiles para recuperar Tasia.

Según los registros que teníamos anteriores a las primeras nieblas, Pyre había encontrado a Einar herido después de la batalla del Mar de la Luna, ella lo había curado gracias a su fuego. Él se quedó prendado de ella y después de mucho insistir ella le correspondió. Sus hijos son nuestros dioses menores, Cosus, dios del inframundo, y Beltaine, diosa de la luna, eran los más venerados en Tasia junto a Einar, pero en Drangia se veneraban más a sus hijas, aunque no fue un tema que mis maestros tocaran especialmente.

—¿La mismísima diosa madre quiere ofrecerme ayuda?

—Solo si eres merecedora de ella.

—¿En qué consiste la prueba?

—¿Estás dispuesta a pasarla? —me preguntó mirando directamente a los ojos.

—Sí, ahora mismo tengo las manos atadas. —Me retorcí las manos, no veía ninguna salida excepto la que tenía ante mí.

—Entonces, querida, sígueme, iremos al templo.

La emperatriz me empezó a guiar por los intrincados túneles del subsuelo de palacio hasta llegar a unas puertas metálicas adornadas con llamas. Las puertas se abrieron cuando la emperatriz puso un pie en las escaleras y varias mujeres ataviadas con túnicas vaporosas salieron a recibirla.

—Bienvenida seáis, emperatriz —dijo la más anciana de ellas—, y vos también, princesa Alish, Lucero del Alba.

—¿Lucero del Alba? —pregunté extrañada.

—La diosa madre dice que serás la que guiará a la luz a tu pueblo, como la primera estrella del alba lo hace con el mundo. Entrad y os prepararemos para la prueba.

—Te dejo en buenas manos, Alish, que la misericordia de Pyre te guíe —me dijo la emperatriz antes de irse.

Las sacerdotisas me acompañaron a una habitación y me desnudaron, lavaron, untaron en aceites perfumados, peinaron y finalmente vistieron con una túnica roja. Luego me condujeron a la sala de la prueba, al entrar vi que era un río de magma con unas plataformas en él.

—Tendrá que cruzarlo para poder llegar a la diosa.

—¡Pero me quemaré!

—Todo tiene un precio, a veces el conocimiento nos llega con el dolor. Buena suerte, princesa —dijo la sacerdotisa antes de cerrar las puertas tras de sí.

Miré la estancia con detenimiento intentando averiguar cómo cruzar ese mar de fuego.

—Supongo que si creo una plataforma levitante, no le gustará —dije en voz alta para mí misma poniendo los brazos en jarra.

—Ni lo más mínimo —me respondió al oído una voz ronca, increíblemente sensual, que hizo que mojara mi ropa interior y se me pusieran duros los pezones.

Me di la vuelta para encontrarme con un hombre con el pelo azabache como el ala de un cuervo y dos metros de altura, labios carnosos que pedían ser mordidos, ojos verdes curiosos y un cuerpo que pedía a gritos ser lamido de arriba abajo.

—Hola, Alish —me dijo con una sonrisa burlona.

—Nos… ¿Nos conocemos? —pregunté con un hilo de voz consciente del efecto que tenía ese hombre en mí.

—Te conozco desde que naciste, hija.

—¿Einar? —pregunté confundida.

—Tengo que empezar a mostrarme más ante vosotros si ya no sabéis reconocerme. —Einar negó con la cabeza y me sonrió.

—Bueno, es que yo solo te he visto una vez, el otro día en el templo, y además ibas cubierto con un yelmo —le respondí cruzándome de brazos.

—*Mea culpa* por esperar que me reconocieras, más aún cuando te miré directamente a los ojos.

—Creía que había sido mi imaginación —afirmé—, ¿entonces Pyre no quiere que use magia?

—Exacto, ella no quiere que... ¿Cómo lo dijo? Ah, sí, no quiere que uses los truquitos con los que os bendije.

—Pero ella es nuestra diosa madre, ¿por qué no quiere que use mi magia?

—No, vosotros sois mis hijos, ella no tuvo nada que ver en cómo sois ahora.

—Oh.

—Sé que encontrarás la manera de cruzar, confío en ti. Te necesito, Alish, tienes que ser mis manos en Tasia. Por pactos que tenemos con los demás dioses, no podemos intervenir directamente porque os estaríamos quitando el libre albedrío y esa es nuestra ley más absoluta.

—¿Por qué me necesitas?

—Llegará otra gran niebla, no ahora, pero en un futuro cercano.

—Los videntes no anunciaron nada.

—Vetamos todas las visiones de lo que está por venir, al igual que veté la de tu supervivencia.

—¿Tienes miedo de que mi tío intente algo aquí?

—Sí, es la única manera que tengo para protegerte. Por eso también intercedí por ti ante mi mujer. No es muy abierta en dotar con sus dones a alguien que no es de su pueblo.

—Entiendo, supongo que debo sentirme honrada. Pero no sé qué puedo hacer yo sola.

—Kilian y tú ya habéis puesto la primera piedra.

—La emperatriz ha intentado ponerse en contacto con él, pero alguien lo está impidiendo.

—Estoy al corriente, ahora no te preocupes por eso. Si pasas esta prueba y sigues tu instinto, todo saldrá como tenemos planeado. Ánimo, princesa, ahora eres una pequeña luz en el firmamento, conviértete en un nuevo sol. —Después de decir eso el dios desapareció de mi vista.

Empecé a observar el río, después de un buen rato me di cuenta de que los saltos de magma tenían un patrón. Lo estudié y pensé una estrategia para poder cruzar. Empecé a saltar por los pilares, los cuales abrasaban mis pies, el dolor era casi insoportable, pero si me quedaba quieta en una de ellas moriría, al saltar resbalé con la túnica y aterricé de bruces quemándome el pecho y los brazos. Me levanté gritando de dolor, las lágrimas no tenían tiempo de resbalar por mis mejillas porque se evaporaban por el intenso calor.

—Un último salto. —Al final conseguí cruzar y tan pronto puse un pie en la otra orilla, las sacerdotisas salieron a mi encuentro.

—Bien hecho, princesa —me dijo la sacerdotisa que me ayudó a llegar a una charca de agua cristalina. Me hundieron en el agua y mis heridas se curaron solas. Bajo el agua podía ver cómo el agua cicatrizaba mis quemaduras y hacía desaparecer el dolor.

—La diosa exige sacrificio, pero también otorga cariño. Ahora salid y entrad en la sala contigua, hay comida y bebida, cuando la diosa esté dispuesta aparecerá junto a vos.

—Gracias. —Mi túnica se había quedado pegada a mi cuerpo por la humedad, no me atrevía a secarla con magia por si eso hacía enfurecer a Pyre.

Entré en la estancia, que estaba templada, y mi cuerpo exhausto lo agradeció. Me dirigí a una mesa que estaba llena de fruta y bebida. Me estaba comiendo una suculenta fresa cuando la diosa apareció ante mí. Pyre cumplía los sueños húmedos de cualquier hombre, una larga melena del color del fuego, unos ojos verdes penetrantes, curvas voluptuosas y unos pechos grandes y turgentes. ¿Qué tenían esa pareja de dioses que solo verlos me hacía ponerme cachonda? ¿Puede que fuera por eso que Einar fuera cubierto de arriba abajo?

—Hola, Alish.

—Pyre, madre de todos —la saludé inclinándome.

—Entiendo por qué le llamas la atención a mi marido, no solo eres una belleza entre cualquiera de las razas, sino que tu poder mágico es extraordinario.

Me sonrojé ante las palabras de la diosa y bajé la mirada.

—No tengas vergüenza, tu físico te da poder, tu magia te da poder, úsalo en tu beneficio. Seduce para sonsacar información, tortura con quien no te funcione la sutileza y la persuasión. Haz lo que tengas que hacer para conseguir tu objetivo y no tengas remordimientos —me dijo levantándome la cara con un dedo—, entiendo que todavía eres una joven entre los tuyos, pero toda la tragedia en la que te has vuelto involucrada te tiene que endurecer el alma. Si no sufrirás, no podrás volver con aquellos a los que amas y tu pueblo sucumbirá. ¿Es lo que quieres?

—No —dije con determinación.

—Bien, porque os observé a Kilian y a ti. —Noté cómo me sonrojaba todavía más y ella me miraba con una mirada pícara en sus ojos—. Una llama como la que despertasteis el uno en el otro se encuentra muy pocas veces en cada milenio. Tú eres su ancla, la única que podrá ponerlo de rodillas, y él es tu foco, aquel destinado a sostenerte cuando tu magia te supere.

—Einar me dijo que me queríais instruir —le dije cambiando de tema, si la diosa entendió mi incomodidad no lo hizo notar.

—Te enseñaré a poder leer la mente como hacen mis hijos, cuando puedas entrar en mi mente daremos por concluida tu formación.

—¿Y si no puedo hacerlo?

—Entonces tu pueblo morirá.

Noté cómo la sangre se me helaba, no podía fracasar.

—Sé que no nos fallarás —dijo Einar materializándose al lado de Pyre—, tengo muchas expectativas en ti. Además de la instrucción para poder entrar en la mente de las personas, Nial te instruirá en el combate cuerpo a cuerpo.

—Ahora ve, mañana empezaremos. La matriarca Irelia te está esperando fuera del templo, serás su invitada por orden mía y de la emperatriz.

—Gracias, no os fallaré.

—De eso, mi querida niña, no tenemos ninguna duda —sentenció Einar antes de que ambos dioses desaparecieran de mi presencia.

Tan pronto me quedé sola, las sacerdotisas entraron en la habitación, me ayudaron a ponerme el pesado vestido y me condujeron hacia la salida, donde ya me esperaban la matriarca Irelia y Nial.

—Venid, querida, debéis estar agotada —me dijo la matriarca con un gesto con la mano para que subiera al carruaje.

Nial me tendió la mano y me ayudó a subir, yo agradecí el gesto porque con lo agotada que estaba no creía que pudiera subir el pesado vestido yo sola. Desde la ventana del carruaje podía ver que se había hecho de noche y que las calles estaban casi desiertas. En poco rato llegamos a casa de la matriarca, habíamos tardado la mitad de tiempo que en ir.

Cuando entramos en la casa ya había personas esperándonos.

—Princesa, quiero presentaros a mi marido Alvar.

—Es un honor teneros en nuestra casa —me dijo acotando la cabeza.

—Encantada de conoceros, Alvar, espero no ser una carga para vuestra familia.

—Entendemos perfectamente vuestra situación, para nosotros nunca seréis una carga —me respondió.

—Estas son mis otras dos hijas. Briseida es la mayor, será la futura matriarca de nuestra casa, y la pequeña, Dánae, quiere ser sacerdotisa de Pyre.

—Una gran responsabilidad para ambas.

—No más que la vuestra, princesa —me respondió Briseida—. Espero que os encontréis a gusto entre nosotros.

—Venid —ordenó la matriarca—, cenemos, tendremos tiempo para charlar, además, princesa, mañana empieza vuestro entrenamiento y debéis descansar.

La cena fue agradable, en ningún momento tuve miedo de que entraran en mi mente sin mi consentimiento. Luego, cuando subí a mi habitación, Rania ya me estaba esperando para ayudarme.

—Para mañana os he dejado preparado un uniforme de combate, lo he tenido que entallar porque no muchas mujeres entran en el ejército.

—En Tasia es obligatorio un servicio de cien años, así nos aseguramos de que en caso de invasión cualquiera pueda empuñar un arma.

—En mi tierra está prohibido que cualquier hombre o mujer común tenga armas, lo hacen para que no nos podamos rebelar contra los vaishanos.

—Debo reconocer que no sé mucho de Elam.

—No hay mucho que saber de los vaishanos, son cuatro casas nobles, ellos gobiernan y los demás somos esclavos de sus caprichos.

—Siento escuchar eso.

—Yo misma fui vendida por mi padre a uno de ellos, ser atractiva en mi pueblo es peligroso, solo tenía doce años. Por suerte, cuando vine como acompañante de uno de los embajadores a renovar los acuerdos de paz, la matriarca Irelia me compró y me regaló mi libertad. Aquí conocí a mi marido y la matriarca me paga muy bien por servir a su casa. Soy muy feliz aquí.

—Me alegro de que la providencia te ayudará a escapar.

—Yo también, ahora debéis descansar. Cualquier cosa que necesitéis solo tenéis que pedirla.

—Gracia, Rania.

A la mañana siguiente, después de desayunar, fui conducida al templo de Pyre. La diosa empezó a enseñarme los fundamentos de su don. No era muy distinto de canalizar la energía mágica para generar fuego o un escudo protector. Aunque después de varios intentos tenía la sensación de que me había pegado contra un muro.

—No esperaba que pudieras hacerlo en una mañana, sigue practicando con Nial esta tarde —me dijo Pyre antes de desaparecer.

El entrenamiento con Nial se basaba en aprender a usar cualquier arma que tuviera a mi alcance y en intentar atisbar cualquiera de sus pensamientos.

—Poned los pies bien, debéis confiar en que vuestro cuerpo reaccione por instinto y, si estáis más preocupada en vuestro equilibrio que en vuestro oponente, moriréis. —Nial se movió tan rápido que no pude verlo hasta que me cogió del pelo, dándome un fuerte tirón y exponiendo mi garganta, donde ya había colocado una de sus dagas—. Sería muy fácil cortaros la garganta en esta posición o inmovilizaros para aprovecharme de vos.

—¿Se supone que debo tener miedo? —pregunté con rabia.

—Solo un necio no sentiría miedo ante la posibilidad de morir —me respondió pasando su nariz por mi cuello—. ¿Queréis morir, princesa?

—No.

—Entonces aprended. —Nial me soltó y me hizo una reverencia—. Dominad vuestro cuerpo y cuando seáis dueña de él, vuestra mente os seguirá. Practicad con la barra de equilibrio durante una hora y por hoy daremos la lección por terminada.

Durante la siguiente hora, Nial estuvo dándome directrices de cómo colocar mis pies e intentar encontrar mi centro de gravedad.

—Muchas gracias, Nial.

—De nada, alteza.

—Por favor, solo Alish —le dije tendiéndole la mano, Nial me la estrechó con una sonrisa.

Nial me condujo hacia la casa mientras me contaba cómo habían conseguido equipar todas las casas del imperio con agua caliente para los duros meses de invierno. Drangia apenas tenía primavera y solo un mes de verano, todos sus cultivos se sustentaban gracias a ese sistema de fontanería, era asombroso lo que habían conseguido.

—¿Sería posible tener papel para escribir una carta? —pregunté.

—Claro, lo que necesites, puedes usar el que hay en mi despacho.

—No quisiera ser una molestia. —No tenía nada para ofrecer a esas personas y ellos eran muy amables conmigo sin pedir nada a cambio.

—No es una molestia, aunque tengo una petición. —Nial me miró con cara divertida—. Nunca he visto la magia de tu pueblo.

—Oh —dije y con un leve movimiento de muñeca hice levitar a Nial medio metro del suelo—. No es tan espectacular como generar fuego con las manos, pero es divertido ver la cara que has puesto.

—¿Puedes hacer eso siempre que quieras?

—Sí, aunque desde pequeños nos enseñan que la magia es un bien preciado y no se debe usar a la ligera, pero de vez en cuando vale la pena derrochar un poco —le conté mientras lo hacía descender.

—Creo, Alish, que aprenderemos mucho el uno del otro, ven, el despacho está por aquí, úsalo siempre que quieras.

Nial me condujo al despacho y me dejó sola para que tuviera intimidad.

Querido Kilian,

No sé si estas letras te llegarán, te estoy escribiendo desde del Imperio de Drangia.

He estado una semana inconsciente, mi tío me capturó cerca del bastión. Kilian, él mató a Galván, lo mató en vuestro territorio para forzar una guerra. Ha intentado hacer lo mismo conmigo. Hagas lo que hagas, no caigas en sus provocaciones, no pueden saber que estoy viva.

Pyre quiere instruirme, así que no puedo volver todavía. No tengo el derecho a pedirte que me esperes, pero si lo que me dijiste encima de ese árbol es cierto, por favor, espérame y encontraremos la manera de estar juntos.

Eternamente tuya,

Alish

Durante semanas esa fue mi rutina, escribí cada noche una carta a Kilian, pero ninguna obtuvo respuesta. Las cosas tampoco iban bien en mi empeño por intentar leer la mente de Nial, me sentía frustrada. Usar mi magia siempre había sido sencillo, como respirar, pero no fue hasta medio año después que conseguí ver un pensamiento de Nial.

—Ahora ya sabes cómo entrar en una mente. ¿En qué estoy pensando?

—En que huelo bien —dije sonrojándome.

—Muy bien, ahora voy a levantar un muro en mi mente, intenta encontrar cualquier fisura en él para poder ver qué pienso.

Me concentré y me topé con el muro mental que me había comentado, parecía infranqueable.

—Cualquier pequeña debilidad te servirá para entrar.

Escudriñé hasta que vi un pequeño punto de luz, me acerqué mentalmente a él, me dio la sensación que era como mirar por el agujero de una cerradura.

—Veo… Te veo a ti junto a una chica pelirroja cerca de un lago congelado, en una cabaña, ella y tú, oh… Por Einar.

—He supuesto que te sonrojarías. —Se rio mientras se daba un codazo—. ¿Qué más?

—Te veo a ti en la cubierta de un barco y has escuchado el grito de una mujer. Es aterrador y tan triste. —Estaba viendo el momento en que me estaba hundiendo en el mar—. Te lanzaste al agua para salvarme, me sacaste del mar y tuviste que usar unas herramientas mágicas muy antiguas para desatarme.

—Excelente —me dijo acariciándome la mejilla.

No solo había visto esa escena, sino que pude entrever que Nial empezaba a sentirse atraído por mí.

—Nial, quiero que sepas que en estos meses me he sentido muy a gusto contigo y estoy enormemente agradecida, pero…

—No puedes olvidar a Kilian —me respondió con un tono neutro—, tenía la esperanza de que pudieras llegar a sentir algo por mí, sé que mi vida es mucho más corta que la tuya, pero hubiera sido feliz de compartir una parte de ella contigo.

—Eres un buen hombre, Nial, seguro que encontrarás una mujer que te merezca más que yo. Espero que esto no estropee nuestra relación.

—Dame un día para lamerme las heridas del rechazo —me respondió con una leve sonrisa—, vamos, mañana lo haremos en movimiento.

—¿En movimiento? —pregunté alarmada.

—Sí, te será útil en las batallas que están por venir.

A la mañana siguiente intenté colarme en su mente mientras practicamos con la espada. Era mucho más difícil porque debía estar concentrada en lo que estaba haciendo y en encontrar una debilidad en su escudo mental.

—Tengo muchos años de práctica, princesa, no es tan fácil meterse en mi cabeza —me retó mientras nuestras espadas chocaban entre sí, mis estocadas eran precisas, pero él me bloqueaba una y otra vez.

Después de muchos intentos, al esquivar uno de sus ataques, pude colarme en su escudo y vislumbrar su próximo movimiento. Conseguí esquivarlo y al darme la vuelta generé una capa de hielo bajo sus pies haciéndolo patinar y caerse de culo.

—¡Eso es jugar sucio! —se quejó desde el suelo.

—Cada uno tiene sus truquitos —le respondí deshaciendo el hielo con una sonrisa en mis labios.

—Ahora lo haremos distinto —me dijo mientras le tendía la mano para que se levantara del suelo—, yo intentaré entrar en tu mente y tú debes impedirlo, imagínate un muro, un laberinto, y guarda tus pensamientos en él, cuanto más fuertes o intrincados sean más difícil será para mí penetrar en ellos.

Me imaginé un laberinto con altos muros y guardé un pensamiento en su interior.

—Bien, ahora intentaré encontrar el recuerdo.

Noté la presencia de Nial en mi mente, era una intrusión sutil, pero aun así era como tener una mosca zumbando al lado del oído.

—Bien, muy bien, te adaptas a mis movimientos en tu cabeza. Estoy orgulloso. Ahora lo intentaremos luchando.

Cada día igual que el anterior, mis entrenamientos con Pyre y Nial ocupaban la mayoría de horas y las pocas horas libres las dedicaba a escribir a Kilian, aunque nunca tenía respuesta. Fueron mil años de soledad rodeada de gente, me sentía apreciada y acompañada, pero mi corazón me decía que faltaba una parte de mí, una parte que se encontraba al otro lado del Mar de la Luna. Vi morir a la matriarca Irelia y a su primogénita ocupar su lugar. A Nial casarse con una mujer que lo amaba con locura, tener hijos y nietos. Todos envejecían y yo seguía igual. Empezaba a impacientarme, cada día intentaba ver un solo pensamiento de Pyre y fracasaba en el intento, era frustrante.

—No pierdas la paciencia, Alish —me dijo Pyre en una de nuestras sesiones—, estoy segura de que lo conseguirás.

Me volví a concentrar en el muro de su mente, buscando y escudriñando cada rincón. Hasta que lo vi, me acerqué y pude ver a Pyre llorando, vagando sola.

—Siempre creí que fuiste tú quien encontró a Einar.

Pyre abrió mucho los ojos y Einar se materializó a su lado.

—Creía que había enterrado ese recuerdo para siempre —dijo ella, su mirada reflejó una tristeza que hizo que se me encogiera el corazón—. No, un cataclismo ocurrió entre los dioses y yo me quedé sola, luego de milenios en soledad, creí que lo mejor sería desaparecer, pero este hombre que tengo a mi lado descendió del firmamento y me dio un motivo para vivir. Querida niña, ya estás preparada, estoy muy orgullosa de ti, hija mía.

Que Pyre me llamara hija, no siendo de su pueblo, me llenó de orgullo.

—Ahora debes regresar, Alish —me dijo Einar—, pero no puedes entrar directamente a la capital, debes buscar aliados, yo iría en busca de tu mentor.

—¿Entonces debo entrar desde Sideira?

—Sí, con las habilidades que has aprendido, pasarás desapercibida. Ve, la emperatriz te ayudará a cruzar el mar —me dijo Pyre antes de besarme en la frente.

—Gracias por todo, no os defraudaré.

Me incliné ante ellos y salí del templo, unos guardias me condujeron ante la emperatriz. Durante los siglos que había vivido allí, había visto a

Ludmila subir al poder cuando su madre murió, se había convertido en una emperatriz muy querida para su pueblo y había cogido el testigo de su madre en lo que a mí se refería. Me sentía honrada de poderla llamar amiga.

—Alish, amiga mía —me dijo desde del trono—, Pyre me ha dicho que ha llegado la hora en que debemos despedirnos.

—Ha sido un honor poder compartir este tiempo con vosotros, ha sido toda una experiencia y me llevo el cariño de todos.

Ludmila se levantó con cuidado.

—Estás igual que la primera vez que te vi en esta sala.

—Tu madre fue una gran mentora para mí, al igual que tú, espero ser merecedora de todo lo que me habéis dado. Te echaré de menos, hermana. —La envolví en mis brazos y las dos lloramos en silencio durante un momento.

Al levantar la vista, la princesa Helmi tenía lágrimas en los ojos. Se la veía claramente afectada, como si fuera alguien de su familia quien se marchara.

—Cuando recupere mi trono, si alguna vez necesitas mi ayuda, solo tienes que pedírmela —le dije tendiéndole la mano.

—No puedo creer que te marches, has estado presente siempre en mi vida. Como una luz que nunca se apaga, será extraño no poder compartir una taza de té contigo y hablar.

—Yo también os echaré de menos. Debo irme —les dije soltándolas y alejándome de ellas, pero antes de salir de la sala del trono, me volví para verlas una última vez.

Cuando llegué a casa de Briseida ya me estaban esperando.

—La emperatriz nos ha informado de todo, te hemos preparado todo lo necesario para que puedas zarpar inmediatamente —me dijo Briseida.

—Hace tiempo mandé que te fabricaran una armadura ligera —me dijo Nial del brazo de su hija Acalia.

—No deberías haberte molestado, amigo mío.

—Es lo mínimo que puedo hacer por ti, ya que no puedo acompañarte en tu misión, estos viejos huesos ya no me aguantan y no creo que tarde mucho en reunirme con mi madre. —Nial había envejecido ante mis ojos, ese muchacho de apenas dieciocho años que me había rescatado del mar se había convertido en un hombre muy apuesto que tenía loca a su mujer, en un padre atento y cariñoso y finalmente un abuelo orgulloso.

Me abracé a él y las lágrimas cayeron por mis mejillas.

—Siempre te llevaré en mi corazón, Nial, has sido mi mejor amigo.

—Y tú la mía, gracias a ti cambió mi mentalidad. Pensaba que las mujeres ya tenían todos los estamentos y no necesitaban saber luchar. Ellas saben defenderse gracias a ti, creo que tu presencia nos cambió para bien.

—Yo os acompañaré —dijo la nieta menor de Nial, Beryl—, mi abuelo no puede, pero yo sí y será un honor estar a vuestro lado.

—Beryl, esta no es tu lucha —le dije acariciándole la cabeza.

—Beryl, cariño —la avisó Nial.

—Abuelo, irías tú mismo si pudieras, ¿verdad? —le preguntó mirándolo directamente a los ojos—. ¿No fue por eso que nos instruiste? ¿Para que la princesa no se enfrentara sola?

—Ya sabes que la acompañaría yo mismo si la edad me lo permitiera.

—Déjame ser tus manos, abuelo —le suplicó.

—Nial, tú tienes la última palabra. No te puedo prometer que estará a salvo.

—Tienes mi permiso, si es lo que deseas.

—Gracias, abuelo —le dijo abrazándolo.

—Tendremos que equiparte —le dijo Acalia a su hija pequeña.

Me fui a la que había sido mi habitación durante casi un milenio y me puse la armadura ligera que me habían regalado. Era de una manufactura muy fina, el cuero estaba tachonado con pequeñas placas de metal. Nial había ordenado que forjaran una espada corta y había grabado una frase: «Sigue tu corazón y te alzarás como el sol entre las tinieblas», nunca podría agradecerles todo lo que habían hecho por mí.

Cuando bajé, Nial y Acalia se estaban despidiendo de Beryl.

—¿Tienes todo lo que necesitas? —pregunté.

—Sí, podemos irnos —me respondió con seguridad—. El abuelo dice que desembarcaremos en Leptis.

—Desde ahí tendréis que ir por caminos poco transitados para llegar lo más cerca posible de Bastión Palatino —dijo Nial—, espero que paséis desapercibidas.

—Debemos irnos ya —le dije a Beryl—, si llegamos durante la noche será mucho más fácil escabullirnos de la ciudad.

—Mamá, abuelo, no os defraudaré.

—Cuídate, cariño.

—Eres la nieta más valiente que tengo, estoy orgulloso.

Las dos nos despedimos y nos dirigimos al barco, Nial había fletado un buque mercante para pasar desapercibidos.

—Princesa, *redi* Beryl —nos saludó el mercader inclinando la cabeza—, soy el *supai* de la matriarca Briseida en Sideira.

—¿*Supai*? —pregunté extrañada, era la primera vez que escuchaba esa palabra.

—Es un espía, el Imperio de Sideira fue enemigo de los dos continentes durante un tiempo. Ahora tenemos una relación tensa, pero diplomática, los *supais* son mercaderes y nuestros oídos en Sideira.

—No muchos conocen nuestros dones y esperemos que continúe así.

Asentí con la cabeza y me dirigí a la proa del barco, esperaba que la próxima vez que volviera a Drangia fuera con la corona de mi pueblo sobre la cabeza y mi venganza ejecutada.

CAPÍTULO 9

KILIAN

Mil años en silencio, ni una carta ni un rumor, era como si se la hubiera tragado la nada. Pero yo sentía que estaba viva, me lo decía cada fibra de mi ser.

—Hermano —me dijo Tristán entrando en mi despacho.

Mi padre se había quitado la vida medio siglo después de que Alish desapareciera. No había aguantado el acoso y derribo de la nobleza de Sideira a causa de las acusaciones de secuestro orquestadas por el general Haakon. Una noche se había ido a dormir tan tranquilo, habiendo compartido una animada cena con nosotros, y a la mañana siguiente lo encontramos muerto. Muerto por su propia mano, se había clavado una daga en el abdomen y abierto en canal. Ese día juré que acabaría con todo aquel que directa o indirectamente hubiera contribuido en el suicidio de mi padre.

—¿Qué ocurre, Tristán?

—Ansgar nos reclama. —Mi hermano había sido mi único apoyo en ese milenio, el único que comprendía el infierno que estaba atravesando.

—¿Qué quiere el dios padre?

—No lo sé, el gran maestre acaba de enviar un mensaje.

—No le hagamos esperar entonces.

—Me he encontrado con Darinka mientras venía. ¿Todavía intenta meterse entre tus sábanas?

—Dímelo tú, eres mi jefe de espías.

—Ve con cuidado, hermano, los cortesanos están esperando que te cases y ella piensa que es la elegida. Nadie conoce el vínculo que tienes con Alish. ¿Todavía la notas?

—Sí, esa sensación nunca ha desaparecido.

—Agárrate a eso, hermano, la encontraremos.

Los altos lores de Sideira habían estado presionándome durante un milenio para que me casara con alguna de sus hijas, pero yo no tenía ninguna intención de hacerlo. Ellos habían sido unos de los causantes de que mi padre no pudiera soportar más la corona. Con cada queja, cada maquinación había enterrado en vida a un hombre bueno, ninguno de ellos había sentido su muerte y cuando yo subí los peldaños del trono lo intentaron conmigo. Así que me convertí en el emperador despiadado que mi padre hubiera aborrecido, todo para proteger el legado de un hombre de paz.

—¿En qué estás pensando? —me preguntó Tristán de camino al templo.

—En nada en particular, pero tengo una sensación extraña. —Mi hermano me miró con cautela—. No te preocupes, estoy bien, sé que te he pedido mucho.

—No, no digas eso, Kilian. Sé que la imagen que debes dar no es la que te gustaría, pero creo que no deberás usar esa máscara durante mucho tiempo, porque en el momento en que movamos ficha los altos lores caerán uno detrás de otro y Sideira renacerá.

Tristán y yo habíamos ideado un plan, habíamos estado décadas recopilando información de cada casa noble de Sideira, buscando a todos los implicados en cualquier pequeño complot que hubiera podido perjudicar a nuestro padre y, llegado el momento oportuno, cuando menos se lo esperaran, acabaríamos con ellos.

El templo de Ansgar estaba bajo tierra, muy al fondo de unas grutas, el elevador chirrió cuando llegó a nuestro nivel y nos subimos en él, el descenso era largo y el aire cada vez se hacía más pesado, siempre había tenido la sensación de que estábamos entrando en la guarida de un depredador y nosotros éramos sus presas. Tan pronto el elevador llegó al nivel inferior, el gran maestre abrió las puertas para nosotros.

—Emperador, príncipe Tristán —dijo con una reverencia—, el Gran Cazador os aguarda. —Nos condujo a través del templo hasta la gran sala donde Ansgar se encontraba sentado en un trono hecho de obsidiana, tan oscura que podría absorber tu alma.

—Bienvenidos —nos saludó con una sonrisa, Ansgar era el prototipo de hombre sideiro, alto, fuerte, con unos ojos penetrantes y varonil, tenía locas a todas las mujeres del imperio, pues al contrario que Einar, que solo se presentaba ante sus hijos una vez cada quinientos años, su hermano nos reclamaba cuando él consideraba oportuno.

—Dios padre, estamos a tu servicio —dijimos Tristán y yo hincando la rodilla.

—Tengo algo que revelaros —nos dijo con un gesto de la mano invitándonos a sentarnos delante de él—, se avecina otra gran niebla y esta vez no podréis sobrevivir solos. Vuestras fuerzas están muy diezmadas todavía y las máquinas alimentadas con la sangre de los tasianos se están pudriendo por el desuso.

—No voy a volver a los tiempos oscuros —gruñí—, me niego a que mis manos estén manchadas con sangre tasiana, aunque con ello vea sucumbir a mi pueblo.

—No te he pedido eso —me respondió enseñándome los colmillos—, siempre me pareció algo repugnante, pero no tengo autoridad para decir cómo tenéis que actuar, ningún dios la tiene, nosotros damos avisos y algún empujón cuando es necesario.

—¿Entonces? —preguntó Tristán cruzándose de brazos.

—El Lucero del Alba ha estado oculto durante casi un milenio y ahora volverá para sacar de las tinieblas a este continente y salvaros de lo que está por venir.

—¿Quién es el Lucero del Alba?

—¿No has notado que ella se acerca? —me preguntó mirándome a los ojos—. ¿No has notado una vibración?

—¿Alish? ¿Ella es el Lucero del Alba? —Ansgar simplemente asintió con la cabeza—. ¿Pero por qué no he sabido nada de ella durante este tiempo? ¿Dónde ha estado?

—No me corresponde a mí dar esas explicaciones, pero debéis protegerla, porque sin su ayuda todos mis hijos morirán.

—Ni siquiera sabemos dónde podemos encontrarla —se quejó Tristán—, y no creo que vuelva a Tasia, no con lo que te contó el capitán

Alexander. Kilian, lo más lógico sería que intentara entrar en Tasia a través de nuestro imperio de incógnito, o eso haría yo.

—Tu hermano tiene una mente brillante.

—Dime algo que no sepa, ¿pero cómo la encontraremos?

—Tu hermano te ha dado la respuesta, solo puedo hacer una cosa para ayudaros. —Se levantó y le posó en la mano a Tristán diez medallones dorados con su símbolo—. Tristán, ponte uno y da los otros nueve a los soldados más leales que tengas.

—¿Me ayudarán a encontrarla? —preguntó Tristán.

—No, pero te ayudarán a que ella no pueda saber que la estás persiguiendo, tenéis todos mis dones para encontrarla, solo es una presa más.

—No lo entiendo.

—Todo a su debido tiempo, Tristán, ahora retiraos, tenéis que hacer muchos preparativos.

Tristán y yo hicimos una inclinación de cabeza y salimos del templo.

—¿Qué habrá querido decir? —le pregunté a mi hermano—. Siempre hace lo mismo, nos da la información a medias.

—Empieza a hacer los preparativos para la niebla —me respondió él, Tristán siempre había sido el más pragmático de los dos, el más calmado y calculador, por eso nos complementábamos tan bien—, yo me encargaré de encontrar a Alish.

—Tristán, sé amable, cuando quieres eres muy bruto —le reprendí—, ella no está acostumbrada a nuestra manera de ser y tampoco sabemos en qué condiciones ha estado durante este milenio.

—Tranquilo, hermano, seré el perfecto caballero. —Vi desaparecer a Tristán por el pasillo y por primera vez en muchos siglos tuve esperanza. Cuando llegué al despacho, Adrien ya estaba en él sirviéndome una copa de vino.

—He pensado que a su imperial majestad le iría bien —me dijo con una leve inclinación de cabeza—, el dios padre puede ser muy intenso cuando es necesario.

—Convoca a todo el mundo, Adrien, debo hacer un anuncio.

—Inmediatamente, ¿convoco la reunión para finales de semana?

—Sí, no creo que puedan llegar antes. —Adrien asintió con la cabeza y salió del despacho, me quedé mirando la copa de vino y por primera vez fui consciente de la revelación de Ansgar. Alish estaba viva, ¿dónde habría estado este tiempo? Las preguntas se arremolinaban en mi mente, pero la que más me carcomía es si continuaba sintiendo por mí lo mismo que sentía esa única noche que compartimos.

CAPÍTULO 10

ALISH

A la tercera noche desde que embarcamos, divisamos las luces del puerto de Leptis. Era una ciudad muy luminosa y parecía que estaba en ebullición, incluso siendo noche cerrada.

—Espero que las capas y nuestras habilidades para influir en la mente hagan que pasemos desapercibidas —le confesé a Beryl.

—En cuanto bajemos del barco, debemos salir de la ciudad y alejarnos tanto como podamos de ella antes de decidir hacia dónde vamos. —Saqué un mapa de Sideira, era antiguo, pero nos serviría para intentar orientarnos.

—Cuando salgamos de la ciudad, debemos seguir el río Aral hacia la cordillera Kjerag, la Cúpula sigue el curso de esa cordillera.

—Hay muchos puestos de guardia —se quejó Beryl.

—Sí, debemos pasar entre ellos, yo pasaría por aquí, entre Butrón y Ashford.

—¡Pero si es el camino hacia Mina Avaris!

—Esas montañas son muy traicioneras, no podemos exponernos a cruzarlas, el camino de Avaris pasa por el cauce del río Flod y hay un denso bosque que es un pasadizo directo hacia la Cúpula.

Antes de que el barco atracara, nos pusimos nuestras capas, escondimos nuestras armas y colgamos nuestras bolsas. En cuanto pusieron la plataforma hacia el puerto Beryl y yo bajamos tranquilamente del barco, era bueno aparentar tranquilidad. Beryl estaba alerta escuchando los pensamientos de la gente para saber si se fijaban en nosotras, yo intentaba bloquear la cacofonía de una gran ciudad y crear un espejismo que ocultara mis rasgos tasianos.

Salir de la ciudad fue más fácil de lo que hubiéramos pensado, viajamos de día al abrigo de las sombras de los árboles y por la noche dormíamos cubiertas por las capas que nos ocultaban a la vista y nos mantenían calientes. Al cuarto día empecé a tener la sensación de que alguien nos estaba siguiendo y para mi desgracia no me equivoqué. No entendía cómo no habíamos escuchado sus pensamientos y nos habían rodeado. Desenvainamos nuestras espadas y nos preparamos para la lucha. Uno de ellos, el que llevaba la armadura de mejor calidad, desmontó del caballo y se acercó a nosotras mientras se quitaba el yelmo. Tenía un físico que me resultaba vagamente familiar.

—No es necesario, bajad las armas, por favor, no somos una amenaza para vos, princesa Alish, ni para vuestra acompañante.

—Pues yo me siento muy amenazada por diez capas negras a caballo rodeándome. ¿Cómo sabéis quién soy?

—Ansgar me dijo qué ruta debía seguir para encontraros, pero todavía no me he presentado, soy el príncipe Tristán.

—El hermano de Kilian. —El príncipe me dedicó una sonrisa burlona.

—Llevamos mucho tiempo buscándote, princesa, mi hermano estaba seguro de que no habías muerto, como proclamaba el general Haakon.

—Os agradecería si me dejáis pasar hacia la Cúpula, tengo asuntos que atender en Tasia.

—Eso no va a ser posible —me respondió cruzándose de brazos, era como ver a Kilian en rubio, era francamente perturbador—, tengo órdenes de llevaros conmigo.

—Creo que no. —Abrí los brazos generando un arco de hebras eléctricas entre nosotras y ellos.

—Pensadlo bien, princesa, somos diez contra dos. Aunque consigáis acabar con alguno de nosotros, no podréis con los diez. Vendréis conmigo aunque tenga que noquearos. —Miré a Beryl y le transmití mentalmente que de momento les siguiéramos el juego.

—Está bien, iremos con vosotros.

—Será mejor que os cubráis con las capas, no queremos que nadie os reconozca.

Uno de los soldados montó a Beryl con él y el príncipe Tristán hizo lo mismo conmigo, me rodeó uno de sus brazos.

—¿Podríais no manosearme? —le pregunté asqueada, el príncipe solamente me sonrió y me apretó un poco más hacia él como si así fuera a evitar que me escapara.

—*Beryl, ¿cómo es que no los oímos?* —le pregunté mentalmente.

—No *lo sé, yo también le estoy dando vueltas. Deben llevar algo encima que bloquea nuestros poderes.*

Al cabo de unas de horas de cabalgar, llegamos a las puertas de la ciudad, Avaris estaba iluminada con lámparas que no tenían llama, parecía pleno día. La gente iba vestida con colores llamativos y estaban tan activos como si fuera mediodía. Yo nunca había visto nada igual, Tasia, en comparación, parecía un lugar etéreo congelado en el tiempo, Sideira, en cambio, era tecnología y evolución, dos mundos tan separados. ¿Cómo podríamos ni siquiera llegar a comprendernos?

—Tapaos, princesa —me dijo Tristán al oído—, hace un milenio que mi gente no ve a una tasiana tan de cerca y preferirá llegar de una pieza a palacio.

—¿Qué haréis conmigo ahí?

—No me corresponde a mí responder a esa pregunta, solo tengo órdenes de llevaros a palacio.

Llegamos al palacio, que era una maravilla, con sus columnas marcadas en las paredes y sus puertas con intrincados grabados. Por dentro era más acogedor de lo que había pensado y había retratos de la familia imperial colgados en cada pared, me detuve delante del de Kilian.

—Mi hermano no dejó de ir cada noche a donde os habíais conocido.

—Le escribí cientos de cartas, nunca tuve respuesta.

—Siento escuchar eso, por favor, seguidme.

Subimos al piso superior y nos abrió la puerta de una de las habitaciones, era cómoda y acogedora. Una cama grande llena de cojines y una chimenea encendida con un par de butacas cerca de ella, parecía que estaban esperándonos.

—Esperad aquí, os aconsejo no salir de la habitación. Alguien vendrá a por vos.

En cuanto salió por la puerta me acerqué al balcón, si generaba una plataforma levitante hacia el edificio de delante podríamos ir saltando por los tejados hacia las puertas de la ciudad. Desde ahí, si éramos suficientemente rápidas, podríamos llegar a la Cúpula antes de que se dieran cuenta de que nos habíamos ido.

—Beryl, dame la mano, nos transportaré hacia ese tejado de ahí e iremos corriendo hacia fuera de la ciudad.

Beryl se agarró fuertemente a mi mano y convoqué la plataforma, una vez llegamos al tejado, fuimos saltando por las casas hasta una lo suficientemente apartada para poder descender a la calle. Cuando estábamos a punto de llegar a las puertas de la ciudad, empezaron a sonar las alarmas, corrimos hacia la salida, entrando en la mente de los guardias para que no nos pudieran ver.

—Tenemos que llegar a la Cúpula antes de que vean que hemos salido de la ciudad —le dije a Beryl—. ¡Corre!

Corrimos a lo largo del cauce del río y nos adentramos en el bosque, a lo lejos podíamos escuchar el relincho de los caballos y el impacto que producían sus poderosas patas en el suelo. Beryl empezaba a cansarse, notaba cómo su respiración se volvía más pesada y el ritmo se iba haciendo más lento.

—Venga, vamos —le dije mientras la agarraba de la mano y tiraba de ella.

Nos detuvimos en un pequeño saliente del bosque, suficientemente elevado y resguardado para que pudiéramos descansar. No llevábamos ni comida ni agua y no nos podíamos arriesgar a encender una hoguera por miedo a que nuestros perseguidores nos encontraran, los sideiros tenían los instintos de caza muy desarrollados y no hacía falta ponérselo más fácil. Yo hice el primer turno de guardia, pasé la mitad de la noche en tensión por si se acercaban a nosotras y la otra mitad casi no pude conciliar el sueño.

Tres días de camino frenético, tres días corriendo. Comíamos lo que encontrábamos en el bosque, que no era mucho, y descansábamos en lugares escondidos y fáciles de defender. Mis barreras mágicas ayudaban a que pasáramos desapercibidas, pero no eran infalibles a los sentidos superdesarrollados de los sideiros. Esa tarde llegamos cerca de la ciudad Nelphis, era la última ciudad antes de llegar a la Cúpula.

—Ven —le dije mientras le hacía señas para que se sentara a mi lado—, te haré un conjuro para que notes menos el cansancio, no es la panacea, pero nos ayudará a llegar a la Cúpula antes de que nos encuentren, o eso espero.

Agité mis manos y recité en la lengua antigua de Einar, luego toqué a Beryl y recuperó la cadencia de respiración y el corazón parecía menos desbocado.

—Debemos seguir, este sitio no es seguro.

Las dos volvimos a correr esquivando árboles y arbustos, al final de nuestra carrera podíamos ver el resplandor de la Cúpula. A medida que el sol descendía, el brillo tenue de la Cúpula se hacía más y más visible, aunque tenía el corazón en un puño por lo que me podría encontrar una vez cruzara la barrera.

—Ya llegamos —me dijo Beryl aliviada.

Nos acercamos a ella con sigilo, no quería que a medio cruzar nos detectara alguien haciendo su ronda de guardia, abrí un paso para que Beryl pudiera cruzar y la elevé hacia uno de los árboles para que descansara.

—Beryl, quédate en la copa del árbol, yo iré a ver al capitán Alexander, descansa.

—No debes ir tú sola —se quejó.

—Estás agotada, te llamaré si te necesito.

—Alish. —Una voz me llamó desde el otro lado de la Cúpula.

Me di lentamente la vuelta, era una voz que no había escuchado en un milenio y que creía que no volvería a escuchar.

—Kilian —susurré.

—Has vuelto, mil años sin saber de ti. ¿Cómo pudiste irte sin decirme nada?, creía que teníamos algo —me recriminó.

—Es una larga historia, mi tío me secuestró y lanzó al mar, él también mató a Galván. Cuando me tiró al mar, el hijo de una matriarca me salvó y me llevó a Drangia.

—¿Allí has estado todo este tiempo? —Asentí con la cabeza—. ¿No se te ocurrió haberme dicho algo?

—Envié muchas cartas, nunca recibí respuesta. La mismísima emperatriz intentó contactar contigo y tampoco obtuvo respuesta. ¿Qué más querías que hiciera?

—Podrías haber vuelto, yo te hubiera protegido.

—Eso no era una opción, Pyre me instruyó.

—¿Pasaste la senda del fuego? —preguntó asombrado—. Nadie fuera de Drangia ha puesto un pie en los dominios de Pyre.

—Debo recuperar el trono.

—Te ayudaré.

—No, todavía no sé en quién puedo confiar.

—¿¡No confías en mí!? —gritó exasperado, se pasó la mano por el pelo.

—Sé que Ansgar te ha revelado que en un futuro no muy lejano habrá otra Gran Niebla. Creo que debo darte el pésame por tu padre y felicitarte por tu ascenso al trono.

—¿Cómo sabes tú eso? —preguntó dando un paso atrás.

—Fue el don de Pyre, la capacidad de poder leer la mente. Al igual que sé que estás pensando que ahora que estoy aquí dejaré entrar a tu pueblo dentro de la Cúpula.

—Alish —me reprendió.

—Las cosas que he escuchado de tus súbditos cuando me llevaban a palacio me hacen pensar que, aunque tú y yo firmáramos la paz, ellos no lo aceptarían.

—Eso no lo sabes.

—Muchos pensaban que se vivía mucho mejor cuando las máquinas alimentadas por los tasianos les hacían la vida más fácil. No dejaré que ningún sideiro cruce la Cúpula hasta que me demuestres que puedo confiar en ellos, no expondré a los míos a otra esclavitud.

—¿Qué vas a hacer?

—Iré a hablar con el capitán Alexander.

—Alish, en Tasia no estás segura.

—Kilian, no me des órdenes, no tienes ese derecho.

—¡Alish! ¡No me des la espalda!

—Adiós, Kilian.

Salí corriendo a toda velocidad hacia Bastión Palatino, mientras Kilian seguía gritando que no me fuera. Quería confiar en él, pero tenía demasiadas dudas al respecto, ahora que podía leer la mente me había vuelto más desconfiada.

Al acercarme a la fortaleza me desvié y entré en los túneles que habían construido para facilitar el escape en caso de asedio. Estaban llenos de maleza y algunas piedras se desprendían, pero estaban bastante intactos. Mi abuelo me había confiado muchos secretos antes de dormirse y ahora mismo le estaba enormemente agradecida. Uno de los túneles llegaba directamente al despacho del capitán, antes de hacer mi aparición me aseguré de que estuviera solo. Abrí lentamente la pared y entré en el despacho sin hacer ruido.

—Capitán.

—¡Por Einar! —gritó poniéndose de pie—. ¿Alish? ¿Eres realmente tú?

—Cálmate, capitán, nadie puede saber que estoy aquí.

—¿Qué te pasó, niña? —Le conté todo lo que había pasado desde que había empezado mi guardia, omití mi encuentro sexual con Kilian por ser demasiado personal, la implicación de mi tío en el asesinato de mi hermano y el intento de mi propio asesinato. Cómo había llegado a Drangia, la prueba de Pyre y Einar y el porqué de mi misión.

—¿Por qué no te pusiste en contacto con nosotros?

—Einar me aconsejó que no lo hiciera, había vetado cualquier visión sobre mi supervivencia para protegerme.

—Entiendo. Ayer mismo nos llegó una misiva de palacio anunciando la visión de una gran niebla, debíamos prepararnos.

—¿Cómo están mis padres?

—El rey Eamon es la sombra de lo que fue, no se sume en el sueño para no dejar el trono a Haakon. Y tu madre cada día está más paranoica con el lavado de cerebro que le está haciendo tu tío, ha alimentado hasta límites insospechados el odio a Sideira.

—¿Han hecho creer que fueron ellos quienes me mataron?

—Me temo que sí, los capitanes de los puestos fronterizos nunca nos hemos creído esa versión. Nunca vimos una alteración en la barrera que indicara algún ataque.

—Me capturaron a la salida del bosque, antes de llegar a los terrenos del fuerte.

—Cuando los hombres de tu tío volvieron a la capital, revisé la ruta que siempre tomabas para ir a tu zona. Allí encontré la daga de Galván y cuando me acerqué a la barrera me encontré con el príncipe Kilian, que te estaba esperando. —Aparté la mirada del capitán y noté cómo me sonrojaba—. Puso una cara de decepción cuando me vio a mí y no a ti, en aquel momento intuí que había algo más entre vosotros de lo que el príncipe me quiso admitir en aquel momento.

—Yo…

—No tienes que darme explicaciones al respecto, nadie escoge de quién se enamora. Me contó sus sospechas sobre la muerte de Galván y lo que te había entregado. Vi la verdad en sus ojos y le ofrecí mi ayuda, desde entonces hemos estado colaborando.

—¿Cómo?

—Ninguno de los dos quiere una confrontación, el padre de Kilian había visto la crueldad de la guerra y no quería que sus hijos y nietos vivieran lo mismo, él quería la paz.

—¿Cómo murió el emperador?

—Se quitó la vida. —Escuchar eso fue como una jarra de agua fría, no había profundizado en la mente de Kilian para verlo y ahora me sentía muy mal por haberlo felicitado—. No soportó el acoso y derribo de tu tío, en su corte tampoco tenía muchos apoyos, la gran mayoría de nobles querían otra edad oscura y él era un hombre tranquilo que no estaba destinado a subir al trono.

—Heredó el trono porque su padre y su hermano mayor cayeron en combate cuando el abuelo hizo la última carga contra Sideira, ¿verdad?

—Sí, tu abuelo lo dejó vivir porque vio bondad en él y una oportunidad de coexistir.

—¿Qué debemos hacer?

—Deberías volver con Kilian de momento, aquí no estarás segura. Yo me reuniré con los miembros leales y les contaré que sigues viva y el porqué de tu misión.

—¿Y luego?

—Luego marcharemos hacia la capital contigo al mando de los ejércitos de Tasia y depondremos a tu tío.

—¿Pero no gobierna mi padre?

—Por lo que sé, después de tu supuesta muerte y de los continuos ataques de tu madre, se encerró en el templo de Einar. Tu tío se declaró regente mientras tu padre estaba incapacitado por el dolor de tu muerte, tu madre lo apoya incondicionalmente.

—Pero descuidaremos la Cúpula si marchamos todos.

—Ahí es donde entra el emperador, tienes que convencerlo de que proteja la Cúpula desde su lado con sus ejércitos mientras nosotros tomamos la capital.

—No sé cómo, muchos de su pueblo quieren volver a los tiempos antiguos.

—Seguro que eran gente adinerada, los pobres nunca han gozado de esos privilegios, es a ellos a quienes debéis convencer de que la paz es la mejor solución para todos, más aún con los augurios que han pronunciado los sacerdotes.

—Lo intentaré. ¿Cómo me pongo en contacto contigo?

—Toma, este colgante era de Galván, lo utilizábamos para hablar cuando estaba en Sideira —me dijo dándome un colgante con un dragón grabado—, tócalo cuando necesites hablar conmigo y cuando esté solo hablaremos.

—Esperemos que esto salga bien.

—Einar y Pyre confían en ti, al igual que yo, date un poco de margen. Ahora ve antes de que amanezca.

Salí por donde había entrado y me dirigí al árbol donde estaba Beryl. La pobre se había quedado dormida, había quedado agotada durante nuestro escape de la ciudad.

—Beryl —le dije mientras le tocaba el brazo—, tenemos que irnos, volvemos a Sideira.

—¿Por qué?

—El capitán Alexander cree que es lo mejor mientras preparan los ejércitos para poder tomar la capital, cuanto menos sea vista por mi tierra, mejor. Además, mi padre acabará detectándome.

—¿Confías en Kilian?

—Sí, pero no en su pueblo. Yo no puedo filtrar tanto las mentes como tú, así que si puedes estar atenta a cualquier signo de alarma, te lo agradeceré.

—Eso no tienes ni que pedirlo.

—Ven, dame la mano, nos bajaré. —Descendimos al suelo y nos

acercamos a la barrera, donde todavía estaba Kilian esperándome.

—¿Has hablado con Alexander? —me preguntó en un tono duro, que mostraba su enfado.

—Sí, me ha recomendado que me vaya contigo mientras prepara mis ejércitos —le respondí mirándolo directamente a los ojos.

—¿Vas a volver conmigo?

—Sí, con una condición.

—¿Cuál? —preguntó cruzándose de brazos.

—Si Beryl o yo detectamos cualquier signo de amenaza en tu corte, nos volverás a escoltar aquí.

—No te preocupes, nadie os amenazará.

—¡Kilian, esto es serio! Si no hay juramento me daré media vuelta y volveremos con Alexander.

—Entonces cargaré contra la Cúpula y te sacaré de Tasia, aunque sea cargada en mi espalda.

—Si lo intentas te mataré —le dije con una voz fría como el hielo.

Kilian vio que mi amenaza no era de farol.

—¿Serías capaz?

—No me pongas a prueba.

—Está bien, te juro que yo mismo te escoltaré a ti y a tu amiga si en algún momento sentís que no estáis seguras en mis dominios.

—Júralo por Ansgar —sentencié.

—Me duele que no confíes en mí. —Noté en su tono que lo había vuelto a herir, pero no podía permitir que mis sentimientos por él se interpusieran en mi misión—. Está bien, juro por Ansgar que os devolveré a la Cúpula si en algún momento te sientes amenazada.

—Está bien —dije abriendo un paso en la barrera para que Beryl pudiera cruzar—. Beryl este es el emperador Kilian de Sideira.

—Majestad. —Beryl hincó la rodilla al suelo y bajó la cabeza en señal de respeto.

—Su abuelo es el general Nial, campeón de la emperatriz.

—Bienvenida a Sideira, ahora debemos irnos. —Señalando los caballos.

—¿Tan seguro estabas de que volvería que has traído más monturas?

—Nunca he tenido ninguna duda. —Kilian me miró y me dedicó una sonrisa mostrando sus colmillos, había olvidado lo engreído que podía llegar a ser.

CAPÍTULO 11

KILIAN

Tendí la mano a Alish para ayudarla a montar en su caballo, pero ella no la aceptó, por Ansgar, ese no había sido el mejor de los reencuentros. Durante el camino hacia Avaris ella solo miraba al frente con la mirada perdida, como si tuviera miedo de lo que le podía suceder cuando llegáramos, y puede que en cuanto viera mi máscara de emperador saliera corriendo, había pocas personas que me conocían realmente y Alish solo había visto un pequeño fragmento.

Dos días después, cuando llegamos a la capital, la guardia imperial empezó hacer sitio en la calle, mi ciudad no dormía, pero durante las primeras horas de la mañana era cuando más gente había deambulado por ellas. Aunque por lo general siempre estaban llenas. Miré de reojo a Alish, esta levantó el mentón desafiante cuando la gente se empezó a acercar. Se podían escuchar susurros sobre quién podía ser ella, la gente se preguntaba qué hacía una tasiana en suelo sideiro después de lo que había pasado durante esos años. La pobre parecía incómoda ante tal escrutinio, pero con la capucha apenas se notaba. Le dediqué una mirada de disculpa, pero ella simplemente apartó la vista de mí, estaba furiosa, bien, yo también lo estaba con ella.

Llegamos al palacio y la corte entera salió a recibirme, estaban tan absortos en Alish que se olvidaron de inclinarse, eso me daba la oportunidad de marcarlos un poco más.

—¿Qué hacéis de pie? —preguntó Tristán—. Inclinaos ante el emperador, patanes.

Todos como un solo cuerpo hincaron la rodilla en el suelo, solo Tristán permaneció en pie.

—Debería castigaros por tal insolencia —le dije a la corte con voz gélida, miré a Alish de reojo, si se había sentido incómoda por mi tono no lo mostraba y eso no era bueno para mí. Recordé que ahora podía leerme la mente—. *Por favor, Alish, muestra un poco de miedo por mi comportamiento, te lo contaré más tarde.* —Ella pareció haberme escuchado, al igual que su amiga. Beryl se arrodilló ante mí, pero Alish simplemente bajó los ojos e inclinó la cabeza en señal de respeto, ella era una princesa tasiana, no estaba a la altura de los demás.

A Tristán se le escapó la risa ante la situación, era bastante cómica vista en perspectiva, la corte entera se había quedado con la boca abierta mirando fijamente a Alish y ella les dedicó una mirada llena de rencor y odio que hizo bajar la mirada a más de uno.

—Veo que os habéis quedado embelesados con ella —le dije a la corte acercándome a Alish—. ¿Os gusta mi invitada? —le levanté el mentón y ella me miró a los ojos, seguramente después pagaría muy caro mi comportamiento—. ¿Es preciosa, verdad? Digna de un emperador. —Le recorrí con el pulgar la curva de sus senos y ella se estremeció, me alegré de ver que todavía respondía a mi tacto.

—Creo, hermano, que la corte desearía levantarse, aunque me gustaría saber hasta cuándo pueden aguantar así.

—Oh, sí, levantaos —les dije con un gesto aburrido.

—¿Por qué la prisionera no está retenida? —preguntó Darinka acercándose a mí contoneándose, su mirada se posaba en Alish y luego en mí, se veían los celos en sus ojos.

—¡Ella no es ninguna prisionera! —le gruñí mostrándole los colmillos—. Ella es mi invitada, solo yo puedo tocarla, ¿me habéis entendido?

—¿Entonces está aquí para el disfrute de su majestad? —preguntó lord Arian—. Es muy inusual, si me permitís, su imperial majestad, que la corte tenga una invitada tasiana después de cómo nos ha tratado el regente.

—No soy una tasiana sin más —le espetó Alish—, soy Alish, princesa de Tasia y legítima heredera al trono.

—Mejor me lo ponéis —replicó Darinka con voz aguda—, una

prisionera, así sería de gran utilidad para el gobierno, tendríamos una baza con la que negociar con el general Haakon, seguro que querrá recuperar a su sobrinita después de acusarnos de matarla.

—¿Estás cuestionando mi autoridad, Darinka? —Me acerqué tanto a su cara que con un leve movimiento podría arrancarle la laringe sin mancharme siquiera—. ¡ELLA ES MÍA!, ¡retiraos, estoy harto de vuestra presencia!

—Como deseéis, mi imperial majestad —me respondió inclinándose mostrando todo su generoso escote, que no dejaba nada a la imaginación, luego la corte se dio la vuelta y nos dejaron solos en el patio.

Miré a Alish, seguía con los hombros tirados hacia atrás, tensa, no me gustaba verla de esa manera.

—Por favor, Tristán, ¿puedes acompañarlas a unas habitaciones? —Mi tono era cansado, estaba agotado de esa fachada.

—Seguidme, por favor —les dijo a Alish y a Beryl, Tristán le tendió el brazo a Alish y esta posó su mano.

Alish pasó por mi lado sin mirarme a la cara, la cara que me dedicó su amiga era mucho más reveladora, estaba furiosa conmigo, supongo que no era lo que se esperaba de mí. Cuando desaparecieron en el interior del palacio, me pasé las manos por el pelo, no estaba seguro de cómo acabaría esto y para mí era muy frustrante, la presencia de ella había cambiado toda la dinámica y no sabía si ella podría soportar esta fachada mía.

Me fui al despacho, tenía que solucionar un par de temas antes de ir a verla, cuando llegué a las puertas ya tenía varios lores esperándome.

—Venimos a presentar los informes que nos pedisteis, majestad —me dijo Ulf.

Entré en el despacho y les hice un gesto para que entraran.

—Espero que los preparativos para la niebla se estén cumpliendo, no me gustaría gastar energías en daros un castigo público por vuestra incompetencia.

—No… No, majestad —tartamudeó—, todo se está preparando como vos habéis ordenado, se están reforzando las murallas y almacenando comida, también se están cavando nuevos pozos.

—La nobleza no está contenta con estos nuevos impuestos —dijo Derian, el padre de Darinka todavía no había aprendido dónde estaba su lugar.

—Me importa una mierda si están contentos o no. ¿Tienes las narices de quejarte, Derian? —le respondí levantando una ceja—. Creía que la última tanda de latigazos había servido para contenerte la lengua, pero veo que todavía la tenéis muy suelta. —Le vi tragar con dificultad, claro que recordaba los cincuenta latigazos que lo dejaron postrado durante tres semanas, pero le podían más sus ganas de intentar mangonearme que el sentido común—. Dejad los informes sobre la mesa, ya he tenido suficiente de vosotros por hoy, si hay alguna cosa os llamaré individualmente, ahora iros.

Los lores hicieron lo que les pedí y uno a uno salieron del despacho.

—Adrien, ¿mi hermano ha acomodado a nuestras invitadas?

—Sí, majestad, ¿queréis que les haga llegar algo de comida?

—Sí, muchas gracias. —Mi padre había salvado a Adrien durante la última batalla de la guerra contra Tasia y siempre había querido darle un puesto de responsabilidad, pero él siempre lo había declinado. Era feliz con el trabajo que tenía y no quería ninguna responsabilidad que pusiera una diana en su familia.

Me dirigí al ala real, quería quitarme de una vez las dudas, quería saber si ella me había estado esperando todos estos años o, por lo contrario, yo solo había sido la diversión de una noche.

CAPÍTULO 12

ALISH

Me empezaba a doler la cabeza, demasiadas voces, demasiados gritos mentales, necesitaba alejarme de aquella gente.

—Espero que esta vez, cuando llegue mi hermano a la habitación, os encuentre en ella, casi me mata cuando ha visto que habíais huido.

—Tristán, por favor. La culpa es tuya, te pedí que me dejaras llegar a la Cúpula, en cambio, me obligaste a venir sin decirme con quién me iba a encontrar ni qué pasaría con nosotras.

—Mi hermano me hizo prometer que te traería directamente aquí.

—¿No podrías habernos dicho eso?

—¿Me hubieras creído?

—No, algo me bloquea poder entrar en tu mente.

—Ansgar me dio estos símbolos —me dijo enseñándome un pequeño colgante—, me dijo que me lo pusiera y se los pusiera a los hombres más fieles para poder encontrarte. Él quiere que te ayude, que cooperemos es crucial para la supervivencia de nuestras patrias y su gente.

—Me gustaría que todo fuera tan fácil como deseas, pero hay mucha hostilidad hacia los míos —me lamenté—, el numerito de la pechugona del patio es la punta del iceberg.

Tristán negó con la cabeza y sonrió.

—Beryl, esta es la tuya —dijo Tristán al llegar a una puerta de roble—, me he tomado la libertad de pedir que os preparen un baño y ropa limpia.

—Ve, cierra la puerta y llámame si pasa cualquier cosa. —Antes de entrar en la habitación me dedicó una última mirada.

—Escudriñaré los pensamientos de la gente antes de dormirme. —Yo asentí y seguí a Tristán.

—Esta de aquí es para ti, espero que te sientas a gusto. Era la de nuestra madre.

Miré a Tristán y en sus ojos vi una calidez que no había visto hasta ese instante, como si cederme esta habitación fuera un regalo de bienvenida, uno donde pudiera sentirme a gusto y a salvo.

—¿Estás seguro? No me gustaría perturbar su recuerdo.

—No lo harás, a ella le hubieras gustado. Mi madre creía que si pudiéramos coexistir podría ser beneficioso para nuestros pueblos.

—¿Es ella? —pregunté señalando un cuadro que había en la pared central de la habitación, Tristán afirmó con la cabeza—. Era muy hermosa. —El cuadro mostraba una mujer joven con el pelo rubio y los mismos ojos azules que Kilian, una sonrisa cálida. Parecía una mujer tranquila y apacible.

—¿Galván nunca te habló de mí? —me preguntó con tristeza.

—¿Cómo? —Me sorprendí ante tal pregunta. Tristán desvió los ojos y se puso colorado, estaba nervioso e inseguro, algo que parecía todo lo contrario de lo que proyectaba al mundo.

—La primera vez que lo vi fue como si viera el sol por primera vez.

—Raras veces hablamos, cuando volvió la primera vez de la cumbre de paz, se recluyó mucho en su habitación. No fue hasta que ocurrió todo esto que descubrí que se había enamorado de alguien de aquí, pero en sus diarios nunca revelaba su nombre.

—Si lo hubiera podido salvar, créeme que lo hubiera hecho.

—No hace falta que te justifiques, Tristán, mi hermano era una persona extraordinaria, un alma que estaba destinada a dar mucho al mundo y fue arrebatado de él con violencia por la codicia y la traición.

—Por favor, Alish, no llores —me dijo secándome las lágrimas, no me había dado cuenta de que lloraba—, no quería traerte pesar.

—No, no es pesar. Galván y yo éramos dos caras de una misma moneda, diferentes pero unidas.

—Nos habló mucho de ti, a mi hermano y a mí. Eres la única en quien confiaba ciegamente.

—Tristán —dijo una voz desde el arco de la puerta.

—Hola, hermano. —Luego me besó la mano y se dirigió hacia fuera de la habitación.

Kilian entró con paso decidido y cerró la puerta tras de sí. Yo retrocedí un poco, no nos habíamos visto en un milenio y nuestro primer encuentro no fue placentero entre tanta amenaza verbal.

—Alish, no me tengas miedo —me suplicó.

—¿Que no te tenga miedo? —pregunté exasperada—. Yo, yo no recordaba que fueras así. ¿Qué piensas hacer conmigo? ¿Soy tu invitada? ¿Tu furcia?

—Yo no soy esto —me dijo señalándose—, lo que viste en el patio es una fachada que me construí cuando subí al poder, ellos fueron los causantes de que mi padre se quitara la vida y yo no iba a permitir que hicieran lo mismo conmigo. Me he pasado un milenio intentando encontrarte, desapareciste, no había ningún rastro de ti, ni siquiera el capitán Alexander pudo averiguar dónde te habías metido.

—¿Y tenías que tratarme como una cosa?

—No te he tratado como una cosa —gruñó—, te he tratado como alguien que solo puedo tener yo, es la única manera de que no te pongan la mano encima, porque lo intentarán, para ellos ahora mismo eres una baza contra tu tío.

—¡Por Einar! Ellos piensan que soy tu puta. Que me has rescatado de vete a saber dónde para calentarte la cama.

—¿Qué más da lo que ellos piensen? —se quejó—. Se lo pensarán dos veces antes de insultarte o hacerte algo.

—No sé qué esperas de mí, estás a punto de comprometerte con esa tal Darinka —le dije cruzando los brazos encima del pecho.

—Ella y yo no tenemos nada.

—Ella cree que sí, cree que llevas un milenio esquivándola por las preocupaciones, pero que los años que pasaste follándotela tienen que valer para algo.

—Alish, lo que yo podía ver en ella se terminó en el momento en que posé mis ojos en ti, desde entonces no ha existido nadie más —me dijo acercándose a mí lentamente—, no me rehúyas, entra en mi mente, no opondré resistencia.

—¡No quiero hacerlo! ¡¿Pero cómo puedo confiar en ti!? —grité exasperada—. Después de centenares de cartas sin respuesta, llego aquí intentando llegar a la Cúpula y me rodea un grupo de capas negras, por si no lo recuerdas, para los míos ver un capa negra es sentencia de muerte, con órdenes de llevarme a palacio, aunque sea inconsciente.

—Mi hermano tiene muy poco tacto, sí, tenían órdenes de traerte ante mí, pero debía decirte que era yo quien había dado esa orden. —Levantó una de sus manos e intentó acariciarme la mejilla, pero en el último momento bajó la mano bruscamente.

—¡Pues ya ves! Vine coaccionada y amenazada. —Estaba realmente enfadada, enfadada por el trato recibido, por cómo había llegado hasta ahí, tanto que mi poder mágico se descontroló y quedé cubierta de electricidad.

—Alish, cálmate, por favor, te harás daño. —La cara de Kilian era de terror puro, el tipo de terror de cuando alguien ve la crudeza de la magia de primera mano por primera vez.

—¡Déjame! ¡Tú no sabes lo que ha pasado durante este milenio! ¡Fui golpeada! ¡Manoseada! ¡Lanzada al mar! Y ¡luego Pyre me obligó a abrasarme viva para pasar su prueba!

—¡Cálmate! —me dijo agarrándome por los brazos, se quejó cuando la electricidad que emanaba de mi cuerpo lo hirió.

—¡Tú no me das órdenes! —Lo empujé con toda la fuerza que pude, pero él no se movió, en vez de separarse, Kilian me envolvió en sus brazos.

—Por favor, Alish —me susurró al oído—, cálmate, me estás haciendo daño.

—Pues déjame ir —sollocé.

—No —sentenció él—, no lo haré, hace un milenio te prometí que encontraría la manera de estar juntos.

—¿Por qué? —pregunté entre lágrimas—. ¿Qué soy para ti?

—Eres mi ancla —me respondió—, tú eres aquella destinada a ponerme de rodillas y a la única que mostraré quién realmente soy.

Mi cuerpo se relajó entre sus brazos y el campo eléctrico se disipó poco a poco, mi cuerpo temblaba contra el de él y, cuanto más temblaba yo, más me sujetaba él.

—Ya está —me dijo al oído mientras me acariciaba la espalda—, relájate, Alish, ha sido una noche dura para ti.

Bajó la cabeza y me besó la frente, se quedó unos segundos quieto esperando mi reacción, era raro volver a notar ese nivel de intimidad con alguien a quien no había visto en mil años. Pero recordé las palabras que me había dicho Pyre: «una llama como la que despertasteis el uno en el otro se encuentra muy pocas veces en cada milenio».

Me puse de puntillas esperando que me besara, pero, en cambio, se apartó como si mi cuerpo le quemara, después de eso salió de la habitación sin tan solo mirar atrás. Me quedé ahí de pie lo que pareció una eternidad, no entendía lo que había pasado, no fui consciente de que estaba llorando hasta que las lágrimas empañaron totalmente mis ojos.

CAPÍTULO 13

KILIAN

Cerré la puerta de la habitación tras de mí y me apoyé en ella durante un instante, ¿qué demonios había pasado ahí dentro?, todavía notaba cómo la energía mágica de Alish me recorría y me dolía cada centímetro del cuerpo.

Me pasé la mano por la cara, tenía que alejarme de ella por unos instantes, todas las fibras de mi cuerpo me pedían que la sometiera, que le enseñara con quién se estaba midiendo, tenía que frenar todos esos impulsos antes de verla de nuevo si no podría ser una situación muy volátil. El gran maestre me lo advirtió hace ya muchos años, el primer encuentro después de la revelación podía ser peligroso para ella, no era ni de lejos ni tan fuerte ni tan resistente como una sideira.

La primera y única vez que nos acostamos el vínculo se estaba formando y por eso fui capaz de resistirme al frenesí de emociones que ella despertaba en mí. Pero ahora, en la habitación, cada fibra de mi cuerpo me pedía que le arrancara la ropa y la tomara contra la pared para luego marcarla y reclamarla como mía. No podía ser así, yo no quería que fuera así, claro que la quería suplicando mi nombre y diciendo que no había habido ni habrá nadie más para ella, pero Alish era tasiana y yo no sabía nada sobre los rituales de apareamiento de ellos. Los tasianos eran una raza etérea vinculada a la magia y, por los registros que se conservaban y había leído durante este tiempo, esta tenía un enorme peso en la unión sexual.

Me retiré a mi habitación, que estaba a unos metros de la de Alish, y dentro encontré a Tristán repanchingado en el sofá comiendo una manzana. Se había quitado la armadura y se había puesto una camisa suelta abierta y unos pantalones anchos, con esas vestiduras parecía un muchacho que todavía no había llegado a la madurez, aunque de ello ya habían pasado varios siglos.

—Caray, hermano, ¿tan mal ha ido? —me preguntó con una sonrisa burlona—. ¿Casi mil años sin sexo y te da un gatillazo?

—Vete a la mierda, Tristán —le gruñí—. ¿Qué coño haces aquí? ¿No tienes habitación propia?

—En realidad he venido a ver cómo estabas, los gritos de ella se escuchaban desde mi habitación y he hecho levantar las salvaguardas.

—Siento haberte respondido de esta manera. —Me sentía culpable, Tristán no tenía la menor culpa de lo que había pasado entre ella y yo, bueno, puede que un poco por la manera en que ella me había relatado su llegada a palacio—. ¿Se puede saber por qué no le dijiste la verdad?

—Porque no me hubiera creído y a mí no me conoce —me respondió levantando las manos—, supuse que aceptaría venir, aunque fuera a regañadientes, y si al final tenía que noquearla, no me hubiera sentido mal por ello porque al fin y al cabo estaría segura conmigo.

—Está cabreadísima, me ha frito.

—Los huevos los llevas fritos desde que la conociste.

—En serio, Tristán, se ha envuelto en un campo eléctrico y no lo ha disipado cuando he intentado calmarla, me ha frito. —Tristán abrió mucho los ojos.

—Caray, la princesita sabe pelear sucio, pero no me extraña que esté cabreada con el numerito del patio.

—¿Tú también?

—¿No había otra manera? Seguro que la mayoría de cortesanos estarán pensando en cómo aprovechar que ella esté aquí.

—No se me ha ocurrido. —Tristán tenía razón, había mostrado demasiado interés en ella y puede que eso se nos volviera en contra, pero cuando Darinka la amenazó mi cuerpo y mi mente reaccionaron sin pensar, tenía que defender lo que me pertenecía—. Averigua quién estaría dispuesto a un castigo con tal de joder a Haakon en mi nombre, pídele ayuda a su amiga, por lo que se ve, los drangianos tienen más cartas en la manga de las que nos habíamos enterado.

—¿Cuáles? —preguntó él con interés.

—Leen la mente y Alish ha pasado la senda del fuego. —Tristán silbó ante la revelación—. Sí, es impresionante que alguien de fuera de Drangia haya entrado en los dominios de Pyre y que además la haya instruido...

—¿Te haces una idea de lo que podría salir si tuvierais un hijo?

Tristán siempre hacía planes a largo plazo, siempre quería ir un paso por delante de los demás.

—Imagínate un niño.

—O niña —le interrumpí.

—Sí, o niña, con nuestra fuerza y capacidades físicas y con magia, además, si ella les enseña los entresijos del don de Pyre...

—Serían ciertamente muy poderosos.

—No tendrían rival, dos cortes unidas, dos razas unidas por sus gobernantes con los dones de ambos, podríamos hacer frente a las futuras nieblas...

—Estás adelantándote demasiado, no sé ni si ella quiere estar conmigo. El vínculo puede que no funcione con ella.

—El gran maestre cree que sí porque apareció el símbolo de Einar en tu tatuaje, puede que ella lo esté notando de diferente manera y no lo sepa interpretar. ¿Lo has hablado con ella?

—No.

—¿A qué esperas? No te tenía por un cobarde. —Mi hermano sabía perfectamente qué resortes tenía que tocarme para empujarme y sabía perfectamente que odiaba que me tacharan de cobarde.

—Eres un imbécil —le dije saliendo de la habitación.

—Seré un imbécil, pero sabes que tengo razón. —Di un portazo y me encaminé hacia la habitación de Alish.

—Emperador —dijo la amiga drangiana saliendo de su habitación—. Un momento, por favor. Cuando entréis ahí tened paciencia, no ha sido fácil para ella separarse de todo, ha pasado más años con mi pueblo que con el suyo. Yo no quería ser indiscreta, pero es que estabais chillando tanto en vuestra mente que no he podido no escuchar.

—Debes creer que soy un monstruo —le respondí con pesar.

—No, creo que sois un buen hombre atrapado en una situación difícil.

Pero sé que no le queréis hacer daño y con eso me basta.

—Gracias a ti por cuidar de ella.

—No, yo no he cuidado de ella, fue mi abuelo. Él estuvo enamorado de la princesa durante mucho tiempo. —No pude evitar poner mala cara—. Tranquilo, no pasó nada entre los dos, cuando él conoció a mi abuela entonces entendió muchas cosas, pero siempre ha cuidado de ella y ha sido su amigo.

—Entonces le debo mucho.

—Se alegraría de escuchar eso. Pero tened paciencia, por favor.

Luego de nuestra breve conversación, volvió a entrar en su habitación, yo me quedé unos instantes delante de la puerta de Alish, realmente estaba muy enfadado por haberse ocultado durante todo este tiempo, pero también entendía por qué lo había hecho y una parte de mí sabía que no podía culparla. Miré la puerta de la habitación, una habitación que había pertenecido a mi madre, no sé por qué había pedido que la hospedaran ahí, o puede que sí, sabía que a mi madre habría estado encantada con ella y tenerla en esa habitación me reconfortaba de alguna manera que no llegaba a entender.

CAPÍTULO 14

ALISH

Me limpié las lágrimas con el dorso de la mano.

—Einar, ¿qué debo hacer? —Era la primera vez que me sentía tan sola en mucho tiempo.

Me encaminé hacia el baño, tenía la necesidad de quitarme todo el polvo del camino y esperaba que el agua se llevara también la opresión que notaba mi corazón en ese momento. Me quedé maravillada cuando entré en la estancia, una enorme bañera de mármol negro que olía a lilas, que se abría hacia unas enormes ventanas que daban a un pequeño jardín. Me quité la ropa y me metí en la bañera de agua caliente que me habían preparado, apoyé mi cabeza en el borde y cerré los ojos, deseé que las cosas fueran distintas, seguramente hubiera hecho mal las cosas en esos mil años, pero no creía que me mereciera que me trataran como lo habían hecho estos días. Me sentía como una presa, acorralada y sin una salida ante mí.

—Alish —susurró una voz—, soy yo, hija.

Pyre se materializó delante de mí.

—¿Pyre? Creía que no te volvería a ver. —Me abracé las rodillas y apoyé mi cabeza en mis antebrazos, no sabía cómo enfrentarme a la diosa en ese momento.

—He escuchado tu tristeza y tu confusión —me dijo acariciándome el pelo, era un gesto maternal que me provocó un sollozo—. Sé que te presioné demasiado, al igual que Einar, pero recuerda lo que te dije: tu físico te da poder, tu magia te da poder, mi don te da poder, úsalo.

—Creía que… —Mi voz se quebró, creía que él me aceptaría sin hacer preguntas, pero mil años de ausencia podían hacer mucho mal.

—Él te quiere, Alish, lo sé, pero está enfadado por los siglos de silencio.

—¡Pero eso es mentira! —dije levantándome de la bañera de un brinco. Ese pensamiento me llenaba de rabia, rabia porque le había escrito durante siglos y no había recibido ni una respuesta y ¿ahora él era quien estaba ofendido?

—Eso yo ya lo sé. Recuerdas cómo nublar la mente para no ser vista, ¿verdad? —Asentí con la cabeza—. Puedes hacer lo mismo y mostrarle lo que te ocurrió desde que te fuiste esa noche.

—¿Con eso no podría aprender el tu don?

—No, para aprender mi don se necesita un mínimo poder mágico, los sideiros no poseen magia y por eso nunca serán capaces de aprender el regalo de mi pueblo —me aclaró—, vuelve a meterte en la bañera, Kilian está a punto de entrar en la habitación.

Con esas últimas palabras, Pyre se desmaterializó y yo volví a hundirme en el agua. Se escucharon unos fuertes pasos en la habitación y Kilian abrió la puerta del baño sin tan solo llamar, cerrándola de un portazo tras de sí.

—Podrías haber llamado antes de entrar —le dije cubriéndome los pechos bajo el agua—. ¿Qué quieres?

—Me tienes confundido, Alish.

—¿Yo? —pregunté saliendo de la bañera, con toda la dignidad que pude, me envolví en una toalla ante el escrutinio de Kilian—. No he sido yo quien ha huido corriendo…

—Cómo no voy a estarlo, tú puedes saber todo lo que pienso…

—No tengo costumbre de escuchar si no es necesario —interrumpí.

—No me interrumpas —me respondió dándome un tirón el brazo que hizo caer la fina capa de tela que cubría mi cuerpo—. Después de un milenio sin saber nada de ti me amenazas con matarme por intentar protegerte. Luego me acusas de acostarme con Darinka, que no lo he hecho, pero si lo hubiera hecho no sería de tu incumbencia, y finalmente, cuando intento acercarme a ti, primero quieres freírme y luego besarme. Así que perdona si estoy confuso por tu comportamiento.

—No sé cómo explicarte todo, Kilian. —Aparté mi mirada de sus ojos inquisitivos, me daba miedo que, aunque le mostrara mis recuerdos, él no me creyera.

—Inténtalo —exigió.

—Quiero decir que es muy complicado de explicar, solo puedo intentar mostrártelo. —Me deshice de su agarre y posé mis manos a cada lado de su cara—. Baja la cabeza, por favor, eres mucho más alto que yo. —Kilian hizo lo que le pedí, no sin darme una mirada de extrañez—. Relájate, no te dolerá, puede ser confuso al principio porque verás todo desde mis ojos, pero intenta estar tranquilo.

Proyecté mis pensamientos, como cuando quería confundir a mi adversario, pero esta vez quería que comprendiera cómo había sido mi vida hasta mi vuelta.

—¿Qué? —preguntó confuso—, me estoy viendo a mí mismo detrás de la Cúpula encima del árbol.

—Es el último recuerdo que tengo de ti, antes de que me capturaran. —La voz se me quebró, si me hubiera quedado con él seguramente las cosas hubieran sido distintas.

Le enseñé todo, el secuestro de mi tío, su confesión sobre la muerte de Galván, mi certeza de muerte y que antes de perder el conocimiento él había sido lo último que había visto. Kilian me agarró de la cintura, tan fuerte que seguramente sus dedos dejarían marcas en mi piel.

—Kilian, me estás haciendo daño —me quejé—, sé que causa impresión, pero afloja un poco el agarre, por favor.

Kilian aflojó la presión que ejercía en mi piel y yo continué mostrándole cómo me había despertado en Drangia, todo lo que me había dicho la emperatriz, la prueba de Pyre y las conversaciones con Einar. Las cartas que había escrito y enviado, las cuales no habían tenido respuesta. El entrenamiento con Nial y cómo había rechazado su afecto, porque aunque no recibiera noticias de él, no podía apartarlo de mi corazón. La vida que había pasado junto a esa gente, las amistades que había hecho y cómo finalmente conseguí entrar un momento en la mente de Pyre, aunque no le mostré lo que había visto.

—Eso es todo, después de poder entrar momentáneamente en la mente de Pyre, mi vuelta se precipitó. Volví de incógnito porque no sabía en quién podía confiar, no sabía si querrías verme de nuevo, me convencí a mí misma de que aquella noche que pasamos no significó lo mismo para ambos —le dije retirándome un poco y dejándole espacio.

—¿Todo lo que he visto es cierto? —preguntó asombrado.

—Son mis recuerdos. —Mi voz fue apenas un susurro, ya estaba, le había mostrado todo y ahora él debía decidir qué hacer con toda esa información, no podría descifrar su mirada y meterme en su mente para averiguar lo que estaba pensando, no me parecía adecuado en ese momento. Los minutos pasaban y él seguía ahí plantado sin moverse, apenas parecía respirar, se me estaba haciendo muy duro, bajé mi mirada intentando concentrarme en cualquier cosa que no fuera esa mirada de confusión.

Kilian dio un paso hacia mí y me tomó del mentón, obligándome a mirarlo.

—En tus ojos ya no hay inocencia, como la primera vez que te vi.

—Me la arrebataron —le respondí con un susurro—, entiendo que estés enfadado conmigo, Kilian, espero que con lo que has visto me creas. Nunca fue mi intención tenerte apartado, pero venir sin la ventaja con la que me ha dotado Pyre no era una opción, me dijeron que si fracasaba mi pueblo sucumbiría. ¿Podrás perdonarme?

—No hay nada que perdonar —me dijo besándome las lágrimas—, fui yo quien te fallé e incumplí la promesa que le hice a Galván. Lo siento tanto, Alish, siento que hayas tenido que pasar todo esto sola. —Me cogió la cara con las manos y me fue besando hasta que se encontró con mis labios, había olvidado lo bien que besaba—. Cada noche desde que desapareciste rememoraba nuestra única noche —susurró contra mis labios…

—Entonces llevas demasiada ropa. —Empecé a desabrochar su camisa, notar su piel contra mis manos me transportaba a cuando el mundo no parecía tan oscuro. Cuando se la quité me fijé en el tatuaje del dragón que tenía en el brazo derecho, había cambiado de color—. Antes era azul, ahora es negro y escarlata.

—Cambió cuando subí al trono. —Se encogió de hombros, como si no acabara de entender el cambio de color.

—Continúa siendo igual de hermoso.

—Eres la única que siempre lo ha visto así —me dijo mientras lo seguía con mis dedos—, toda mi corte cree que soy amenazador, debo mostrarme así, somos un pueblo guerrero, solamente tú conoces este lado mío.

—Me gusta que solo me lo muestres a mí, pero el Kilian controlador y mandón puede ser realmente interesante. —Recorrí su abdomen con las uñas y él me sonrió mostrando sus colmillos. Por esa sonrisa volverá a pasar la senda del fuego mil veces.

—Majestad. —Se escuchó una voz detrás de la puerta.

—¡Ahora no es buen momento! —respondió Kilian entre dientes, claramente furioso por la interrupción.

—Lo siento, majestad, el canciller Ulf tiene una misiva para vos. —Kilian resopló y se volvió a poner la camisa.

—No creas que hemos terminado esta conversación —me dijo antes de besarme.

—Eso espero —le respondí—, ahora ve o tirarán la puerta al suelo.

—Ponte una bata, no quiero que mi guardia te vea desnuda. Eres un bocado demasiado apetitoso y lo quiero solamente para mí. —Esa última frase hizo que me diera un espasmo en el bajo vientre ante la anticipación de lo que prometía. Me puse la bata tal y como me había pedido y salió por la puerta.

—Alish, cierra y duerme un rato —me dijo antes de cerrar la puerta tras de sí.

Es cierto que necesitaba descansar, los dos últimos días habían sido frenéticos. Volví a contemplar la madre de Kilian y Tristán, en el cuadro la mostraban con un compás en la mano y un plano, parecía una erudita. Pasé mis manos por los libros que había en la habitación y uno me llamó la atención, parecía caliente al tacto.

«Es como si me llamara», me dije mientras sacaba el libro de la estantería. El libro en sí no tenía nada de particular, era un compendio de mecánica. Pero al ojearlo un papel salió de entre sus páginas.

Lo recogí del suelo, la caligrafía era exquisita.

Hoy me he visto con la reina Brunilda en la frontera, me ha dicho que su marido está a punto de sumirse en el sueño y que ella no tardará en seguirlo. Su hijo Eamon lo sucederá, es muy parecido a su padre, cree firmemente, al igual que yo, que podemos coexistir.

Ha venido con su pequeña nieta Alish, es una preciosidad de niña. Kilian se le ha quedado mirando detrás de mis faldas, luego la pequeña le ha entregado una espada de juguete a través de la Cúpula y los dos se han puesto a jugar. Brunilda y yo nos hemos reído pensando que un matrimonio entre nuestras razas sería la solución, ahora que lo pienso, puede que no sea una idea tan descabellada.

Le he enseñado unos planos de unas máquinas que podrían aprovechar la energía mágica, como la de la Cúpula, podríamos crear un escudo defensivo contra la niebla si esta vuelve a alzarse. Le ha parecido una idea asombrosa y me ha pedido una copia. En nuestra próxima reunión se lo entregaré. Aunque debo reconocer que tengo miedo de que descubran estos encuentros, varios consejeros de Asbjörn quieren volver a los tiempos oscuros.

No permitiré que mis hijos accedan a tal genocidio, ellos serán la luz de mi pueblo, aunque sea lo último que haga.

Estaba segura de que Kilian desconocía la existencia de esta carta, cuando volviera se la mostraría. El cansancio empezaba a hacer mella en mí, así que decidí meterme en la cama, no sin antes volver a dejar el libro y el documento donde estaban, cualquier precaución era poca cuando no sabes en quién podías confiar.

CAPÍTULO 15

KILIAN

Quería matar a Ulf por enviar al guardia a interrumpirnos, no estaba del mejor humor cuando llegué a mi despacho y me senté detrás de mi escritorio.

—¿A qué debo la interrupción? —Intenté refrenar mi temperamento, no quería dar más importancia a Alish de la que ya le había dado en la entrada, pero igualmente mi voz me salió como un gruñido—. Creí haber dicho que os haría llamar.

—Lo siento, su imperial majestad, ha llegado esta misiva para vos y parece urgente. —Ulf estaba tenso, bueno, para ser sincero, casi todas mis reuniones con los lameculos que habían servido a mi padre eran iguales. Se habían acostumbrado a que mi padre se amedrentara ante ellos y yo, en cambio, les hacía desear que la reunión acabara cuanto antes.

—¿Quién la envía? —Le hice un gesto para que se acercara y me entregara el mensaje.

—Me la ha entregado el gran maestre, pero no conocemos el sello.

—Ya puedes irte.

—Pero... Pero —tartamudeó

—¿Tengo que volver a repetir la orden?

—No, no, majestad. Gracias por su tiempo. —Ulf salió de la habitación, sin apartar su vista de mí, era como si intentara huir de un depredador y bueno, en cierta medida yo los estaba cazando a todos ellos, así que tenían motivos para estar preocupados.

Abrí el sello, sabía perfectamente de quién era ese mensaje. Después de que Alish había desaparecido, Alexander me enviaba mensajes a través del gran maestre, habíamos acordado que era mucho menos sospechoso que el gran sacerdote de Ansgar se paseara por la barrera que yo.

Espero que la princesa se encuentre bien.

Haakon está tanteando a los comandantes a lo largo de la frontera para intentar conseguir aliados, pero se ha encontrado con un frente común.

Nadie notó una perturbación en la barrera indicando una incursión, así que nadie le está haciendo el mínimo caso. Por otra parte, ya están al tanto de la vuelta de Alish y creo que la mayoría han manifestado que si le tocas un pelo de la cabeza te cortarán las pelotas.

Me reí ante la amenaza, no pensaba tocarle un pelo de la cabeza, la tocaría, mordería y le haría gritar mi nombre con cada embestida. Luego me pondría de rodillas y le pediría que fuera mía para toda la eternidad.

En cuanto ella esté preparada y nosotros hayamos reunido suficientes efectivos, acabaremos con él.

Estaremos en contacto,

Alexander

Hice sonar la campana y Adrien entró por la puerta.

—¿Ha llamado? —me respondió con una reverencia.

—Haz llamar a mi hermano, por favor. —Adrien salió del despacho y se fue a buscar a Tristán mientras yo escribía una nota para Alexander, en ella manifestaba que Alish se encontraba bien y mi alegría por cómo habían recibido las noticias los demás comandantes.

—Hola, hermano, ¿ya me echas de menos?

—Alexander me ha enviado una misiva, Haakon está tanteando a los comandantes, pero no está teniendo éxito.

—Supongo que ya están al tanto de que la legítima heredera está viva.

—Sí, y me han amenazado que no le toque ni un pelo. —Me reí ante el comentario, Tristán se unió a mí, él sabía perfectamente lo que yo esperaba de ella, lo que llevaba casi un milenio esperando.

—¿Habéis hecho las paces?

—Sí, nos han interrumpido justo cuando se estaba poniendo interesante. —Tristán me miró y sonrió—. Pero tengo intención de acabar esa conversación.

—¿Pero ya le has contado lo que significa el vínculo?

—No he tenido oportunidad. —Le desvié la mirada, cuando Tristán se ponía inquisitivo no tenía rival.

—Deberías hacerlo ya, no puedes demorarlo más, hermano.

—Tienes razón, lo sé, pero estoy aterrado, ¿y si ella lo rechaza? —Nunca me había sentido tan inseguro con una mujer, era frustrante.

—Estoy seguro de que no lo hará, si no ya se hubiera vuelto a escapar. Ella parece una fuerza de la naturaleza, no creo que se la pueda forzar a hacer algo que no quiera. Puede que la persona que fue antes de que la intentaran asesinar sí, pero la princesa que tenemos delante de nosotros ya no es aquella niña que recorría la barrera.

Tristán salió del despacho y yo me quedé mirando la habitación que habían ocupado mis antepasados, yo lo había echado al suelo, tan pronto fui coronado, no quería sentarme en el mismo sitio que esos tiranos y asesinos. Yo quería ser mejor, debía ser mejor y cuando erradicara el mal de mi corte por fin podría hacerlo.

Me levanté y estuve tentado de ir a la habitación de Alish y meterme con ella en la cama, deseaba sentir su cuerpo caliente entre mis brazos y su olor hacía que mi mente se relajara, quería revivir esa sensación. Pero era consciente que ella no había dormido en dos días y debía descansar, así que salí hacia el jardín y olí el aroma de las rosas negras de mi madre, era como si ella me llamase para que aceptase a la mujer que había escogido para mí. Me planté delante de los rosales que solo Tristán y yo estábamos autorizados a cortar, saqué una de mis dagas y corté una de las rosas. Sonreí, solo había cortado dos rosas de ese rosal y ya hacía casi un milenio de ello, miré hacia la ventana de Alish, Tristán tenía razón, no podía demorarlo más, así que me encaminé hacia su habitación.

—¿Esa rosa es para alguien en particular? —dijo Darinka saliendo del cenador.

—Para nadie que te pueda interesar, ¿qué haces en mi jardín? —gruñí—, creo que no te he dado nunca permiso para entrar.

—Te he seguido, quería hablar contigo.

—Te lo dije una vez, Darinka, no me tutees.

—¿Acaso su majestad se ha olvidado de lo bien que lo pasábamos? —me preguntó sin acercarse.

—Sal de mi jardín y de mi casa, Darinka, no sé por qué tu padre insiste en traerte a la corte, puede que le tenga que recordar quién manda aquí.

Darinka tragó saliva, supongo que recordaba ver a su padre arrodillado en la plaza pública de Avaris mientras le daban treinta latigazos por haber desobedecido mi orden de no cobrar el diezmo un par de años atrás. Había sido un mal año de cosechas y decidí liberar un poco de peso de las clases pobres, quienes casi no conseguían comida, Derian me había desobedecido y puesto mi autoridad en entredicho, así que, después de un juicio rápido, lo condené, fue una advertencia a todos los miembros de la corte, aunque él continuaba con su cruzada.

—¿Acaso ella es mejor que yo? —preguntó mirando la rosa.

—Ella es una princesa. —Darinka me miró con esos ojos dorados llenos de furia—. Y, además, tiene un polvazo, ¿quién no querría una mujer así? —Pasé por su lado y le enseñé los colmillos—. Ella será para mí lo que yo quiera, ahora sal de mi casa si no quieres acabar en la plaza como tu padre.

—El Kilian que yo conocí nunca pegaría a una mujer.

—Ese hombre murió el día que mi padre se quitó la vida, disfrutad del monstruo que habéis creado. —Le hice una señal al guardia de la puerta para que se llevara a Darinka—. Asegúrate de que los demás guardias sepan que no es bienvenida en mi corte.

Estaba furioso mientras subía por las escaleras, me dolía la mandíbula de apretar los dientes, tenía la sensación que si abría la boca en ese instante le arrancaría la laringe a alguien con los colmillos.

—Deberías calmarte antes de ir a ver a Alish —me dijo Tristán desde el primer piso de las escaleras de mármol negro—, he escuchado toda la conversación, supongo que ha sido duro mostrar a tu pareja como un trofeo de caza.

—Tú mismo dijiste que había demostrado demasiado interés en ella. —Tristán asintió con la cabeza—. Cuando acabe con ellos me casaré con ella, si me acepta, y me pasaré la eternidad compensando por cómo me he comportado.

—Haré que mis hombres controlen a Darinka y su padre, no queremos sorpresas. Ve, hermano, y reclámala, no todos tenemos segundas oportunidades.

—Un día espero que me cuentes quién fue quien te rompió el corazón de esa manera.

—Puede que algún día. —Tristán bajó las escaleras y salió por la puerta de roble, y yo me dirigí por el pasillo hacia la habitación de Alish, abrí la puerta lentamente y entré sin hacer ruido.

Ella estaba bocabajo en la cama con su cabello plateado desparramado, estaba preciosa. Me acerqué y me puse de cuclillas a su lado, Ansgar me había bendecido con una compañera extraordinaria, no solo era bella, sino también valiente, no todo el mundo superaba la senda del fuego de Pyre, inteligente y un millón de cualidades más. Si me aceptaba, la inmortalidad se convertiría en algo mucho más interesante.

CAPÍTULO 16

ALISH

Una mano me despertó acariciándome la cabeza.

—Alish, despierta, has dormido casi todo el día.

—Un poco más —le respondí tapándome con la almohada.

Escuché la risa suave de Kilian ante mi comentario, me quitó la almohada de encima y recorrió mi cara con algo suave y que olía de maravilla, al abrir los ojos me encontré con una rosa negra como la que me había regalado un milenio atrás.

—¿Para mí? —pregunté todavía adormilada, hacía tiempo que no había dormido tan profundamente.

—Una rosa única para una mujer todavía más única. —Su mirada me transportó mil años atrás, la única noche que habíamos pasado juntos y la noche en que me había sentido más amada en mi vida. Solo cuando Kilian me hizo el amor encima de esa rama me sentí completa y el siglo que había pasado en la soledad de mi casa se esfumó por unos instantes.

—Eso mismo me dijiste hace mil años.

—Y lo mantengo —me dijo antes de besarme, sus labios eran suaves, pero exigentes al mismo tiempo, Kilian era un hombre contradictorio, pero yo me sentía atraída por él por una fuerza que no acaba de comprender—. He hecho que te traigan ropa, quiero cenar con tu amiga drangiana y mi hermano.

—Beryl, se llama Beryl - le regañé.

—Sí, lo siento.

Kilian se me quedó mirando por un momento.

—¿Ocurre algo? —pregunté apoyándome en la cama.

—Solo pensaba que me gusta verte así. —Le acaricié la mejilla y lo insté a que se acercara a mí.

—Creo que tenemos una conversación a medias, ¿verdad? —Me dedicó una sonrisa torcida y se inclinó para capturar mis labios.

—Si alguien nos vuelve a interrumpir, le cortaré la cabeza. —Me reí ante tal comentario.

—¿Te hace gracia la muerte de alguien? —Kilian me cogió en brazos y me hizo sentarme a horcajadas sobre él.

—No creo que quieras matar a nadie por esto.

—Créeme, Alish, mataré a todo aquel que intente apartarte de mi lado. Tú eres la única que tiene el poder de irse libremente, si así lo deseas.

—No deseo alejarme de tu lado, pero tarde o temprano tendré que volver a Tasia —le respondí con un hilo de voz—, debo recuperar el trono.

—Lo sé, pero eso no quiere decir que no nos volvamos a ver. Dejemos por ahora los preparativos de guerra, tengo algo más apetecible en mente. —Kilian apretó mi cuerpo contra el suyo y sonrió con malicia.

—Desde que te vi de cerca por primera vez, me he preguntado por qué tenéis colmillos —le dije rozando uno con mi pulgar.

—Me tienes aquí duro como una roca —me dijo apretando el bulto de sus pantalones contra mi zona más sensible, que hizo que se me escapara un suspiro—, ¿y me preguntas por qué tengo colmillos?

—Es que me parecen increíblemente excitantes. —Le daban un aire salvaje que no poseía ningún miembro de mi raza. Kilian era peligroso y prohibido para alguien como yo, alguien que se suponía que debía ser mi enemigo, en realidad se había convertido en mi amante.

—Ansgar es el dios de la guerra y la caza, cuando nos encontró nos otorgó fuerza, rapidez, agudeza sensorial…

—¿De ahí que tengáis las orejas ligeramente puntiagudas?

—Sí, podemos escuchar mucho mejor que otras razas y los colmillos son una buena arma si nos quedamos indefensos.

—¿Son sensibles?

—Depende del contexto, si me las tocas tú, sí. Nuestras orejas tienen muchas terminaciones nerviosas…

—¿Qué pasa si hago esto? —Generé un pequeño campo eléctrico en la yema de mis dedos y con ellos reseguí sus orejas.

—Uf, si continúas haciendo eso te arrancaré la bata que llevas puesta.

—En sus ojos había hambre y deseo, pero también había un anhelo que no sabía cómo interpretar.

—Puede que tenga esa intención. —Me levanté y él me dedicó una mirada suspicaz, le quité la camisa suelta que llevaba puesta y me deshice de la bata que había usado para dormir. Pude ver cómo él tragaba saliva al ver mi cuerpo desnudo—. No quería romper esa prenda tan bonita.

Kilian se levantó de golpe y yo di un respingo, era tremendamente rápido.

—Tengo suficiente dinero como para comprarte un centenar —gruñó, luego se acercó a mí como un felino a su presa y me cogió por las nalgas, envolví su cuerpo con mis piernas mientras me llevaba hacia el escritorio que tenía tras de mí y me sentó en él—. Tengo que contarte una cosa —me dijo mientras no dejaba de besarme.

—Ahora no —le ordené mientras metía mi mano en su pantalón, Kilian gemía contra mi cuello mientras yo acariciaba su miembro, enrosqué mi otra mano en su pelo azabache y tiré suavemente de él para darme mejor acceso a su cuello.

—Alish, por favor, de verdad, tengo que contarte algo —me suplicó—, quiero hacerlo antes de que esto vaya a más.

Me aparté un poco de él con mi mano todavía en sus pantalones.

—¿Es algo malo? —Mi corazón latía fuertemente contra mi pecho.

—Mira bien el tatuaje, no solo ha cambiado su color, su postura es defensiva y hay un símbolo nuevo. —Observé el tatuaje con detenimiento.

—Es el símbolo de Einar, pero… Pero… —Estaba tan confusa que no podía articular la pregunta que se atascaba en mi garganta.

—Además, el dragón tiene tus ojos. —Kilian me sujetó la cara con ambas manos y me obligó a concentrarme en él—. En mi pueblo existe el vínculo, Ansgar nos obsequió con una persona que pudiera refrenar nuestros instintos, alguien que fuera nuestra ancla.

—Pero yo no soy sideira, ¿cómo es posible?

—El gran maestre dice que nuestra unión está bendecida por los dos dioses hermanos.

La cabeza me daba vueltas y no pude evitar meterme en los

pensamientos de Kilian, en ellos vi todo lo referente al cambio del tatuaje y lo que le había dicho el gran maestre de Ansgar.

—¿Entonces todo esto que siento por ti es por esa especie de vinculación? —No quería que lo nuestro fuera por obligación, no quería que hubiera sido orquestado por alguien para un fin.

—No, el vínculo se despertó, por así decirlo, cuando nos acostamos aquella noche. Siempre he sentido que estabas viva, lo notaba en mi corazón. —Posó una de mis manos en su pecho, noté cómo su corazón latía fuerte contra mi mano—. Era como si mi corazón tuviera un segundo latido. Siempre hemos podido elegir y yo te elegí mucho antes de que se formara el vínculo, te elegí el día que me diste tu espada de madera para jugar.

—Yo también te elegí hace mucho tiempo —le confesé, era algo que sabía desde hacía mucho tiempo—, pero tenía tanto miedo de ti, de cómo me recibirías después de desaparecer como lo hice.

—Si hubiera sabido que estabas en Drangia hubiera viajado allí por ti. —No me hacía falta leer la mente para saber que me decía la verdad.

—¿Entonces cómo funciona esto? —Kilian levantó la vista hacia mis ojos y sonrió.

—No será bonito, Alish, mientras Tristán y yo no terminemos nuestra *vendetta* contra las familias nobles seré el que viste en la entrada. Seré duro contigo.

—No me importa, lo soportaremos juntos. Siempre que cuando estemos solos vuelvas a ser tú, lo soportaré ¿Qué debo hacer?

—Solo acéptame, acéptame como soy. —No hacían falta palabras, tan pronto mis labios tocaron los suyos, un dolor cruzó mi clavícula, Kilian y yo miramos y empezó a dibujarse un fénix, una hermosa ave en llamas azules del mismo color de los ojos de Kilian.

—¿Un fénix? —me preguntó pasando los dedos por encima del dibujo.

—El fénix es la primera y la última estrella que vemos en el firmamento, es el símbolo del renacimiento. En Tasia lo llamamos el Lucero del Alba.

—Ansgar te llamó así cuando me anunció tu llegada.

—¿Entonces es mi símbolo de la vinculación? —Kilian asintió con la cabeza.

—Eso creo. ¿Cómo se hacen las cosas en Tasia? ¿Tenéis algo parecido?

—Compartimos la magia, cuando se funden nuestras magias es un acto muy íntimo, no mezclas tu energía con todo el mundo. —Su mirada mostraba pensar—. Ya sé que tu pueblo no posee nada parecido, pero me gustaría intentarlo, si a ti te parece bien.

—¿Qué tengo que hacer? —Una sonrisa tímida iluminó su cara y a mí nunca me había parecido tan apuesto como en ese instante.

—Dame tus manos. —Entrelacé mis dedos con los suyos y lo acerqué a mí—. Bésame. —Kilian acercó sus labios a los míos y empezó a besarlos lentamente, mientras él se relajaba, yo convocaba mi magia y la dirigía hacia él, nunca había hecho esto y no quería hacerle daño—. Si te duele paramos.

—No, no me duele, es como si despertara de un sueño.

Levanté nuestras manos y al separar nuestras palmas una pequeña voluta mágica revoloteó entre nosotros, Kilian sonreía como un niño que acaba de descubrir un tesoro.

—¿Qué?

—Estás muy guapo cuando sonríes, deberías hacerlo más —le dije mientras posaba una de mis manos en su mejilla y él me la beso.

—Puede que dentro de un tiempo pueda volver a sonreír así, sin esconderme, ¿esta es la sensación que tienes cuando lanzas un hechizo?

—Depende del hechizo y del motivo por el que se convoca, pero cuando lo hago como ahora, sí es esa sensación.

—Eres asombrosa. —Kilian volvió a capturar mis labios de nuevo—. No sabes cuánto te deseo, Alish, y lo feliz que me has hecho al aceptarme.

—Puedo leer cómo te estás conteniendo para no hacerme daño —le dije jadeando—, no quiero que lo hagas, no quiero que te escondas conmigo.

Kilian no dijo nada, se limitó a lamerme el cuello y bajar hacia uno de mis pechos, dio un lametón a uno y el pezón se irguió ante su tacto. Fue dejando un reguero de besos húmedos hasta que se arrodilló totalmente ante mí y posó mis piernas en sus hombros antes de dedicarme una sonrisa.

—¿Quieres que no me contenga? —Yo solo pude asentir con la cabeza, estaba totalmente perdida en esos ojos azules, por Einar, era el hombre más apuesto que había visto en mi vida y era todo mío—. Entonces prepárate, Alish, porque te haré gritar mi nombre.

Esa sola frase hizo que un escalofrío recorriera mi columna ante lo que prometía. Sin darme tiempo a dudar se arrodilló ante mí y se acomodó mis piernas en sus hombros, podía notar sus vigorosos músculos bajo mis pantorrillas. Kilian levantó la mirada hacia mí y me enseñó los colmillos.

—He querido hacerte esto desde la primera vez que te vi en la barrera. —Sin darme tiempo a pensar, me abrió más las piernas y hundió su lengua en mis pliegues, arqueé la espalda con un suspiro cuando empezó a succionar mi clítoris—. No te haces una idea de lo bien que sabes, lo que provoca tu sabor en mí.

Pasé una de mis manos por sus cabellos y con la otra me aferré al escritorio, la sensación era tan intensa que creí que me caería. Klaus no me había tocado así, nunca me había hecho sentir el placer que Kilian me estaba dando en ese momento y creía que me iba a derretir con cada roce de su lengua, intenté acomodarme y él me dio un ligero mordisco en la parte interna de mi muslo.

—No te muevas —me advirtió con voz grave—, no dejaré que te caigas.

Luego volvió a concentrarse en mí, mi respiración se volvió superficial cuando introdujo un dedo en mí y luego otro.

—Mírame, Alish —me ordenó, yo no me había dado cuenta de que había cerrado los ojos, estaba tan concentrada en lo que me hacían sentir sus dedos dentro de mí que me había perdido—, quiero que me mires cuando te haga llegar al orgasmo. —Kilian se levantó y apoyó su mano libre en el escritorio mientras con la otra no dejaba de penetrarme.

—Te quiero dentro de mí —jadeé, pero el petó la lengua y negó con la cabeza.

—Todavía no, tienes que regalarme un orgasmo. —Esa orden hizo que se me hincharon más los pechos, si podía ser posible, y con el último toque a mi zona más sensible estallé en el orgasmo más arrollador que había sentido hasta ese momento, mi poder mágico crepitó a nuestro alrededor con cada contracción de mi útero y solo se calmó cuando al fin quedé lánguida entre sus brazos.

Kilian rozó sus labios contra mi frente.

—No has gritado mi nombre —me susurró contra mi oído, yo me reí ante el comentario, pero apenas podía moverme, ese orgasmo me había dejado de gelatina.

—No, no lo he hecho, me has dicho que tenía que regalarte un orgasmo, pero no me has dicho que tenía que gritar tu nombre. —Levanté la vista hacia él con mis manos todavía en su pecho, ese magnífico pecho adornado con decenas de cicatrices, un mapa de lo que él había vivido.

—Tendré que esforzarme más entonces. —Esa voz ronca hizo que me volviera a humedecer—. Aún recuerdo cómo gemiste mi nombre encima de ese árbol.

—Entonces llevas demasiada ropa, si quieres rememorarlo... —Desabroché los botones de su pantalón uno a uno, lo hice lentamente tomándome mi tiempo, saboreando la mirada de advertencia que tenía Kilian, una mirada que decía no te demores o te comeré viva. Pero yo quería que me comiera viva, quería que me hiciera derretirme entre llamas, quería notar sus músculos bajo mis manos, pero sobre todo quería que él supiera lo que significaba para mí. Cuando terminé de desabrochar los pantalones empecé a bajarlos lentamente sin perder el contacto visual, cuando ya estaban en los tobillos me aparté un par de pasos y contemplé al magnífico hombre que tenía ante mí. Un cuerpo preparado durante centenares de batallas, una sonrisa que derretiría cualquier glaciar, pero sobre todo esos ojos azules que escudriñaban mi alma y sabían perfectamente lo que había detrás de mi máscara.

—Ven —me dijo tendiéndome la mano, cuando yo puse la mía en ella me arrastró hacia su cuerpo, un muro de músculos que me envolvió. Entre sus brazos me sentía protegida como nunca lo había hecho, sus labios rozaron los míos como si fueran plumas, pero cuando su lengua rozó la mía gruñó y me tumbó en la cama.

—Kilian, te quiero. Llevo mil años queriéndote y no sé cómo expresar todo lo que siento por ti, creo que todo lo que he pasado en mi vida fue un camino pavimentado para encontrarme contigo.

—Te esperé mil años, Alish, esperaría mil más para poder estar contigo, y ahora que te tengo aquí conmigo me cuesta respirar por miedo a volverte a perder.

—Encontraremos la manera de estar juntos, hazme el amor, Kilian, ámame como me amaste esa única vez encima de ese árbol.

Ya no hubo más palabras, no hacían falta, toda la confirmación que podría necesitar la encontré en esos ojos azules con motas plateadas.

Me dedicó una amplia sonrisa antes de volver a capturar mis labios, no fue el suave beso que me dio antes, en él descargó su necesidad y su amor por mí. Su mano recorrió la curva de mi pecho y me dio un leve tirón en mi pezón que me hizo arquear la espalda intentando prolongar el contacto con sus dedos, Kilian sonrió mientras me besaba, su lengua buscó la mía y suspiró de satisfacción cuando le abrí la boca y pudo encontrarla. Mis manos seguían las líneas de los músculos en sus brazos, deleitándome, por Einar, ¿cómo podía existir un hombre así? No sabía cuántas veces le había suplicado que me hiciera suya de una vez, pero él demoraba el momento, seguramente me estaba torturando por lo lento que le había sacado los pantalones.

—¿Esto es una venganza por los pantalones? —pregunté entre jadeos.

—¿Acaso no puedo deleitarme con el cuerpo de mi mujer?

Mujer, mujer, repetí una y otra vez en mi mente, yo era una mujer que había pasado por la senda del fuego, de golpe convoqué mi magia e inmovilicé a Kilian en el colchón. Su cara mostró sorpresa, pero solo fue un instante, luego sonrió como el cazador cuando cree que tiene a su presa acorralada.

—La princesita tiene garras. —La misma frase socarrona que me había dedicado hacía casi un milenio—. La cuestión es, ¿las usarás conmigo?

—Un desafío. Mis uñas recorrían sus piernas mientras reptaba hacia él.

—¿Así? —le susurré en el oído, él asintió con la cabeza sin dejar de sonreír, le besé el mentón lentamente hasta que llegué a sus labios y me dio un lametón.

Kilian intentó zafarse de las cadenas invisibles que lo tenían inmovilizado en la cama.

—Mi magia es mucho más fuerte que tú, solo yo puedo liberarte. —Me senté a horcajadas sobre sus caderas y recorrí su erección con mis manos—. Un Emperador de Sideira a merced de la princesa de Tasia. —Kilian se retorcía debajo de mí, pero se quedó quieto cuando vio dónde dirigía su erección, rugió cuando notó que la había hundido en mí y empezaba a mover las caderas.

—Alish, libérame —me ordenó.

—Pídemelo bien —le respondí apoyando mis codos a cada lado de su cara y mordiéndole el mentón.

—Por favor, Alish —ronroneó, con un ligero giro de muñeca, las cadenas mágicas se desvanecieron. En el momento que Kilian notó que ya no estaba retenido, me cogió con un brazo la espalda y me dio la vuelta quedando invertidos—. Eres la mujer más cruel que he conocido.

—¿Cruel? —pregunté entre jadeos.

—Privarme de recorrer tu cuerpo con mis manos es cruel —me respondió mientras se mecía entre mis piernas. Vi que sus ojos se volvían vidriosos con cada embestida, abrió la boca mostrando sus colmillos acercándose a mi cuello—. No, no puedo —gruñó rozando mi cuello con los colmillos.

—¿Qué no puedes? —pregunté con miedo.

—Si te marco ahora todo el mundo sabrá lo que eres para mí y pondré una diana en ti.

—Me da igual, Kilian, me da igual —le dije cogiéndole la cara con ambas manos—, márcame, hazme tuya. —Una orden susurrada que él eligió ignorar, así que enterré mi cara en la curva de su cuello y le mordí, apreté fuertemente hasta que mis dientes penetraron en su piel, me costó un poco porque yo no tenía colmillos, cuando lo mordí pensé que me daría asco notar el sabor de su sangre en la boca, pero fue todo lo contrario, era como si una brisa marina trasportara el aroma de las granadas. Cuando Kilian se separó un poco con cara de sorpresa, me pasó el dedo por los labios, quedando impregnado de la sangre de él que había en mi boca.

—¿Me has marcado? —preguntó con asombro, yo solo pude sonreír. Él se acercó a mi cuello recorriéndolo con la nariz saboreando el aroma—. Ya no hay vuelta atrás, si el vínculo no fuera suficiente, esto enviará el mensaje de que eres mi pareja, eres mía.

Kilian hundió sus colmillos en mi cuello y noté cómo mi sangre recorría mi espalda, no sé qué me pasó, pero notar sus dientes en mí hizo que llegara a mi orgasmo.

—Kilian —gemí contra su cuello.

Cuando liberó sus colmillos de mí, aceleró sus embestidas hasta que se liberó en mi interior con un gruñido que hizo temblar la habitación. Los dos estábamos cubiertos de una capa de sudor, pero no queríamos movernos.

—Te dije que te haría gritar mi nombre —me susurró con aire divertido, acariciando la curva de mis caderas.

—Eres un bastardo arrogante —le respondí poniendo los ojos en blanco.

—Pero soy tu bastardo arrogante. —Me volvió a penetrar lentamente, esta vez no fue la necesidad primaria de satisfacer un vínculo creado casi un milenio atrás, esta vez fue para conocer cada centímetro de nuestro cuerpo y nuestra alma. Cuando al fin nos liberamos los dos, el mundo parecía un poco menos oscuro para ambos.

CAPÍTULO 17

KILIAN

No me podía creer que después de casi un milenio la tuviera entre mis brazos, vale, no había sido el mejor de los reencuentros, el miedo de ambos a la reacción del otro había causado todo este pequeño caos, pero ahora estaba agradecido de cómo habían terminado las cosas. Estaba totalmente absorto recorriendo la curva de sus senos con mis dedos, cuando sin previo aviso Alish se levantó y se puso la bata de seda.

—¿A dónde vas? —pregunté enarcando una ceja.

—Antes he encontrado una cosa de tu madre, sé que no debería haber cotilleado. —Un leve rubor cubrió sus mejillas, no tenía por qué avergonzarse—. Lo siento, quiero que lo leas.

Se acercó a la estantería donde mi madre tenía sus compendios de mecánica. Dios, cómo me gustaba esa bata, con cada paso dejaba entrever el principio de una de sus turgentes nalgas y me estaban entrando ganas de levantarme a toda velocidad, atraparla entre mi cuerpo y la estantería para ponerme de rodillas y comérmela. Cogió uno de los libros y sacó un papel amarillento de su interior, al darse la vuelta abrió mucho los ojos y se volvió a sonrojar, seguramente habría visto el hambre en mis ojos.

—¿Qué? —preguntó ella con voz entrecortada.

—La próxima vez no te quites la bata, no sabes lo que me acaba de provocar verte con ella contoneándote.

—No me estaba contoneando —se quejó—, solo andaba.

—A mí me ha parecido que enfatizabas mucho más tus pasos, puede que lo hayas hecho inconscientemente, pero te has contoneado para mí. —Me encantaba llevarla al límite, Alish era un diamante en bruto, ni ella misma sabía lo brillante que podía llegar a ser. Pero pincharla de esa manera conseguía que se fuera soltando y que cada vez fuera menos introvertida.

—Lo que tú digas. —Puse los ojos en blanco mientras se volvía a acercar a la cama y me tendió la carta de mi madre.

—Recuerdo bien ese día —le dije mientras leía, era el día que había visto por primera vez a Alish—, pero leerlo de su puño y letra…

Recordaba como si fuera ayer ese momento, mi madre me había levantado pronto ese día. Me encantaba salir a cabalgar con ella, Tristán todavía era pequeño para acompañarnos. Nos dirigimos a una zona entre los puestos de guardia de la frontera, el sitio estaba resguardado entre la espesa vegetación. Nunca me había acercado tanto a la Cúpula, me pareció algo precioso y brillante, todo lo contrario a lo que explicaban los hijos de los consejeros de mi padre.

—Kilian —me dijo mi madre mientras bajábamos de los caballos—, ahora vendrá la reina Brunilda. No le podemos contar a nadie que hemos estado aquí. Debes prometérmelo.

—Te lo prometo, mamá, pero… ¿Por qué nos reunimos con ella? Los consejeros de papá dicen que son el enemigo.

—Pero no debemos serlo para siempre. ¿Verdad que tus amigos te hacen sentir bien? —Yo asentí con la cabeza—. Pues esto es igual.

Entonces vimos una figura cubierta con una capa azul oscuro que iba de la mano de otra más pequeña. Cuando llegaron hasta donde estábamos se descubrió. La reina era muy guapa, tenía el pelo rubio como un rayo de sol y los ojos verdes como la primavera de Sideira. Me sonrió e inclinó la cabeza ante mi madre.

—Linette, me alegro de volverte a ver.

—Lo mismo digo, Brunilda, este es mi hijo mayor, Kilian. —Cuando mi madre me indicó que saludara a la reina no lo hice, en cambió me puse entre las dos.

—Bruja —susurré, mi madre me miró horrorizada y, justo cuando iba a sermonearme…

—Mi abuela no es una bruja. —La pequeña se descubrió y era la niña más bonita que había visto en mi vida. El pelo plateado como la luna recogido en dos trenzas de raíz y unos ojos lilas que me dejaron sin palabras—. Discúlpate, ha sido muy desconsiderado.

Yo no sabía ni qué decir, aquella pequeña niña que hacía un palmo menos que yo me estaba dando una reprimenda. Plantada a escasos centímetros de la barrera, con los brazos en jarra y con cara de enfado.

—Lo… lo siento, siento haberos ofendido, reina Brunilda.

—Brun, tu nieta tiene coraje. —Mi madre sonrió y luego me dedicó una mirada de esas que dice: «cuando volvamos a casa tú y yo hablaremos»—. *¿Cómo te llamas*, pequeña?

—Alish, es un honor conoceros, alteza imperial. —Alish hizo una perfecta reverencia a mi madre.

Yo no paraba de mirarla, algo en esa niña me llamaba. Por poco no toqué la Cúpula embelesado como estaba.

—Kilian —me dijo mi madre tocándome el hombro—. *¿Por qué no vas a jugar? La* reina y yo debemos hablar unos minutos.

Asentí con la cabeza y me acerqué a mi caballo, no tenía nada con lo que jugar, creía que solo iríamos a cabalgar y no me había traído ni tan siquiera un arco.

—¿Quieres jugar conmigo? —La pequeña princesa tenía dos espadas de madera en las manos, me tendió una a través de la barrera y yo la acepté.

—¿Sabes usarla? —Mi pregunta salió más petulante de lo que quería, pero ella solo me sonrió.

—Mi hermano me está entrenando, cuando acabe mi guardia seré tan buena como Galván, es el mejor guerrero del mundo…

—No sé yo, en Sideira tenemos buenos guerreros y el mejor de todos es Ansgar…

—Bueno, ¿quieres jugar o no? —Yo asentí con la cabeza y empezamos a hacer el tonto cada uno en su parte de la barrera.

Cuando la reunión de mi madre terminó, intenté devolverle la espada, pero Alish se negó y me dijo que me la quedara.

—Cuando seamos mayores veremos quién de los dos es el mejor espadachín —me retó.

—¿Me estáis retando, princesa? —Ella asintió con la cabeza sonriendo—. Entonces será un honor haceros caer de culo.

Le dediqué una reverencia y me fui hacia mi madre, pero antes de montar en mi caballo volví a mirar a Alish y noté como si no me quisiera ir. En ese momento era demasiado pequeño para entender que era el vínculo que me llamaba.

No me había dado cuenta de que estaba llorando hasta que Alish pasó el nudillo por mi mejilla, habían pasado muchos años desde que lloré por última vez por mi madre.

—La echas de menos. —No era una pregunta—. Debe ser agradable tener una madre que te quiere.

—¿Qué quieres decir?

—Mi madre nunca me ha querido, por eso siempre estaba con mi abuela, las *matronae* vaticinaron que mi magia sería inexistente.

—Pero se dice que tu despertar fue de los más poderosos en milenios —la interrumpí.

—No sé si fue una equivocación o algo intencionado, pero desde ese momento mi madre se desentendió de mí, para ella solo era alguien molesto que reclamaba su atención y su cariño, con la edad dejé de hacerlo.

—No podía cambiar lo que le habían hecho, pero me aseguraría de que nadie volviera a hacerla sentir de menos, porque eso es lo que habían hecho ninguneándola, le pasé un brazo por los hombros y la atraje hacia mí mientras continuaba leyendo la carta.

—Me llama la atención la mención de las máquinas para amplificar la Cúpula y que proteja a todo el continente, no encontramos nada así en sus papeles, pero claro, mi madre no ponía las cosas fáciles.

—¿Qué quieres decir?

—A ella le encantaba dejarnos problemas, adivinanzas, cualquier cosa que se le ocurriera para hacernos ganar aunque fueran unos dulces.

—Todavía recordaba el último cumpleaños que ella estuvo presente, me había dejado una caja rompecabezas en mi habitación y me había dicho que si no lo abría no tendría regalo, me costó varias horas, pero cuando lo hice me encontré la espada de metal lunar de mi abuelo, la Dagsstjerne, entonces la aprecié mucho más que si me la hubiera dado sin más.

—¿Ella pudo haber escondido el mecanismo este del que habla?

—Sí, y seguramente está a la vista de todo el mundo.

—Si realmente funciona, sería una ventaja contra la niebla.

—¿Estaría tu pueblo dispuesto a eso? —Tomé la mano de Alish, casi podía ver cómo estaba barajando todas las posibilidades en su mente.

—No lo sé —se lamentó—, lo que tus ancestros nos hicieron está marcado a fuego en nuestra conciencia. Pero podríamos intentarlo, convencerlos de que es la mejor opción, tu padre quería la paz, al igual que creo que todavía desea el mío, es una manera de honrar a dos hombres buenos.

—Les demostraré que yo soy distinto, que mi pueblo puede ser distinto. ¿Se sentirán ofendidos porque eres mi pareja? —Alish era mía y no permitiría que nadie la lastimara, ni tan siquiera los suyos. Los altos lores de Sideira dentro de poco no serían un problema, pero no sabía cómo podría reaccionar yo ante la presencia de Haakon o la de su madre.

—¿Kilian? —me preguntó Alish con cautela poniendo su mano en mi brazo—. ¿Estás bien?

—Disculpa. —Le cogí la mano que tenía en mi brazo y me la acerqué a los labios para besarlos, ella se sonrojó y entonces le di un pequeño mordisco en el índice—. Tengo tendencia a hacer esto, pero tú puedes meterte en mi mente cuando quieras para sacarme de mis pensamientos.

—Tendré que enseñarte a proteger tu mente, no quiero que seas un libro abierto para todo aquel que pueda meterse en tu cabeza.

—¿No vas a protegerme? —le respondí acercándome tanto a ella que podía acariciarle su respingona nariz con la mía—. La hermosa princesa de Tasia, protectora del emperador de Sideira, eso daría un mensaje al mundo.

—Kilian, lo digo en serio. Además, mis dones no son tan poderosos. —En su mirada cruzó una chispa de preocupación—. Puedo influir en dos o tres personas a la vez, pero tardaré años, incluso siglos, en tener el potencial que tiene un drangiano desde su nacimiento.

—Solo bromeaba. —Le di un rápido beso en los labios y me levanté de la cama, podía notar su mirada a lo largo de mi cuerpo desnudo y cuando me giré hacia ella se mordió el labio, en sus ojos había hambre y deseo—. Si sigues mirándome así no saldremos nunca de esta cama.

—Oh. —Alish se sonrojó y me dedicó una sonrisa pícara—. ¿No puedo admirar el cuerpo de mi pareja? —Era la primera vez que me llamaba así y algo se agitó en mi pecho.

—Puedes mirar, tocar, morder y lamer todo de mí, Alish. —Mi erección se volvió a despertar cuando ella se pasó la lengua por sus labios—. Pero debemos esperar para esta noche, ven, déjame ayudarte a vestir, la cena no tardará en servirse.

Alish me dedicó una mueca de desilusión cuando me tendió la mano para ayudarla a levantar de la cama, me giré hacia el armario de mi espalda, donde había dejado colgado el vestido que habían hecho esta tarde para ella, lo descolgué y se lo acerqué.

—¿Quieres que me ponga esto? —preguntó sonrojándose.

—¿No te gusta?, es lo que suelen llevar las mujeres de aquí, lo siento.

—No tienes por qué disculparte, es precioso, pero…

—Dime, Alish, no me vas a ofender, quiero saber si hay algo que te incomoda.

—Llevo tanto tiempo con vestidos drangianos… que me da vergüenza mostrar tanta piel, estoy muy pálida por la falta de sol, allí la primavera apenas dura un par de meses. —Alish apartó la mirada del vestido, no había sido mi intención hacerla sentir incómoda.

—Alish, no tienes que ponértelo si no estás cómoda, encontraremos otra cosa, no sufras.

—Puedo probármelo. —Me dedicó una sonrisa tímida.

—Solo si tú quieres. —Quería que ella se sintiera a gusto, era una mujer preciosa llena de curvas y me pasaría el resto de mi existencia recordándoselo si fuera necesario, porque para mí no había nadie más.

Ella asintió, me arrodillé y cogí las finas braguitas negras, ella me miró con curiosidad, levantó los pies para que pudiera pasarlas por las piernas, las subí lentamente deleitándome del tacto de su piel bajo mis manos.

—Levanta los brazos. —Ella lo hizo y le pasé el fino vestido por la cabeza y lo deslicé por su pecho y sus muslos.

—Gírate, *min stjerne*.

—¿*Min stjerne*? —Me preguntó mientras se daba la vuelta, se apartó el pelo para que pudiera tensar los finos tirantes que cubrían la espalda, dio un respingo cuando le di un beso en el cuello, justo en la marca de mi mordisco.

—Significa mi estrella en sideiro antiguo, todo el mundo te llama la portadora de luz y para mí lo fuiste, Alish, eres mi estrella en medio de la oscuridad, aquella que me impide perderme. —Alish se dio la vuelta y me envolvió en sus brazos, solo pude devolverle el abrazo, se había aferrado a mi cuerpo con tanta intensidad que me rompió el corazón, ¿qué narices pasaba en ese maldito reino para que ella apenas hubiera tenido afecto?—. ¿He dicho algo malo?

—Nadie me había dicho algo tan bonito en mi vida. —Se puso de puntillas y rozó sus labios con los míos, no fue un beso profundo, pero aun así fue más significativo que cualquier cosa.

—*Stjerne, mit lys*, Alish, mírame. —Notaba cómo sus lágrimas caían por mi pecho y, cuando levantó la vista hacia mí, tenía los ojos anegados, lágrimas que seguramente durante mucho tiempo no había podido derramar—. Yo siempre estaré aquí para ti, somos uno.

Alish dio un profundo suspiro antes de volver a apoyar su cabeza en mi pecho, le devolví el abrazo y le levanté el mentón para que me mirara.

—Ven, mírate al espejo, estás preciosa. —La acerqué al espejo de cuerpo entero que había en el centro de la zona de vestidor y le di la vuelta. Alish abrió mucho los ojos cuando se miró en él, el vestido color burdeos le quedaba como un guante, acentuaba cada curva de su cuerpo y dejaba entrever el nacimiento de sus senos. Su larga melena le caía por la espalda como rayos de luz de luna, su piel estaba un poco pálida por la falta de sol, pero eso se podría solucionar—. ¿Qué estás pensando?

—Tenias razón, es un vestido precioso, gracias. —Se tocó el tatuaje que quedaba al descubierto, había pedido a la costurera que solo tuviera un tirante, nunca pensé que mi elección fuera tan significativa hasta ahora—. Quien me vea con él no tendrá dudas sobre nosotros.

—¿Eso te preocupa?

—No, si alguien tiene algún problema siempre puede quedar reducido a ceniza, por error, claro.

—Por Ansgar, me acabas de poner cachondo, Alish. —Ella me miró con cara horrorizada—. Mi pueblo es violento, esa violencia se extiende a muchas cosas, pero eso no se aplicará a nosotros, al menos que te guste incluir algo más… —Ella solo me dedicó una sonrisa ladeada a través del espejo—. Mejor vamos a cenar, luego me enseñas qué has querido decir con esa sonrisa.

Me vestí ante su atenta mirada mientras ella se peinaba, era hipnotizante ver cómo deslizaba el peine por su pelo.

—Te dejarán más ropa para cuando volvamos.

—¿Este será mi cuarto? Yo creía que… —me dijo dejando sus manos sobre el regazo, tenía el peine cogido tan fuerte que sus nudillos estaban blancos.

—¿Quieres que compartamos cuarto? —No se me hubiera ocurrido que ella quisiera dormir conmigo, de hecho, mi madre solo utilizaba este cuando mi padre no estaba en palacio o cuando ella estaba diseñando algún nuevo mecanismo.

—Llevo mil años sola, eres mi pareja y quiero que durmamos juntos.

—Eso me hace muy feliz, Alish —le dije arrodillándome delante de ella—, quería hacerlo desde el principio, pero no sabía cuánto espacio necesitarías.

—No necesito espacio, Kilian, necesito contacto.

—Ordenaré que lleven tus cosas a mi… a nuestra habitación, pero puedes usar esta cuando quieras.

—Gracias. —Me cogió la cara entre sus manos y me besó—. No sabes lo que esto significa para mí.

Me levanté y le tendí la mano, ella se levantó con la gracia de una diosa y entrelazó sus dedos con los míos, sus manos eran suaves, pero había pequeños cayos en las mismas zonas que en las mías.

—Vamos, nos están esperando. —Empecé a andar con ella de la mano, era un gesto íntimo y gratificante—. ¿Sabes manejar una espada? —le pregunté mientras abría la puerta.

—Sí, espadas, dagas, arcos… —Me miró levantando una ceja cuando pasó a mi lado para salir al pasillo—. Empecé mi guardia, ¿recuerdas?

—Es que solo te vi llevando tu daga y pensé que eras más diestra con la magia.

—Domino las dos cosas, ¿quieres una demostración? —Me dedicó una amplia sonrisa desafiándome, como si dijera «ven, atrévete conmigo», y eso me encantaba.

—Me encantaría ver cómo pateas el culo a mi hermano —dijo Tristán apareciendo por el pasillo junto a Beryl.

—Puede que tengas suerte y lo veas, si… tiene valor para aceptar el reto. —Alish me miró con sorna.

—Cuando quieras, princesa —le reté.

—Alish, ¿has notado algo raro desde que hemos llegado? —preguntó Beryl, Tristán le tocó el brazo y negó con la cabeza.

—¿Ocurre algo, Tristán?

—Esperemos a que nos sirvan la cena. —Entendí perfectamente a lo que se refería, cuando la cena estuviera en la mesa los criados saldrían del comedor y levantaríamos las salvaguardas.

—Vamos. —Cogí la mano de Alish y la guié hacia el comedor, cuando entramos ella se quedó mirando la estancia—. ¿A qué viene esa cara?

—Pensaba que sería más pomposo. —Se me escapó la risa ante el comentario y ella se unió a mí, su risa era como escuchar campanillas mecidas por el viento.

—Este es el comedor familiar, mi madre lo hizo amueblar para que tuviéramos un lugar para comer como una familia normal —le confesé—, tenemos uno más… ¿Cómo lo has llamado? Pomposo, en el ala sur, allí es donde se celebran los bailes de las festividades de Ansgar.

—Eso es dentro de una semana. —Yo asentí con la cabeza—. ¿Se celebrará uno?

—Sí, luego hablaremos de ello. ¿Nos sentamos? —Aparté una silla para Alish y Tristán hizo lo propio con Beryl.

Cuando estuvimos sentados, los criados nos sirvieron la comida y dejaron un carrito de bebidas, lleno de vino, agua, limonada y varios licores.

—¿Necesita algo más, emperador? —Miré a Mariam y a los otros sirvientes.

—Sí, una cosa más, podríais trasladar las pertenencias de la princesa a la habitación imperial? —Mariam asintió con la cabeza—. Entonces está todo bien, podéis retiraros. Cuando terminemos llamaré, no sufráis.

Los criados se inclinaron ante nosotros y salieron por la puerta, tan pronto estuvo cerrada, Tristán se levantó y accionó las salvaguardas.

—Esto impide que alguien pueda escucharnos —les explicó Tristán mientras se sentaba—. Bonito tatuaje. —Alish se sonrojó ante el escrutinio de Tristán, miré a Beryl, que parecía confundida.

—Eso no lo tenías esta mañana.

—Ella es mi pareja, Ansgar y Einar han bendecido nuestra unión y ese es su símbolo.

—¿Y el mordisco?

—Marcamos a nuestras parejas, aunque no me creas, ella me ha mordido primero. —Me retiré el cuello de la camisa y les enseñé los dientes de Alish en mi cuello, Tristán abrió mucho los ojos y Beryl perdió el color en su cara—. No sufras, Beryl, si lo hacemos con nuestras parejas no es doloroso.

—Al principio sí, pero solo es un momento, luego se convierte en otra cosa… —añadió Alish sonrojándose—. ¿Podemos hablar ahora?

—Sí, podemos hablar, nadie fuera de esta sala puede escuchar nuestras conversaciones —le aclaré.

—¿Qué querías decir con lo que si había notado algo raro? —le preguntó Alish a Beryl.

—Casi no puedo escuchar a nadie, solo cuando estoy cerca de las personas, algo está interrumpiendo mi don, sé que el tuyo no está tan desarrollado, pero seguro que has notado más silencio.

—Sí, ahora que lo pienso, solo he escuchado a Kilian como un susurro y solo lo he escuchado bien cuando he tenido contacto físico con él.

—Puede que las salvaguardas antimagia que tiene el palacio estén interfiriendo. —Alish puso mala cara cuando escuchó eso—. Me había olvidado de ellas, hace cientos de años que están activas, ¿puedes hacer magia?

Alish conjuró un bloque de hielo que cayó en medio de la mesa haciendo un ruido sordo cuando impactó.

—Sí, pero me he tenido que concentrar, eso no me hubiera tenido que costar ese esfuerzo, es un hechizo de nivel muy básico.

—Entonces estamos ciegas —se quejó Beryl cruzándose de brazos.

—Lo siento, son las medidas de protección que posee el edificio —se disculpó Tristán.

—Contra los tasianos, nunca os hicimos daño, durante siglos fuimos aliados, teníamos acuerdos…

—Mis antepasados os hicieron eso porque eran unos imbéciles —le respondió Tristán—, ¿podemos empezar a comer? Me muero de hambre, podemos despotricar mientras comemos.

Se me escapó la risa y por el rabillo del ojo vi cómo Beryl se relajaba. Tristán empezó a levantar las tapas de las bandejas de comida y el olor de la carne asada con patatas inundó el salón. Yo, por mi parte, serví un poco de vino a Alish y Beryl, aunque parecía que necesitaran algo más fuerte. Alish se sirvió un poco de venado, algunas patatas y verduras.

—Tienes que probar la salsa que hace Ane —le dijo Tristán a Alish poniéndole un poco de salsa en el plato—. No habrás probado nada igual.

Alish pinchó un poco de carne y la untó con la salsa, luego se la llevó a la boca y abrió mucho los ojos.

—Está deliciosa.

—Me alegra que te guste, espera a probar sus pasteles.

—Ane siempre ha malcriado a Tristán —le aclaré—, es un engatusador y la tiene comiendo de su mano desde que era niño.

—Es mi encanto natural —respondió Tristán mientras no dejaba de comer—. Beryl, tu abuelo es el general Nial, ¿verdad? —Beryl asintió—. Entonces es un honor conocer a su nieta, todo el mundo habla maravillas de él.

—Mi abuelo es un hombre honorable, aprecia mucho a Alish y estoy segura de que os apreciaría a vosotros por la manera en que estáis cuidando de ella. Pero tengo una pregunta. —Beryl se apoyó en la mesa—. ¿Cómo es posible que no os llegara ninguna de las misivas de mi emperatriz?

—Tuvimos unos años turbulentos con el suicidio de mi padre, antes de eso habíamos estado como locos buscando a Alish a lo largo y ancho de nuestro territorio. —Miré a Alish, que había perdido el color en su cara, le di un apretón en el muslo y le transmití que eso no era culpa suya—. De todo el tema burocrático se encargaron los cortesanos, si por un momento hubiera imaginado que Alish estaba con vosotros, hubiera pedido audiencia con vuestra emperatriz, pero creíamos que Haakon la tenía retenida y nos culpaba a nosotros, Alexander tardó siglos en poder determinar que no estabas en Tasia.

—Estábamos barajando opciones cuando Ansgar nos hizo llamar y nos anunció tu regreso. —Tristán miró a Alish—. Mi hermano movió cielo y tierra para encontrarte, me alegro de que ahora estés aquí.

—¿Puede que mis cartas y las de la emperatriz fueran destruidas por alguien? —Asentí con la cabeza.

—Tristán ya se está encargando de averiguar quién estaba al cargo de la correspondencia en esa época.

—Yo puedo ayudarte —le dijo Beryl a Tristán—, con las salvaguardas mi don no es tan potente, pero si estamos en la misma habitación puedo leer sus mentes.

—Eso sería de gran ayuda, gracias, puedes unirte mañana por la mañana conmigo y podemos empezar.

Hacía muchos años que no disfrutaba de una cena como la que estábamos compartiendo y era agradable la sensación de pertenecer a algo más que a un frío gobierno.

—Antes has dicho que habrá un baile en breve —me dijo Alish mientras se servía un pastelito de chocolate.

—Sí, así es, asistirás como mi prometida. —Alish dejó caer el tenedor en la mesa y me miró como si me hubiera vuelto loco.

—Yo no soy tal cosa.

—Esa marca que llevas dice todo lo contrario —le respondió Tristán señalando el mordisco.

—Quiero… quiero decir, no me lo has pedido en ningún momento. —Ella se levantó de un brinco y apoyó las manos en la mesa—. Estar juntos como pareja vale, pero… joder. —Se pasó los dedos por el pelo exasperada—. ¿Tenías intención de pedírmelo? O ¿esperabas comportarte como el capullo de la puerta y plantármelo delante de toda tu corte?

—Alish… —Miré a Tristán y a Beryl, que se habían quedado estupefactos.

—¿Así es como hacéis las cosas aquí? —me preguntó mirándome directamente, en sus ojos podía ver vetas de magia dando vueltas por su iris—. Porque si es así, no cuentes conmigo, estoy dispuesta a dejar que me mangonees delante de tu corte hasta cierto punto. Yo soy Alish Freyasson, descendiente de la sangre de Einar, princesa de Tasia y su heredera al trono, así que si te quieres casar conmigo, ten los cojones de pedírmelo antes y no des por sentado que aceptaría sin más, aunque seamos pareja y estemos bendecidos por los dioses.

—Los tiene bien puestos —susurró Tristán a Beryl, yo los miré con cara de pocos amigos.

—Aquí se dan por sentado estas cosas, cuando hay unión lo siguiente es el matrimonio.

—¡Yo no soy sideira, joder! —Alish empezó a andar hacia la puerta—. Métetelo en la cabeza, o búscate una sideira con quien follar. —Abrió la puerta y salió hacia el pasillo en penumbra, me quedé estupefacto, yo había dado muchas cosas por sentadas desde el momento en que había aparecido el símbolo en su piel y nos habíamos marcado mutuamente.

Me empecé a levantar para ir tras ella, pero Beryl me detuvo.

—Aparta —le gruñí.

—No, si vais ahora detrás de ella esto va acabar en trueno y llamas —me respondió mientras se cruzaba de brazos—. Vos no la conocéis tanto como yo, me he pasado media vida con ella y sé que cuando está en este estado es mejor que se calme. Puede que si la atosigáis más pierda el control, como antes, y esta vez no la podáis calmar.

—Déjala, hermano, ven, siéntate. —Tristán me cogió del brazo y me obligó a sentarme en el sofá—. Ten —me dijo ofreciéndome un vaso de licor, me lo bebí de un sorbo y me volvió a llenar el vaso—. Cuando quieres eres un completo imbécil.

Miré a Beryl, quien había cerrado la puerta y ahora estaba apoyada en ella para impedirme salir, como si pudiera hacerlo. La miré con detenimiento, era solo una niña. El vestido le quedaba bien, parecía que llevara una cota de malla de color perla, parecía una guardiana.

—Pareces una guardiana.

—¿Perdón? —me respondió levantando una ceja.

—Las guardianas son las hijas de Ansgar que ha tenido con mujeres sideiras, son las encargadas de proteger a las elegidas del dios —le aclaró Tristán.

—¿Elegidas para qué?

—No se sabe, hace siglos que no se ve una fuera de sus dominios, se dice que protegían a las que estaban destinadas a proteger Sideira.

—Eso tendría sentido —dijo Tristán examinando a Beryl.

—Yo sirvo a Pyre, no a Ansgar.

—¿Quién es tu padre? —preguntó Tristán.

—Mi padre murió meses antes de mi nacimiento, mi madre me dijo que se llamaba Oszkár, que era muy hermoso y muy cariñoso con ella. —Beryl cerró los ojos—. Se tenían que casar cuando volviera de Elam, era un mercader muy rico, pero hubo una tormenta y el barco embarrancó cerca de la Costa Negra. Los tripulantes habían sobrevivido, pero según le contaron a mi madre, mi padre se tiró al mar para salvar a un grumete que había caído por la borda, el niño se salvó, pero él no volvió a salir a la superficie. —Beryl levantó la vista hacia mí, tenía los ojos vidriosos por un padre que no había ni conocido—. En su camarote había una carta para mi madre, en ella le decía que estaba deseoso de volver a su lado, a nuestro lado, y que había hecho llevar todas sus cosas y su fortuna a la casa que había construido en Tanis para que estuviéramos juntos.

—Beryl —la llamé—, Oszkár es uno de los nombres de Ansgar. —Ella se quedó paralizada y noté cómo se tambaleaba, Tristán la cogió en volandas antes de que tocara el suelo.

—Eso no puede ser. —Beryl se agarró a la manga de Tristán como si fuera una tabla de salvamento.

—El templo de Ansgar está bajo el palacio, podemos pedir audiencia y preguntarle —le dijo Tristán mientras la sentaba en el sofá—, pero si Ansgar montó ese teatro para tu madre, seguramente indique que la amaba mucho, porque normalmente se acuesta con las mujeres y se va, no tiene consorte y nunca ha manifestado ganas de tener una.

—¿Se supone que eso me tiene que hacer sentir mejor?

—No —le respondí yo—, ¿tu padre conoció a Alish?

—Sí, mi madre y Alish son muy buenas amigas, a ella fue a la primera a quien se lo presentó.

Miré a Tristán, Ansgar tenía que darnos muchas explicaciones. ¿Por qué poner a su hija para proteger a Alish?

—Ve a descansar, Beryl —le ordené—, Tristán, ¿puedes acompañarla?

—¿Vas a ir a ver a Alish? —Asentí con la cabeza—. Llévate un escudo. —Me reí con el comentario como no me había reído en años—. Lo digo muy en serio, te vas a enfrentar a un dragón cabreado. —Beryl sonrió al decirme eso.

—¿Tú sabes cómo se hacen las cosas en Tasia? —Sabía que me había equivocado, que no había dado a Alish lo que ella necesitaba, que era comprensión de quién era ella, y debía meterme en la cabeza de una vez que no era uno de los míos y por tanto no podía seguir tratándola como tal, debía hacer las cosas bien si no quería perderla.

—Sí, normalmente quien pide el matrimonio le regala un anillo con la piedra de nacimiento de la persona a quien quiere pedir que se case con él, luego, si él o ella acepta, separa el anillo en dos con magia y ambos se ponen el anillo en la mano derecha en el dedo corazón.

—¿Qué piedra de nacimiento es la de Alish?

—El zafiro. —Me quedé pasmado y miré a Tristán.

—Kilian, mamá… —susurró Tristán.

—¿Qué ocurre? —preguntó Beryl extrañada.

—Mi madre, en el lecho de muerte, me dio un anillo de zafiro, me dijo que debía dárselo a la mujer que escogiera como mi pareja, que ya lo entendería cuando llegara el momento. —Tristán salió disparado a toda velocidad, sabía que iba a mi habitación a buscar el anillo, y antes de que Beryl pudiera parpadear, ya estaba ahí con el anillo en la mano, me lo dio y yo leí la inscripción que había grabada dentro—. «Para la estrella que ahuyenta la oscuridad».

—¿Qué significa eso? —me preguntó Beryl tocándome el brazo.

—Yo he llamado así a Alish hace unas horas.

Tristán estaba muy quieto, no lo había visto nunca quedarse así, ni siquiera parpadeaba.

—¿Cómo es posible que ella supiera esto? —me preguntó Tristán—. Ella era una de las acólitas de Ansgar, ¿crees que le dijo algo antes de morir?

—Puede ser, ¿cómo si no ella me hubiera dado este anillo con esta inscripción? —Mi mente solo hacía dar vueltas a cómo nos habíamos conocido Alish y yo, a las conversaciones con mi madre de cómo debía comportarme cuando encontrara mi pareja, como si supiera que no la encontraría entre las mujeres de mi raza—. Si esto es real, entonces la carta que encontró Alish no puede ser mera coincidencia.

—¿Qué carta?

—Una antigua anotación de mamá, como si fuera un diario del día que la acompañé a hablar con la reina Brunilda y conocí a Alish, le había contado a la reina que había diseñado una máquina para amplificar el poder de la Cúpula y proteger a todo el continente.

—Debemos buscar ese mecanismo —sentenció Tristán—, pero eso puede esperar hasta mañana, ven, Beryl, te acompañaré a tu habitación.

Vi salir a Tristán y a Beryl del brazo, miré mi vaso de licor y lo apuré. Me dirigí hacia las habitaciones y detecté el olor de Alish en la mía, debía recordar que ahora era nuestra habitación. Cuando abrí la puerta con cuidado, la vi sentada en el sillón cerca de la chimenea con los brazos enroscados en sus piernas, se había cambiado, ahora llevaba un camisón de color verde hoja con ribetes dorados que le llegaba a los muslos, tragué saliva al verla así.

—¿Qué quieres? —me preguntó con tono amargo, ella levantó la vista hacia mí y vi que había estado llorando, me odié a mí mismo por haber provocado eso en ella.

—Lo siento, Alish, tienes razón, debo recordar que tú no perteneces a mi raza y que las cosas las hacéis diferentes, y que puede que hayan cosas que te choquen —le dije arrodillándome ante ella—. Pero intentaré recordarlo, patéame el culo cuando creas que no te estoy respetando.

—Ni tan solo pensaste en lo que yo quería —me reprendió—. ¿Te das cuenta de que he hecho muy pocas cosas porque he querido? La primera vez que me salí de las normas fue cuando te besé después de curarte la mordedura del *lobosith*.

—Tienes razón, lo siento mucho, no te tuve en cuenta. —Le acaricié los muslos y ella no se apartó—. Beryl me ha contado la tradición tasiana. —Alish levantó la vista hacia mí y luego se fijó en lo que tenía entre mis dedos—. Alish Freyasson, sé que no hemos empezado con el pie derecho, pero haré todo lo posible para ser merecedor de ti. ¿Me harías el honor de compartir tu vida conmigo y ser mi mujer?

Alish se quedó muy quieta mirando el anillo de zafiro que tenía delante, su larga melena cayó encima de sus hombros como un río de plata cuando se incorporó un poco en el sofá. Esperé que ella estuviera preparada para responder, esperaría mil años si fuera lo que ella necesitara de mí.

—Sí —susurró.

—¿Eso ha sido un sí? —Alish asintió con la cabeza y se tiró encima de mí abrazándome por el cuello.

—Sí, sí me casaré contigo —me respondió contra mi cuello haciéndome cosquillas con su aliento—. Dame el anillo.

Alish se arrodilló delante de mí y puso el anillo en su palma.

—Pon tu mano encima. —Hice lo que ella me pidió y entrelacé sus dedos los míos, luego ella posó su otra mano encima de la mía y empecé a notar el calor de la magia filtrándose a través de mi piel—. Debes mirarme a los ojos y pensar en lo que yo represento para ti, yo haré lo mismo, eso dará poder a mi magia para poder separar el anillo en dos, nuestra esencia se filtrará en ellos. —Asentí con la cabeza y me concentré en lo que había sentido cuando la conocí de niño, cómo me había cautivado cuando me la volví a encontrar haciendo su guardia, en lo que la había anhelado durante ese milenio y en lo feliz que me había hecho que me aceptara. Los ojos de Alish se envolvieron de luz cuando empezó a recitar en una lengua que no conocía, pero que suponía era la antigua lengua de Einar, sentí una presencia a nuestro alrededor, pero no me atreví a desviar los ojos de Alish, noté cómo una mano varonil me apretó el hombro y luego la presión se dirigió hacia nuestras manos para luego estallar en pequeñas volutas de magia. Cuando los ojos de Alish volvieron a su color lila supe que había terminado—. Einar ha estado aquí.

—Creo que lo he notado, me ha tocado el hombro y luego lo he sentido en nuestras manos. —Alish asintió con la cabeza.

—Él mismo ha forjado los anillos, normalmente es uno de sus hijos quien se encarga, pero me ha susurrado que por una vez haría una excepción. —Alish abrió la mano y dentro habían dos anillos gemelos, pero donde debía haber un zafiro ahora también había un diamante negro—. Me ha dicho que es tu piedra de nacimiento.

No sabía qué decir, que el mismo Einar hubiera hecho eso por nosotros, no tenía palabras y nunca podría agradecérselo más. Alish cogió el anillo más grande, me lo puso en el dedo y sonrió.

—Debes ponérmelo en el dedo corazón. —Asentí con la cabeza y le puse el anillo—. También me ha dicho otra cosa.

—¿El qué? —pregunté mirando nuestras manos.

—Que estará feliz de presidir junto a Pyre nuestra boda en su templo cuando recuperemos mi trono, y que su hermano está esperando vernos mañana por la mañana.

Me quedé un rato mirándola sin decir nada, no esperaba que Ansgar nos llamara tan pronto, había supuesto que esperaría un par de días, pero el dios siempre hacía lo contrario a lo que uno esperaba.

—¿Vamos a la cama? —me preguntó Alish levantándose del suelo, donde todavía estábamos arrodillados—. Tengo que enseñarte lo que significaba la sonrisa torcida de antes.

—Esta noche no va a poder ser —maldije con todo mi ser, porque realmente quería pasar la noche con ella y no solo durmiendo, Alish me miró con cara extrañada, como si no entendiera el porqué, y realmente ella no era consciente de cómo iban las cosas por aquí—. No podemos tener sexo esta noche.

—¿Por?

—Pensaba que tendría más tiempo para explicarte lo que viene a continuación.

—Kilian, me estás asustando.

—Debemos pasar por el rito, supongo que no debes saber mucho de las tradiciones sideiras. —La hice sentarse en el sofá y ella se abrazó a un cojín mientras negaba con la cabeza—. Todo en nuestra sociedad está relacionado con el sexo. El sexo es algo público, no tenemos vergüenza de nuestros cuerpos ni de qué hacemos con ellos. En el baile de Ansgar verás muchas parejas follando por el salón. —Alish tragó saliva con la revelación—. Nadie obliga a nadie, se hace porque uno quiere, ya sabes que Ansgar es el dios del sexo, de la caza y la guerra.

—Sí, sabía que es el dios del sexo, pero no sabía que era todo tan explícito, en Tasia no es un tema tabú, hay gente a la que le gusta ser vista o hacer partícipes a más gente, y normalmente se encuentran para dar rienda suelta a sus pasiones, pero no en medio de un baile.

—¿Tú has participado en algo así? —Nunca habíamos hablado de nuestras experiencias sexuales, por Ansgar, casi no habíamos hablado de nada, tendríamos que conocernos poco a poco.

—Cuando estuve con Klaus fuimos a una fiesta, pero yo no participé, casi no me sentía cómoda con él como para participar en algo así. —Bajó la cabeza y su cara quedó escondida detrás de la cortina de su cabello.

—Yo nunca te obligaré a hacer nada que no desees. —Le levanté el mentón para que me mirara—. Sí que es verdad que durante el baile te manosearé, se esperan muestras así entre nosotros, pero tú marcarás el límite. —Ella asintió con la cabeza.

—¿Por qué no podemos tener sexo esta noche?

—Porque mañana tendremos que hacerlo en la presencia de Ansgar y quiere que tengamos energía suficiente.

—¿Cómo? —pregunté horrorizada.

—Debería habértelo contado antes.

—¿También le gusta que lo achicharren? Porque eso es lo que le va a pasar cuando lo vea.

—¡Cálmate, Alish, prenderás fuego al sofá! —grité mientras le levantaba una de sus manos para que viera que las tenía en llamas, abrió mucho los ojos y respiró hondo antes de apagar el fuego.

—Lo siento, hay algo aquí que hace que mis poderes sean tan erráticos.

—Deben ser las salvaguardas.

—¿No hay manera de que no tengamos que tener relaciones delante de él?

—Podemos pedírselo, no perdemos nada, yo llevo toda mi vida adulta viendo estas cosas, pero entiendo que a ti te puedan perturbar.

—¿Pero podemos dormir juntos? —me preguntó con timidez.

—Sí, eso sí, además, es algo que no he hecho con nadie y me encanta que tú seas la primera y la única con la que vaya a hacerlo.

Alish no se perdió ninguno de mis movimientos mientras me sacaba la ropa y me ponía solamente unos pantalones sueltos de color negro para dormir. Ella se quitó la fina bata de seda que llevaba encima del camisón y se metió en la cama.

—No sabes cómo odio a Ansgar en este momento. —Alish solo me dedicó una sonrisa triste y abrió la cama para hacerme sitio, yo me tumbé a su lado y nos tapé a ambos con las mantas.

—No me hace ninguna gracia lo de mañana —me dijo cruzando las manos en su regazo.

—Ya me lo imagino, descansemos esta noche y por la mañana ya veremos cómo afrontamos esto. —La cogí por la cintura y la arrastré para abajo apretando su espalda contra mi pecho—. ¿Estás cómoda?

—Sí, mucho. —Una sonrisa cruzó mi cara ante su respuesta, le aparté el pelo del hombro y le besé donde mis dientes habían perforado su piel, ella dio un respingo y apretó su trasero contra mi ingle—. Si sigues haciendo eso puede que no respete los deseos de Ansgar, y eso le cabrearía mucho.

—No lo he hecho queriendo —me respondió dándose la vuelta y encajando su cabeza en mi cuello.

—Duerme, Alish, yo estaré aquí cuando despiertes.

Alish enroscó sus piernas con las mías y apoyó su cabeza en mi pecho, me encantaba la sensación de tenerla entre mis brazos, al cabo de unos minutos, empezó a respirar suavemente y supe que se había dormido.

CAPÍTULO 18

ALISH

Desperté aquella mañana por los rayos de sol que se filtraban por las cortinas de la habitación de Kilian, nuestra habitación, sonreí con ese pensamiento. Esa noche, cuando me había adentrado en el cuarto cabreada por su actitud, no había podido observar la estancia con detenimiento, era una habitación cálida con muebles sencillos de roble, la cama con dosel era enorme y mullida, llena de cojines de diferentes tamaños y colores. En las paredes había retratos familiares, estanterías que llegaban hasta el techo llenas de libros, ¿se los había leído todos? Y qué decir del sofá donde había pasado un buen rato sentada pensando si debía volver al salón y pedir disculpas por mi comportamiento, era una maravilla, podría dormir ahí tranquilamente.

—Alish —susurró Kilian medio dormido—, escucho cómo tú cerebro va trabajando.

—Solo estaba mirando nuestra habitación, es muy acogedora, esperaba otra cosa.

—¿Qué cosa? ¿Espadas, látigos y esposas? —bromeó él.

—Bueno, lo de las esposas no me importaría. —Kilian abrió los ojos con mi comentario y sonrió.

—Eres una mujer muy perversa, ¿quieres que te ate? —Había un brillo divertido en su mirada, como si estuviera sopesando la posibilidad de lo que le acababa de confesar.

—No he hecho eso nunca, pero contigo me atrevería.

—Alish, no haces más que sorprenderme. —Entonces se colocó

encima de mí y me besó—. Argh —gruñó—, si no tuviéramos que bajar al templo podríamos poner en práctica tu idea. —Me volvió a besar y salió de la cama para dirigirse al baño, pero antes de entrar alguien llamó a la puerta y Kilian abrió un poco.

—Emperador —dijo una voz femenina—, cuando ella esté lista la prepararemos para entrar en el templo. —Kilian asintió y volvió a cerrar la puerta.

—Era Darnell, es una de las acólitas de Ansgar. Están aquí para prepararte cuando estés lista.

Noté cómo me subían los colores a la cara, cómo podría ser capaz de tener sexo delante del dios.

—Alish, respira —me dijo Kilian cogiéndome de las manos—. Todo irá bien, ven vamos a bañarnos.

Kilian me cogió de la mano y me llevó hasta su cámara de baño, era espectacular, una bañera de mármol negro en la que cabían dos personas perfectamente, por no hablar de la ducha, una cascada constante de agua caliente que caía desde el techo.

—Podría vivir aquí dentro. —Kilian se rio detrás de mí.

—Vamos a ducharnos, ya tendremos tiempo de usar la bañera.

Nunca me hubiera imaginado que ducharme con Kilian fuera tan erótico y tan frustrante al mismo tiempo, cuando lo vi arrodillado ante mí lavándome las piernas, deseé que Ansgar no nos hubiera convocado. Luego, cuando salimos, las acólitas ya nos estaban esperando.

—Princesa. —Darnell me hizo una reverencia y me hizo un gesto para que me sentara—. Os prepararemos para el rito. —La acólita y sus acompañantes eran todas mujeres hermosas, unos centímetros más altas que yo, delgadas y con las sombras de los músculos asomando por su cuerpo, sus rostros eran agradables, como si un artista se hubiera entretenido a borrar cualquier imperfección.

Kilian se vistió con unos pantalones de cuero negro y una camisa de algodón del mismo color, parecía un depredador esperando para cazar a su presa. Darnell me trenzó el pelo dejando pequeños mechones sueltos por mis pómulos, me aplicó un poco de rubor en las mejillas, me delineó los ojos con un pincel negro y un poco de pintalabios rojo. Desvié la mirada hacia la cama y vi una túnica negra que se ataba al cuello, dejando la espalda al descubierto hasta los huesos de la cadera, tragué saliva al ver que tenía dos aberturas hasta medio muslo. Cuando la acólita me lo pasó por la cabeza, el tacto de la tela era como de plumas, me quedé asombrada de lo suave que era.

—Es seda de mariposa de cristal —me contó Kilian—, es tan escasa que solo la familia imperial puede permitírsela. —Luego se dio la vuelta y se dirigió al armario detrás de él, lo abrió y reveló una enorme puerta metálica. Kilian pasó el dedo por encima y se abrió sin hacer ruido, entonces sacó un fino collar de diamantes, se acercó y me lo colocó en el cuello—. Era de mi madre, ahora es tuyo.

—Es muy bonito, gracias. —Pasé los dedos por el fino collar, parecían diminutas gotas de rocío.

—Estáis preciosa —dijo Darnell—, Ansgar se sentirá muy complacido.

—Puedo preguntar, ¿en qué consiste ser una acólita? —Esperaba no ofender a las mujeres, pero para mí era algo totalmente ajeno, Einar estaba casado con Pyre y sus sacerdotes y sacerdotisas solo cumplían sus designios, no tenían más contacto con los dioses—. Einar no tiene.

—Nos encargamos de los deseos de Ansgar, sean cuales sean.

—*¿Kilian, eso significa lo que creo que significa?* —le pregunté mentalmente mientras enlazaba su mano con la mía.

—*Sí, pero él nunca ha obligado a ninguna mujer a servirlo, siempre han estado encantadas. Mi madre fue una hasta que se enamoró de mi padre y él la dejó marchar.* —La respuesta me sorprendió, pero me hizo respetar un poco más al dios si había respetado los deseos de ella.

—*Nunca me has dicho cómo se llamaba.*

—*Se llamaba Linette.*

—*Bonito nombre, viendo a Tristán y a ti seguro que era una persona extraordinaria.*

—Si sus majestades están listos, nos podemos dirigir al templo —nos dijo Darnell, la acólita nos miraba con curiosidad, como si supiera que estábamos hablando mente a mente.

Kilian asintió y empezamos a caminar detrás de ella, nos condujo a un elevador y me quedé asombrada con la cantidad de engranajes que hacían posible que esa plataforma subiera y bajara, en Tasia no había nada igual, usábamos magia para este tipo de cosas. A medida que el elevador descendía, el aire se volvió más pesado y me aferré al cuerpo de Kilian, su calor se filtraba a través de la tela de nuestra ropa, y en cierto modo me reconfortó.

—Respira tranquila, todo irá bien, Ansgar puede ser el dios de la guerra, pero es muy educado.

El elevador hizo un ruido sordo cuando llegó al fondo, yo apenas podía ver nada de lo oscuro que estaba.

—¿Se enfadará si convocó una luz? Porque no veo ni un palmo delante de mis narices.

—Había olvidado que no puedes ver bien en la oscuridad, lo siento. Puedes encender la luz mágica si te sientes más cómoda. El interior del templo está más iluminado.

—No hay nada con lo que me pueda tropezar, ¿no?

—No, el camino está despejado, no temáis —me respondió Darnell.

Me agarré más al cuerpo de Kilian y él me agarró de la cintura, dejé que me condujera por el corto camino hasta las puertas del templo. Escuché un sonido metálico y supe que se estaban abriendo, un hombre fornido con barba salió de su interior, sus rasgos eran duros, acentuados por la luz y la penumbra de la entrada, iba vestido con una armadura de cuero totalmente negra y llevaba una espada colgada de su cintura.

—Emperador. —Se inclinó ante Kilian—. Princesa Alish, la portadora de luz, bienvenida a los dominios de Ansgar, soy el gran maestre. Acompañadme, el Gran Cazador está deseoso de conoceros al fin.

El gran maestre nos condujo hasta el centro del templo, era tan distinto al de Einar, paredes de piedra pulida adornadas con todo tipo de armas y relieves de personas teniendo sexo en posturas inimaginables.

Cuando llegamos al trono, Ansgar estaba sentado en él, vestido con unos pantalones de cuero, con la camisa blanca abierta y arremangada hasta los codos, que dejaba ver los tatuajes de sus brazos. El dios era hermoso, pero de una manera brutal, su pelo era negro como el ala de un cuervo, sus ojos, del color del hielo, estaban fijos en mí mientras nos acercábamos a él y pude ver sus colmillos cuando sonrió abiertamente al llegar a los pies del trono, incluso sentado parecía mucho más alto que yo.

—Gran Cazador —le dijo el gran maestre arrodillándose ante él, Kilian y yo lo imitamos y mi túnica se abrió cuando hinqué mi rodilla en el suelo.

Escuché cómo se levantaba y se acercaba a nosotros, con pasos firmes y decididos, pero silenciosos, me tendió una mano para ayudarme a levantar del suelo e hizo un gesto para que Kilian y el gran maestre hicieran lo mismo.

—Bienvenida a mis dominios, Alish Freyasson, el Lucero del Alba, aquella que porta sangre de mi hermano.

Acoté la cabeza en señal de respeto y Ansgar me puso los dedos en el mentón para que levantara la vista.

—Me gusta que las mujeres me miren a los ojos. —Su voz era ronca y al igual que la de Einar hizo que se me mojaran las bragas—. Entiendo perfectamente por qué llamaste la atención de Kilian mucho antes de que descubriera el vínculo contigo, y por qué mi hermano está tan cautivado, al igual que Pyre. Eres una mujer muy hermosa y con un potencial enorme.

—Mi señor —interrumpió Kilian—, sabemos que debemos pasar por el rito, pero ¿sería posible que fuera a solas? Alish…

—Eso no va a ser posible, Kilian, yo presido el rito por una razón muy concreta…

—Hermano. —Einar se materializó delante de nosotros.

—Hola, Einar. —Ansgar cogió del antebrazo a Einar y los dos dioses se abrazaron.

—Padre de todos —saludé a Einar arrodillándome.

—Levántate, Alish, por favor. —Me agarró de la mano y me ayudó a levantar—. Eso no es necesario, mi niña.

—Lo que iba diciendo. —Ansgar posó la vista en Kilian y en mí—. Hay una razón de peso para que yo esté presente en el ritual.

—Alish no es sideira y no se siente cómoda teniendo público —aclaró Kilian—, se sentiría más cómoda si solo fuéramos ella y yo.

—Como ya he dicho, eso no es posible, pero entiendo que la princesa no esté cómoda con nuestra forma de vida, por eso solo estaré presente yo. —Ansgar me cogió la mano y se la llevó a los labios—. ¿Nunca te han dicho que hueles a cítricos?

—¿En… qué consiste el rito? —Casi no podía pensar con la presencia de ambos dioses en la sala y lo que provocaban en mi cuerpo, y lo que más rabia me daba es que Ansgar sabía perfectamente lo que provocaba y le divertía.

—*Alish, ahora, cuando se lleven a preparar a Kilian para el rito, mi hermano y yo te contaremos en qué consiste exactamente* —me dijo Einar con voz calmada.

—*Pensaba que solo era sexo con público* —me quejé.

—*No, niña, es mucho más* —ronroneó Ansgar en mi mente.

—¿Puedes no hacer eso, por favor? —le pedí al dios—. Me estás poniendo nerviosa.

Kilian nos miró a los tres y puso mala cara, enlacé mis dedos con los suyos y le di un apretón, nunca me hubiera imaginado que necesitara tanto tener contacto físico con él.

—Por favor, gran maestre, llévate al emperador a que se prepare para su rito. —El gran maestre se inclinó ante Ansgar y le hizo una señal a Kilian para que lo siguiera, pero él se quedó donde estaba—. Ella estará bien con nosotros, ve, Kilian. —Ante las palabras del dios, Kilian se relajó y soltó mi mano para seguir al gran maestre, cuando las puertas se cerraron tras ellos, Ansgar habló—. Como te ha dicho mi hermano, el rito es mucho más que sexo.

—¿En qué consiste? —pregunté.

—Kilian te ha contado que las parejas sideiras son el ancla que permite a los machos refrenar sus instintos, ¿no? —Yo asentí ante la pregunta de Einar—. Mi pueblo es guerrero, nuestros instintos de caza están muy arraigados, el apetito sexual es voraz y cuando encontramos nuestras parejas nos devora, nos vuelve locos en todos los niveles y, si creemos que están en peligro… Bueno, mejor no averiguarlo.

—¿Cuál es mi papel en todo esto? —No podía dejar de retorcer mis manos, todo aquello me ponía nerviosa y ansiosa porque para mí todo esto era desconocido.

—Tú te convertirás en la única que podrá refrenarlo cuando se encuentre en ese estado, solo te reconocerá a ti, solo te verá, escuchará y te olerá a ti.

—¿Cómo conseguiré calmarlo? —pregunté, pero no me hizo falta la respuesta cuando Ansgar levantó una ceja, lo tuve claro—. Sexo…

—Sí —me confirmó Einar—, por eso tiene que estar presente mi hermano, si Kilian se descontrolase mucho, él podría frenarlo antes de que te hiciera daño.

174

—¿Por qué tanto secreto? —pregunté indignada—. ¿Por qué no simplemente contar la verdad?

—Porque ningún macho querría pasar por esto por miedo a herir a sus parejas —me respondió Ansgar cruzándose de brazos—. Y si no pasan no sabrán cuál es el punto de no retorno para ellos y eso sí que sería peligroso, por muy fuertes que sean nuestras mujeres, nosotros lo somos más.

—Yo no soy sideira, aquí todo el mundo lo olvida —me quejé y empecé a andar en círculos, yo no era fuerte, no era rápida, tenía mi magia, pero ¿sería capaz de usarla contra él? Sí, eso no era lo que me daba miedo, lo que me daba miedo en realidad es no poder llegar a calmarlo por no ser suficiente.

—Pero no estás desarmada, tienes tu magia, Alish —me respondió Einar—. Y nosotros estaremos aquí.

—No lo he olvidado, precisamente por eso no hay más gente, normalmente están mis sacerdotes y mis acólitas, el rito es un espectáculo como pocos. Cuando Kilian entre por esas puertas estará totalmente descontrolado, tú serás la encargada de seducirlo y hacer que se calme, pero siempre estarás a salvo, no tengas miedo.

—No tengo miedo. —Pero mi voz no salió tan segura como me hubiera gustado.

—Sí lo estás, estás temblando. —Einar me miró con preocupación.

—No es miedo, sé que puedo parar a Kilian, me entrenaste bien.

—Entonces te preocupa no ser suficiente para él. —Ansgar parecía que había leído mis emociones y mis pensamientos y eso no me gustaba—. No lo he hecho, no he leído tu mente, pero entiendo que te compares con una sideira y te puedas preguntar si podrías competir con alguna de ellas, te preguntas qué ha visto Kilian en ti.

—Ansgar —le reprendió Einar.

—Pero no te tienes que comparar con las mujeres de mi pueblo. Tú, Alish. —Se acercó tanto a mí que podía notar su aliento en mi piel— tienes otro tipo de fortaleza, tu despertar fue el más impresionante en un par de milenios, sobreviviste cuando te tiraron al mar, pasaste la senda del fuego y conseguiste entrar en la mente de Pyre. —Tragué saliva cuando puso sus labios en mi oreja—. Cualquier hombre sucumbiría ante ti, incluso un dios, tú no te das cuenta del bocado tan apetecible que eres. —Cuando se apartó de mí, yo casi no respiraba—. Él casi está listo. —Chasqueó los dedos y dos de sus acólitas se acercaron a mí.

—Princesa, debéis quitaros la túnica, si lo deseáis podéis poneros esta bata de seda —me dijo una de ellas, miré la bata, que no lo era, era una tela tan translúcida que apenas cubría nada, pero supuse que era mejor que nada y no me sentiría tan expuesta.

Me di la vuelta, no quería ver a los dos dioses mientras me desnudaba, una de las acólitas me desabrochó el pasador detrás de mi cuello y dejó caer la túnica hasta mis pies, luego bajó mis braguitas de encaje para quedarme tal y como vine al mundo, desnuda.

—Qué culo tan bonito tiene, ¿verdad, hermano? —Miré por detrás de mi hombro al escuchar a Ansgar y le enseñé el dedo del medio, él se rio con una risa profunda de esas que salen directamente del pecho—. Tiene carácter, me gusta mucho.

La otra acólita me puso la bata que, como había previsto, a penas ocultaba nada de mí, y me deshizo la trenza.

—Date la vuelta —ordenó Ansgar—, tienes un cuerpo precioso, lleno de curvas, no te avergüences de él.

Me di la vuelta, sabía que estaba roja como un tomate, no estaba acostumbrada a este nivel de escrutinio de mi cuerpo.

—Preciosa, realmente preciosa —ronroneó Ansgar, luego levantó la vista hacia las puertas—. Él ya está aquí, siéntate en el altar. —Las acólitas me cogieron cada una de una mano y me ayudaron a subir al altar, Ansgar las miró con adoración, parecía como si realmente sintiera algo por ellas—. Muchas gracias, queridas, ya podéis abrir las puertas y salir, os llamaré si os necesito.

Las dos mujeres se acercaron a la puerta y la abrieron, Kilian entró como si ocupara todo el aire a su alrededor, estaba despeinado y le habían pintado todo el cuerpo con símbolos de color azul cobalto, estaba totalmente desnudo, con su hombría apuntando a su ombligo, tragué saliva al verlo de aquella manera.

—Acércate, hijo —le ordenó Ansgar con una sonrisa en sus labios.

Pero Kilian no lo hizo, inspiró con fuerza, olfateando la sala, y giró la cabeza hacia mí, noté cómo su mirada recorría mi cuerpo y sonrió mostrando sus colmillos, los mismos colmillos que apenas unas horas atrás había clavado en mi cuello marcándome. Se acercó lentamente a mí, como un depredador acechando a su presa.

—Empieza el espectáculo. —Se rio Ansgar.

Desvíe un segundo la vista hacia el dios y cuando volví a enfocarme en Kilian ya lo tenía delante de mí, respiraba superficialmente y tenía los colmillos a la vista.

—Kilian —susurré.

Él sonrió mostrando sus colmillos y yo me sonrojé entera, seguramente estaría sonrojada en sitios que ni siquiera sabía que tenía en mi cuerpo.

—Estás preciosa. —Sentí que me sonrojaba más, aunque no sabía si eso era realmente posible—. No apartes la mirada de mí, Alish —me ordenó.

—Está demasiado tranquilo. —Escuché que susurraba Einar—. ¿No se tendría que haber lanzado a por ella solo de entrar?

—Sí, está demasiado tranquilo, se está conteniendo, eso no es bueno. —Miré a Ansgar cuando se levantaba y se acercaba a nosotros.

Kilian me cogió del mentón, siseé por la fuerza con que me obligó a mirarlo.

—No lo mires a él, ¡eres mía!

—Me estás haciendo daño. —Le di un manotazo y apartó la mano de mi cara.

—Kilian, no debes contenerte. —Ansgar le tocó el hombro—. Debes dejarte ir, debes conocer tu límite.

—Le puedo hacer daño y no quiero. —Vi cómo el cuerpo de Kilian estaba en tensión.

Ansgar le iba a replicar, pero yo lo miré y le negué con la cabeza.

—Kilian, déjate ir, me prometiste que no te contendrías conmigo. —Le cogí la cara entre mis manos y lo acerqué a mí, lo miré a sus ojos y tenía las pupilas totalmente dilatadas, casi no se veía el azul—. Bésame, Kilian.

Se abalanzó sobre mí, me abrió las piernas para acomodarse entre ellas, me mordió los labios, yo lo dejé hacer, sabía que él debía ejercer el control en esta situación.

—Prométeme… Prométeme —me decía mientras me besaba—. Prométeme que me detendrás si te hago daño.

—No lo harás, confío en ti.

Después de eso ya no hubo más palabras, sus labios eran exigentes y duros, su lengua buscaba la mía, sus manos reseguían mi cuerpo.

—Continúa demasiado sereno a estas alturas, ya tendría que haberte arrancado la ropa. —Abrí los ojos mientras Kilian no dejaba de besarme, Ansgar posó los ojos en mí—. Lo siento, Alish, pero debo intervenir, él debe conocer hasta dónde puede llegar, si no podría ser peligroso para ti. —Bajé los párpados y tragué saliva—. Kilian, si no te ocupas de ella… Seré yo el que ocupe tu lugar y le enseñaré lo que se siente al tener un macho de verdad entre las piernas.

Kilian se giró hacia el dios con los colmillos a la vista y gruñó, un gruñido que hizo que se me erizara el vello de la nuca, luego volvió a poner su atención en mí y se abalanzó sobre mi cuerpo, perdí el mundo de vista un segundo y me encontré inmovilizada en el altar, clavó sus colmillos en mi cuello sin llegar a perforar la piel y me arrancó la bata de seda. Sus manos eran exigentes sobre mi cuerpo, era demasiado, notaba demasiado. ¿Cómo iba a poder ayudarlo si ni siquiera podía articular dos pensamientos seguidos? Levantó la cara de mi cuello y me sonrió, vi cómo descendía su mirada hacia mi pecho y se relamía los labios.

—¿Kilian? —pregunté con una voz melosa que no sabía de dónde salía.

No respondió, simplemente enterró mi pecho en su boca y yo jadeé ante la sensación tan dolorosa y placentera provocada por su succión, ronroneó mientras deslizaba su lengua por mi pezón y lo rozaba con uno de sus colmillos.

—Oh, por Einar —gemí.

—Es insultante que jure por ti estando yo aquí, hermano —se quejó Ansgar, que se había sentado otra vez en el trono.

Kilian bajó una de las manos con la que me había inmovilizado, recorrió mi brazo y la curva de mis pechos, me agarró de la cadera y me arrastró hasta el borde del altar, solté un pequeño grito por la sorpresa. Él se rio y me dedicó una sonrisa torcida antes de ponerse de rodillas delante del altar.

—Tan expuesta… —ronroneó—. ¿Tienes ganas de que te toque, Alish?

Yo no respondí, estaba tan absorta con la visión de él entre mis piernas que apenas había podido escuchar la pregunta. Me dedicó una última mirada mientras se aferraba a mis caderas y enterraba su boca entre mis piernas. Solté un alarido de placer cuando su lengua pasó por mi nudo nervioso, me agarré al altar con tanta fuerza que seguramente tendría los nudillos blancos, escuché cómo Kilian se reía contra mi piel y entonces me devoró, no dejó ni un recoveco por explorar con sus dientes y lengua, todo acabó antes incluso de que hubiera empezado, el orgasmo me sobrevino tan rápido que no sabía ni de dónde me venía. No, no quería eso, había sido demasiado rápido, demasiado corto por los nervios y el miedo de que yo no fuera suficiente para él, que no soportara lo que él debía hacerme. Me quedé lánguida encima de la piedra fría y casi no podía abrir los ojos.

—Alish, abre los ojos para mí, esto todavía no ha terminado —me gruñó, parecía realmente enfadado conmigo por alguna razón que no podía llegar a comprender—. Te he ordenado que abras los ojos, las otras nunca habían sido tan desobedientes.

—Lo siento —susurré, sus palabras me hirieron, siempre había hecho lo que se esperaba de mí e incluso con él había dejado que me tratara como si fuera de su propiedad para mantener su fachada, pero ahora estábamos solos y continuaba haciéndolo—. Lo siento, sé… sé que seguramente no podré ayudarte con esto. —Notaba el corazón martillear en mi pecho y las lágrimas me quemaban en mis ojos luchando por salir a la superficie. Me vinieron a la mente las veces que mi madre me decía que era una inútil, cuando Soren había dicho que nadie querría casarse conmigo porque no era nadie, las palabras malintencionadas de los cortesanos, puede que todos ellos tuvieran razón y yo no fuera digna de ser amada…

—*Alish, cálmate y respira* —me dijo Ansgar mentalmente, no me había dado cuenta que había dejado de respirar—. *Escucha mi voz, es tu miedo al rechazo quien habla, no tú. Tú eres perfecta tal y como eres, quien no lo haya sabido apreciar, no merece ni un segundo de tu tiempo. Levántate, sé que eres fuerte.* —Hice lo que me pidió, respiré hondo varias veces, abrí los ojos y me incorporé lentamente. Dejé caer mi cabello como si fuera una cortina, apoyé las palmas de mis manos en el altar y crucé las piernas, levanté la mirada hacia Kilian y le hice una mueca de desagrado—. *Así, muy bien, tú eres su dueña, tú y solo tú decides lo que te hace.*

—Alish —volvió a gruñir mi nombre.

—No me hables así —le respondí en voz calmada—, se suponía que esto debía ser agradable, puede que duro, pero agradable, y no lo está siendo. Me estás haciendo sentir como si no fuera bastante buena para estar a tu lado, como si solo fuera un objeto para satisfacer tus necesidades primarias, lo cual podrías obtener de cualquiera de tus súbditas.

—¡Yo no deseo a ninguna de ellas!

—¿Entonces por qué me tratas así? Si yo soy más que un cuerpo donde enterrar tu polla, ¿por qué me haces desaparecer como persona? —Mis palabras traspasaron la neblina de rabia y excitación que cubría su mente, abrió mucho los ojos con cara de sorpresa—. Te he contado cómo me sentía cuando mi madre me trataba mal, o lo que había pasado con Soren, pero tú, Kilian, me estás hiriendo mucho más que ellos, porque a ti te amo y eso te da el poder de destruirme.

Kilian empezó a arrodillarse con todos sus músculos en tensión, hincó la rodilla en el suelo y bajó la cabeza, podía ver cómo respiraba entrecortadamente.

—¿Me amas? —le pregunté y él levantó la vista lentamente y posó sus ojos en mí.

—Sí, te he amado desde que te conocí, aunque no me di cuenta hasta que traspasaste la barrera.

—Mírala, toda una reina —le dijo Einar a Ansgar.

—¿Quieres librarte de esa sensación que te está matando?

—Sí… No puedo soportar más la sensación de que te voy a hacer daño.

—Entonces fóllame como se suponía que debías hacerlo, pero no me anules como persona, porque si lo haces, tan pronto acabemos de este ritual —le dije arqueándome un poco hacia delante haciendo que mis pechos fueran más visibles para él— me volveré a Tasia y ya puedes derribar la Cúpula que NUNCA volveré contigo.

Kilian se levantó como un resorte, descendí del altar y me acerqué a él. Posé una de sus manos en mi cadera y tiré de él hasta que no hubo espacio entre nosotros, podía notar su miembro duro contra mi ombligo.

—*Min stjerne*, no merezco a alguien como tú —susurró, su boca se estampó con la mía y me obligó a retroceder hacia el altar, pude notar su superficie fría en mi espalda, pero no me subió en él. Me hizo dar la vuelta tan rápido que perdí el templo de vista, noté su mejilla pegada a la mía—. ¿Esto es lo que querías?

—Yo solo te deseo a ti. —Gemí cuando presionó su miembro contra mis nalgas.

Noté cómo su mano bajaba de mi cadera hacia mi zona sensible y cuando la pellizcó ligeramente, arqueé la espalda contra él, su otra mano se posó en mi mentón y lo recorrió con el pulgar.

—Estás tan mojada, no sabes cómo me hace sentir el que sea yo quien te tenga en este estado… —Su lengua recorrió la curva de mi cuello e introdujo un dedo en mí—. Estás tan apretada.

—Kilian…

—*No supliques* —me ordenó Ansgar—, *sé que tu cuerpo te pide que lo hagas, que supliques por más, pero no lo hagas. Por mi padre… veros así me da mucha envidia* —ronroneó.

Einar se aclaró la garganta, seguramente escuchó lo que su hermano me decía en mi mente, con todas las sensaciones que tenía en mi cuerpo había bajado mis escudos, me dedicó una mirada de disculpa y volvió a poner su máscara de dios.

Yo no podía más, notaba los dedos de Kilian haciendo estragos en mi interior, pero de golpe noté cómo él retiraba los dedos.

—¿Vas a ser mía, Alish?

—Yo ya soy tuya Kilian, lo sabes, pero si no acabas lo que has empezado me iré directamente hacia Ansgar y le pediré que me folle.

Ansgar le dedicó una sonrisa y asintió con la cabeza.

—Estoy deseoso de ello, princesa —ronroneó, mientras posaba una de sus enormes manos en el bulto de su ingle—, desde que entraste que me tienes cachondo.

Kilian le enseñó los colmillos a Ansgar, gruñó contra mi espalda y con su mano me inclinó hacia el altar, se acomodó entre mis piernas y de una estocada se hundió en mi interior. Se quedó quieto un momento, mientras sus manos se aferraban a mis caderas.

—Por los dioses —jadeé, notaba cómo me llenaba entera—, muévete, Kilian —le ordené y él obedeció, noté cómo retiraba todo su miembro lentamente y volvía a meterlo con un golpe seco, después de eso ya no hubo más órdenes. Solo movimientos frenéticos de su cuerpo contra el mío. Retiró sus manos de mis caderas y fue recorriendo mi cuerpo hasta llegar a mis manos, se aferró a ellas con fuerza y me envolvió con nuestros brazos. Me obligó a ponerme de puntillas y arquear la espalda, creía que me partiría en dos. Lo notaba tan dentro de mí que no sabía dónde terminaba él y empezaba yo.

—Son un espectáculo —ronroneó Ansgar—, tiene los pezones tan erguidos y sensibles por lo que le está haciendo que con un simple soplido llegaría al orgasmo.

Como si hubiera escuchado al dios, Kilian me soltó una mano y dirigió sus dedos a uno de mis pezones y tiró de él, eso me hizo arder, parecía que todo mi cuerpo convulsionaba con las ondas de placer del orgasmo. Grité su nombre una y otra vez mientras él no dejaba de embestirme con sus caderas y entonces fue como si se abrieran los cielos, Kilian gruñó mi nombre contra mi cuello, hundió sus colmillos en mí y yo me desvanecí en un mar de placer.

—Alish, despierta, cariño, *min stjerne.* —Noté cómo una mano tocaba mi mejilla—. ¿Está bien? —En su voz había preocupación.

—Sí, ha sido demasiado para ella, pero lo ha soportado hasta el final. —Escuché la voz de Ansgar y en él había una nota de orgullo—. Tienes una pareja digna de ti, Kilian.

—Ya empieza abrir los ojos. —Reconocería la voz de Einar en cualquier sitió.

Separé mis párpados muy lentamente, tenía el cuerpo totalmente lánguido.

—¿Ha ido bien? —susurré—. ¿Has tenido que intervenir? —pregunté a Ansgar.

—No, no he intervenido. Estoy orgulloso de ti, ahora debes descansar. —Ansgar miró a Kilian—. Llévala a palacio y cuida de ella, se lo merece. —Volví a cerrar los ojos y una mano cálida apartó mi pelo de la cara.

Kilian me levantó en volandas y me apretó contra su pecho, me sentía tan segura y querida que dejé que el sueño volviera a por mí.

CAPÍTULO 19

KILIAN

Alish estaba totalmente dormida en mis brazos, una de las acólitas de Ansgar le puso una exquisita pieza de seda negra encima de su cuerpo desnudo, fue un gesto muy amable por su parte, yo no tenía ningún pudor en mostrar mi cuerpo, pero entendía que Alish pudiera ser reticente, se la veía tan frágil entre mis brazos.

—Ha sido impresionante cómo te has frenado a ti mismo —me dijo Einar, parecía que el dios realmente estaba preocupado por Alish y que la apreciaba—. Nunca había visto a alguien resistirse de esa manera a la compulsión.

—Yo no quería herirla. —Bajé la cabeza, sentía vergüenza de mí mismo, de cómo la había tratado en ese estado—. Sé que he dicho algo que no debería y le pediré perdón durante el resto de mi existencia si es necesario, pero…

—Lo has hecho bien, ahora ya sabes cuál es tu límite y cómo evitar llegar a él. —Ansgar me puso una mano en el hombro y otra en la cabeza de Alish—. Dile que si alguna vez se cansa de ti… Siempre puede acudir a mí. —La sonrisa que me dedicó era burlona, pero también sabía que aunque deseara mucho a una mujer él nunca daría el primer paso.

—Me la llevo arriba, los dos necesitamos descansar.

—Os veré dentro de cuatro días en mis festividades. —Asentí con la cabeza—. Kilian, que vea la Sideira real, no los fríos muros de la corte y los fríos corazones de sus cortesanos, enséñale la gente de verdad, aquella por la que vale la pena luchar.

Me incliné ante los dioses y apreté a Alish contra mi pecho, subimos por el elevador y me encaminé hacia el ala imperial del palacio. La gente murmuraba a mi paso y sus miradas iban de mí a Alish y viceversa, la gente estaba asombrada porque sabían lo que significaba que yo llevara esas marcas en mi piel, ahora ya no podríamos ocultar lo que éramos el uno para el otro, pero me aseguraría de que ella no fuera un peón en la guerra que estaba a punto de empezar en mi nación. Cuando llegamos a nuestros aposentos, Beryl y Tristán salieron de los suyos como si hubieran sentido nuestra presencia.

—¿Ha ido bien? —me preguntó mi hermano con cautela.

—Sí, todo ha salido bien, supongo que vais a ver a Ansgar.

—Así es. Necesito saber si él es mi padre y por qué nos abandonó. —Yo asentí con la cabeza y los dejé pasar.

Cuando entré en nuestros aposentos, Nicoletta estaba esperándonos, había abierto la cama y preparado lo necesario para que pudiera asearme. La ropa para dormir de Alish y la mía estaban dobladas a los pies de la cama.

—Emperador —me saludó ella—, puedo asearla en la cama mientras os dais una ducha, he encendido la calefacción un poco, después del rito se suele tener frío, el cuerpo queda en un estado de relajación tan grande que el corazón bombea la sangre más lentamente. —Nicoletta había sido la doncella personal de mi madre durante dos siglos y no confiaría a Alish a nadie más—. También he dejado una bandeja con un poco de queso y fiambre y una botella de vino por si tenéis hambre al despertar.

—Eres demasiado amable conmigo.

—Os he visto crecer y he visto ocupar vuestra habitación con muchas mujeres, pero ninguna se quedaba a pasar la noche, y entonces llegó este regalo de Ansgar para vos. —Miro a Alish con cariño y le quitó un mechón de pelo que le cubría el rostro—. Y siento que vuestra madre hubiera querido que yo la cuidara.

Asentí con la cabeza y dejé a Alish en la cama, le besé la frente y me dirigí hacia el baño. Me miré en el espejo y por primera vez fui consciente de lo que Alish había visto cuando entré en el templo. Mi cuerpo estaba pintado desde el cuello a los pies, la lengua de Ansgar me envolvía, era un mantra que susurraba palabras de coraje para lo que debíamos afrontar en ese momento, pero a los ojos de ella seguramente habría parecido amenazador y fuera de control. Ella me hubiera podido parar si hubiera querido, pero no lo hizo y ese pensamiento caló hondo en mí, ella había hecho todo aquello por mí. Me lavé a toda prisa y cuando salí del baño solamente con una toalla enroscada en mis caderas, Nicoletta estaba acabando de ponerle el camisón a Alish.

—Déjame que te ayude —le dije a Nicolleta, me acerqué a la cama e incorporé un poco a Alish, que seguía profundamente dormida, y ella le ajustó la ropa—. Puedes retirarte, Nicoletta, yo me ocuparé de ella.

Nicoletta asintió y salió de la habitación, me quedé observando un rato a Alish, ya no quedaba rastro de la pintura que había cubierto mi cuerpo en ella, se estremeció como si tuviera frío tal y como había dicho Nicoletta, la tapé y me apresuré a ponerme mis pantalones holgados para dormir. Cuando entré en la cama, el calor de ella ya se había filtrado en las sábanas, le di un beso en los labios y la atraje hacia mí. Su aroma me envolvió y el sueño vino a por mí.

Me desperté cuando llamaron a la puerta, miré el reloj, resultó que habíamos dormido el día entero, Alish todavía estaba en mis brazos y se agitó cuando salí de la cama lentamente para abrir la puerta, Tristán estaba detrás de ella.

—Veo que has aprendido a llamar. —Tristán me dedicó una sonrisa—. Pasa.

—No quería irrumpir por si estabais ocupados.

—¿Ocurre algo aparte de meterte en mi vida sexual?

—Los altos lores están pidiendo audiencia, ya se ha corrido la voz de que Alish es tu pareja y que habéis sido marcados por Ansgar.

—¿Qué debemos esperar?

—No están muy contentos, algunos esperaban que escogieras a una de sus hijas, pero, en cambio, en la gente del pueblo la noticia ha caído mejor, lo ven como una esperanza para la paz.

—¿En serio? —Que la gente común pensara eso me daba esperanza, esperanza de un nuevo futuro sin la carga de los horrores del pasado.

—Despierto a Alish y nos vemos en la sala del trono.

—¿Seguro que quieres que ella esté presente? Sois pareja, pero no os habéis casado formalmente.

—Sí, quiero que se den cuenta de que están en presencia de su futura emperatriz, ya no hay lugar para medias tintas. El rito lo ha precipitado todo, debemos ponernos en marcha, quiero que convoques a los ejércitos y que avises a Alexander por si a Haakon le da por hacer alguna tontería en la frontera.

—Me pongo a ello. No has preguntado por Beryl. —Tristán tenía razón, pero no quería saberlo, al menos no de momento, ni sin ella delante.

—Esperaremos a que ella esté preparada para contar lo que sea que Ansgar le dijera. ¿Estuviste tú presente? —Tristán negó con la cabeza—. Voy a despertar a Alish, nos vemos en un rato.

Me volví hacia la cama donde Alish todavía dormía profundamente, su pecho subía y bajaba acompasadamente, no podía creerme que me despertaría así cada día con ella a mi lado. Su pelo todavía estaba revuelto, sus labios dejaban entrever una pequeña sonrisa mientras dormía. Vi cómo su mano se dirigía al espacio donde había dormido yo a su lado, me buscaba en sueños.

—Alish, despierta… —le susurré al oído mientras le cogía la mano con la que me buscaba—. Nos han convocado, todo el mundo sabe que somos el uno para el otro y tienen preguntas. —Ella abrió los ojos lentamente y me dedicó una sonrisa que hizo que se me derritiera el corazón.

—Todo salió bien —suspiró—, pensaba que había sido un sueño. —Me rozó el mentón con el pulgar, la sensación hizo que se me erizara la piel de la nuca.

—Sí, fuiste muy valiente. —Le besé los nudillos—. Gracias. Pero tengo que pedirte que seas valiente una vez más, será la última vez que te lo pida, he convocado a mis ejércitos y he enviado una misiva a Alexander por si tu tío intenta algo mientras estamos dando el golpe.

—¿Qué debo hacer?

—Te mostraré como mi pareja, pero no será como cuando estamos los dos solos, seré parecido a lo que viste en la entrada hace un par de días. Con ellos puedes discutir e incluso puedes rajarle la garganta a quien quieras…

—Ya sabes que yo soy más de electrocutar a la gente o puedo sacarles el aire de los pulmones si quieres, cualquier cosa que te sirva. —Sonreí ante el comentario, Alish podía ser realmente violenta.

—Me encanta oírte decir eso, pero conmigo deberás mostrarte sumisa, cuando acabemos con ellos ya no será necesario, pero hasta el momento es mejor que piensen que te tengo a mi merced.

—Lo que necesites, pero que sepas que me cobraré cada cosa que me hagas y no me sienta cómoda con ello. —Alish sonrió y deslizó un dedo por mi pecho hasta mi abdomen.

—Pagaré gustoso el precio que me impongas. —Me incliné y la besé, ella me envolvió con sus brazos y me dedicó un suspiro de satisfacción contra mis labios—. Nicolleta está esperando detrás de la puerta para ayudar a prepararte.

—¿Cómo lo sabes? —preguntó asombrada.

—Estoy escuchando el tintineo de su vestido. —Alish abrió mucho los ojos—. Mis oídos oyen mucho mejor que los tuyos, ¿recuerdas?

—No te haces una idea de la envidia que me das.

—Y me lo dice la que tiene la capacidad de incendiar mi palacio y leerme la mente —me burlé, me encantaba poder hacer eso con ella, poder hablar de cualquier cosa y de reírnos de cualquier cosa—. Pasa, Nicolleta, sé que estás detrás de la puerta esperando.

La puerta se abrió lentamente, dejando entrar la luz crepuscular que se filtraba por las ventanas del pasillo.

—Emperador, *kaaslane.* —Nicoletta nos hizo una reverencia y se dirigió al vestidor.

—¿Qué significa *kaaslane*? —preguntó Alish extrañada.

—Significa consorte —le respondió Nicoletta—, puede que no sea oficial, pero para mí ya sois la consorte de este cachorro.

—No va a ser mi consorte, Nicoletta, será mi emperatriz —sentencié—, una consorte no tiene voz, no tiene voto, es solo un bonito accesorio, ella nunca será eso. —Mi voz sonó mucho más dura de lo que hubiera querido, pero en cuanto el golpe de estado estuviera completo, quería que nuestro matrimonio fuera un punto de luz y entendimiento, no solo entre mi pueblo, sino que esperaba que también lo fuera entre nuestras patrias.

—Por favor, princesa, venid conmigo. —Nicoletta le hizo un gesto a Alish para que la siguiera al vestidor, la costurera había adaptado uno de los vestidos de mi madre y lo había modernizado. Habíamos encargado ropa para ella, pero el tiempo se nos había echado encima.

Alish pasó por mi lado y me dio un beso rápido antes de encaminarse al vestidor. Mi armadura encantada de cuero de hidra estaba en el portaarmaduras, esa había sido mi fachada durante casi un milenio, solo algunos habían vislumbrado la máscara detrás del engaño, pero solo Alish y Tristán me habían visto completo y por fin terminaría pronto.

Mientras me vestía podía escuchar a Alish preguntarle por el vestido a Nicoletta y a esta última responder cada una de las preguntas con cariño. Me miré en el espejo y retiré mi pelo de la cara, solo unos cuantos mechones rebeldes caían por mi frente. Me colgué la espada de mi abuelo y me encaminé hacia el vestidor. Lo que vi me dejó impactado, Alish estaba sentada en el tocador con un vestido del color de la medianoche, el escote lo habían hecho mucho más generoso y dejaba entrever la mitad de sus pechos, estaba seguro de que si lo deslizaba medio dedo para abajo podría ver el nacimiento de una de sus aureolas. Cuando me vio a través del espejo se puso en pie y la larga cola de gasa cayó por su espalda como si fuera una cascada.

—¿Estoy bien? —Su pregunta sonó sin confianza.

—Estás arrebatadora. —Alish se sonrojó—. Lo digo muy en serio.

—Tomad, emperador —me dijo Nicoletta mientras ponía una cadena de platino en mis manos, cuando la vi me acordé de que mi madre solía llevar esto en vez de la corona.

Me acerqué a Alish y se lo puse alrededor de la cabeza, los pequeños diamantes negros incrustados en el metal parecían gotas diminutas que contrastaban en su pelo plateado.

—Vas a tener a toda la sala distraída. —Le tendí la mano y ella enroscó sus dedos con los míos—. Vamos. —Posé la mano en mi brazo y salimos al pasillo, solo se escuchaban nuestros pasos resonar contra el mármol y la respiración de Alish, que cada vez era más rápida y superficial a medida que nos acercábamos a la sala del trono—. ¿Estás preparada?

—No —me confesó—, pero intentaré hacer mi mejor papel, solo me mostraré sumisa contigo, con nadie más. —Asentí con la cabeza y abrí la puerta.

Los altos lores posaron sus miradas en nosotros, algunas mostraban sorpresa y otras absoluto asco hacia Alish. Me entraban ganas de desenvainar mi espada y cortarles la cabeza a cada uno, pero esa no era una posibilidad en ese momento, debíamos esperar pacientemente hasta que el ejército llegara a la capital. Miré de reojo a Alish, iba con la cabeza alta y la mirada fija en el gran trono que había en el centro de la sala. Cuando llegamos me senté en él e hice que Alish se sentara a mis pies, empecé a acariciarle el pelo como si se tratara de mi mascota personal en vez de la mujer de mi vida.

—¿A qué debo la interrupción? Estaba disfrutando de una tarde muy placentera, ¿verdad, princesa? —Alish levantó la cabeza hacia mí, su mirada estaba cargada de adoración, bajó los ojos y se sonrojó—. Diles, querida, lo decepcionada que estás por su interrupción.

—No me ha gustado nada. —Concentró su mirada hacia los lores y en ella solo había hielo y rayos—. Si mi emperador lo desea, puedo darles una lección que nunca olvidarán.

—Shh, tranquila. —Me incliné y le rocé la oreja con mis colmillos, ella dio un pequeño respingo—. Déjalos que se expliquen primero. —Miré a Ulf y le hice un gesto para que se acercara—. Lord Ulf, ¿a qué debo la interrupción?

—Emperador. —Se inclinó ante mí, Ulf siempre había sido un grano en el culo, pero era leal, es de los pocos que me costará poner en su sitio cuando lleguen los ejércitos—. Nos ha llegado la noticia de que la princesa es vuestra ancla y que Ansgar la ha marcado como tal después de pasar el rito. Algunos estamos preocupados por cómo se tomará Einar esto y si debemos esperar alguna represalia por parte de Tasia.

—Alish, querida —ronroneé—, ¿puedes tranquilizar a Ulf en lo que a tu reino se refiere?

—No tenéis que preocuparos por Tasia. Una vez vuelva a tener el control de mi patria, Haakon ya no será una amenaza para nadie, y en lo que respecta a mi dios padre. —Ulf puso mala cara, supongo que se creía las mentiras sobre Ansgar y Einar—. Él nos ha dado su bendición personalmente.

—Ulf no habla por todos nosotros. —Derian salió de entre los nobles que se apiñaban cerca del trono—. Algunos pensamos que… —Miró a Alish con una mirada gélida y llena de rencor—. Os deberíais desposar con una hembra sideira y no con la princesa… —escupió la palabra como si le diera asco— de Tasia.

—Yo decido con quién me caso, Derian. —Me levanté de golpe del trono—. Un mierdecilla como tú no puede ir contra los designios de Ansgar.

—Yo seré un mierdecilla, Kilian, pero no estoy solo, y si no puedes seguir nuestras directrices como hacía tu padre, no nos sirves. —Derian hizo un gesto y los guardias que habían en la sala del trono cayeron al suelo degollados.

Vi a Alish levantarse y generar llamas en sus manos para lanzarlas a los atacantes, pero justo cuando iba a lanzar el hechizo, las llamas se apagaron y Alish se quedó muy quieta, había dolor en su cara.

—Pobre Kilian, no sabe ni los secretos de su propia casa, yo era el confidente de tu abuelo, me contó que había llenado el palacio de trampas antimagia por si el abuelo de esa puta que tienes detrás conseguía llegar aquí. —Desenvainé la espada y me pusé delante de Alish para protegerla, por el rabillo del ojo vi la puerta que se abría, Tristán y Beryl se quedaron en *shock*, pero yo negué con la cabeza, Tristán cogió del brazo a Beryl y tiró de ella para llevársela lejos, ellos eran nuestra única esperanza de salir de esta—. Apresad al emperador y colocad las cadenas antimagia a esa zorra.

Se escucharon muchos murmullos mientras los soldados de Derian me rodeaban. Algunos de los nobles se pusieron entre ellos y yo, es algo que nunca pensé que vería.

—Caballeros —dijo Ulf poniéndose a mi lado—, esto no tiene que ir a más, deponed vuestras armas, este enlace puede ser bene… —Pero Ulf no pudo terminar su frase, lord Kamen lo había atravesado con una de sus espadas antes de que el hombre pudiera reaccionar.

—Sideira volverá a los tiempos en que era temida y respetada. —Kamen posó una de sus botas en el pecho de Ulf y desclavó la espada—. No hay lugar para pusilánimes en nuestro mundo.

Los otros dos lores que se habían puesto de mi lado bajaron las armas y se rindieron, por lo visto ya no quedaban hombres honorables en Sideira.

—Sideira puede ser grande sin necesidad de hacer llorar sangre, ¿creéis que los tasianos no se defenderán? Llevan milenios esperando nuestro ataque, cada uno de ellos ha pasado por la guardia y se defenderá, serán un centenar de miles de efectivos, vais a hacer que nos aniquilen.

—Habláis como un cobarde. —Me escupió Derian. Hizo un gesto con la mano a uno de los guardias que estaba al lado de un mecanismo que hasta aquella tarde había estado escondido. Tan pronto como el soldado accionó la palanca, un gemido salió de los labios de Alish, me giré poco a poco sin perder del todo de vista a los presentes. Alish estaba retorciéndose encima de unas marcas iluminadas en el suelo.

—Kilian, me duele —gimoteaba ella—, me están… están absorbiendo la magia. —Se cogió la cabeza con las manos y gritó, el grito más desgarrador que había escuchado en mi vida, el palacio vibró y los cristales se agrietaron.

—Soltadla, cooperaré, pero dejadla ir. —Me arrodillé al lado de Alish, que no dejaba de gritar, sus lágrimas surcaban sus mejillas y toda ella temblaba sin control.

—Eso no va a ser posible. —Derian se relamió los labios—. ¿Piensas que dejaremos escapar a alguien tan poderoso como ella? —Levantó la vista de mí y la posó en alguien que estaba tras nosotros, noté cómo algo impactaba contra mi cabeza y luego la nada.

CAPÍTULO 20

TRISTÁN

Beryl se retorcía entre mis brazos, no entendía cómo no nos quedábamos a ayudarlos, pero no podíamos hacerlo, al menos no en ese momento, debíamos bajar al templo de Ansgar y salir para encontrarnos con el ejército. Mis espías en palacio no habían sido descubiertos y gracias a eso tendríamos ojos en cualquier lugar y sabríamos exactamente lo que estaba pasando, pero alguien la había cagado bien si no habíamos visto venir este desastre.

—Debemos ayudarlos —me suplicaba Beryl mientras la metía en el elevador.

—No podemos, ya escuchaste, hay trampas antimagia y han matado a un gran número de guardas, debemos replegarnos y esperar refuerzos, saldremos de aquí e iremos hacia Nelphis, está cerca de la Cúpula. Los ejércitos se debían concentrar ahí antes de venir a la capital —le expliqué. No podía dejarme llevar por el pánico, la supervivencia de Alish y de mi hermano dependía de ello—. Enviaremos una misiva a Alexander, nos vendría bien tener a alguien con magia para ayudarnos en el rescate. —Accioné la palanca y descendimos hacia el templo.

Cuando llegamos abajo cogí la mano de Beryl, era tan pequeña comparada con la mía que me dio la sensación de que estaba dando la mano a una niña. Tiré de ella por la oscuridad.

—Ve más despacio, no veo nada —se quejó, pero yo continué tirando, no había tiempo para dudar.

Cuando faltaban unos metros para llegar, las puertas se abrieron y el gran maestre salió a nuestro encuentro.

—Venid no tardarán en bajar. —El maestre nos condujo a través de los pasillos del templo hacia una salida exterior. Al lado de la gran puerta metálica había dos caballos con unas alforjas—. En ellas hay comida, agua y una manta para que podáis llegar hasta el ejército. Ansgar está cabreadísimo, cualquiera que entre en el templo morirá. No puede intervenir, pero se asegurará de que el templo se convierta en una casa franca para cualquiera que esté contra esos desgraciados.

—¿Cómo has sabido lo que ha pasado? —preguntó Beryl al gran maestre, mientras entrecerraba los ojos.

—No me leas el pensamiento, niña. —Beryl dio un respingo—. Ansgar me ha confiado los secretos de tu pueblo, pero no consentiré una intrusión en mi cabeza. Sé lo que ha pasado porque Nicoletta ha bajado corriendo a contármelo para que tuviera preparadas las cosas.

—Lo siento —se disculpó Beryl—, es que estoy tan preocupada por Alish y Kilian…

—Los recuperaréis —sentenció el gran maestre y esperaba con todo mi ser que tuviera razón.

—Dile a Oszkár que nuestra conversación no terminó. —El gran maestre miró a Beryl sin saber cómo tomarse eso—. Cuando volvamos quiero una explicación sin rodeos.

Subimos a los caballos y salimos a toda velocidad, no podíamos perder tiempo.

—¿Ansgar es tu padre?

—Dijo que conoció a mi madre, pero nunca me ha dado una respuesta directa.

—Suele ser así de insufrible, venga, no nos podemos demorar, ahora mismo somos un blanco fácil. —Beryl me miró con cara divertida—. ¿Qué?

—Sin las salvaguardas de palacio puedo usar mi don y ocultarnos de los demás al menos durante un periodo de tiempo, ¿mientras salimos de la ciudad será suficiente?

—Sí. Mis hombres están fuera de la ciudad, debemos reunirnos con ellos lo antes posible. —Beryl asintió con la cabeza y espoleó su caballo, yo la seguí de cerca y supuse que a esa velocidad le sería difícil camuflarnos si no me mantenía cerca.

Beryl escudriñó el claro del bosque donde nos esperaban mis hombres con sus monturas preparadas.

—Todavía llevan los amuletos —gruñó—, es frustrante. —Me reí con el comentario, para alguien que debe haberse pasado la vida escuchando las voces interiores, el silencio debía ser molesto.

—Príncipe Tristán —saludó Garrett, mi segundo al mando—. ¿Qué se sabe de nuestro emperador? Las noticias no eran claras.

—Los nobles nos tendieron una trampa, no sé cómo, debemos tener algún topo entre los nuestros, debemos ser cuidadosos, no podemos revelar todo o podríamos perderlo. —Me lamenté—. Vamos, debemos darnos prisa.

—¿Y la princesa?

—La han retenido con un chisme absorbe magia de esos que os gustaban antiguamente —escupió Beryl—, se estaba retorciendo de dolor cuando tuvimos que huir. —Garrett le dedicó una mala mirada a Beryl. Muchos de los nuestros habían muerto intentando salvar tasianos de las garras de esos imbéciles sedientos de sangre, el abuelo de Garrett era uno de ellos.

—Mi abuelo murió salvando a tasianos, no me trates como un asqueroso chupamagia. —Hubo una batalla de egos entre los dos, hubiera sido una situación muy entretenida de ver si no estuviéramos en el aprieto que nos habían metido.

—¡Vamos, calmaos! Esto no beneficia a nadie, debemos llegar a Nelphis.

Los dos días de camino hacia donde se encontraba nuestro ejército fueron cuanto menos tensos, sobre todo entre Garrett y Beryl. Llegamos deshechos, solo nos parábamos para que nuestras monturas pudieran descansar, vi escabullirse a Beryl un par de veces al río, supuse que, si yo tenía mis partes en carne viva, ella no podría ser menos, pero no se quejó ni una vez, no sabía a ciencia cierta si era la hija de Ansgar, pero los tenía tan bien puestos como las guardianas de mis libros.

Nelphis era una magnífica ciudad fortificada, había sido preparada para resistir los peligros de la niebla, pero durante la última guerra contra los tasianos se habían reforzado las defensas. Cuando entramos en la ciudad la gente se acercaba a nosotros para preguntar por nuestro emperador. Habían llegado noticias desde la capital y no eran buenas: los altos lores lo querían acusar de traición por haber elegido a una tasiana en vez de una de los nuestros. Desmontamos cerca de la entrada del fortín y vi a Alexander totalmente cubierto con una capa, junto a él había un tasiano rubio con ojos verdes que nos sonreía con sorna.

—Príncipe —me dijo Alexander tendiéndome la mano—. ¿Qué sabemos de Alish?

—Venid, entremos, no es una conversación para tenerla en medio del patio. —Le hice una señal a Alexander para que me siguiera—. ¿Quién es él? —dije señalando al tasiano que lo acompañaba.

—Este es Klaus, es un amigo de la infancia de Alish y Galván, es mis ojos en la capital.

—Príncipe Tristán. —Klaus me hizo una reverencia—. Mientras sea para salvar a Alish mi espada es vuestra.

Miré a Beryl y ella me entendió a la perfección.

—*Tiene defensas mentales, puede que tarde en encontrar un recoveco, pero lo intentaré* —me dijo ella mentalmente—. *Alexander está realmente preocupado por Alish, quiere salvarla y ayudarla a llegar al trono, también aprecia a Kilian.*

Acompañé a todo el mundo hacia el comedor y mis hombres rodearon el perímetro, solo Garrett se quedó a mi lado.

—La última vez que Beryl y yo vimos a Alish, la habían capturado en una trampa mágica.

—Por Einar… —suspiró Alexander y se pasó una mano por la cara, parecía realmente cansado—. Debemos recuperarla cuanto antes, el dolor que provocan esas trampas puede hacer que pierdas la cabeza, Haakon es prueba de ello.

—¿Cómo entramos en la ciudad? —Klaus se reclinó en la mesa—. Supongo que hay alguna manera aparte de derribar las murallas.

—Estamos estudiando los antiguos túneles de escape de la familia imperial —le respondió Garrett cruzándose de brazos—. Pero deberíamos llevar a un tasiano con nosotros, si vamos despacio podéis detectar las trampas antimagia, sobre todo si ya habéis estado en contacto con alguna.

—¿Tenéis alguna aquí? —preguntó Alexander.

—Estáis sentado encima de una, toda esta sala es una trampa, pero no está activa.

—Actívala. —Todo el mundo se giró para mirar a Alexander, su voz había sido clara—. Yo iré con vosotros, Alish es mi responsabilidad.

—¡No! —le replicó Klaus—. Tú debes quedarte en el Bastión. Haakon puede aprovechar el caos para invadir Sideira y tú eres el único que puede impedirlo, iré yo, se lo debo a Galván. —Alexander asintió con la cabeza—. Sal de la habitación y que activen la trampa.

Alexander miró a Klaus y salió de la habitación.

—¿Estás listo? Solo la dejaré activa un momento. —Klaus tragó saliva, supuse que recordaba las historias sobre los pocos que habían sobrevivido al cautiverio.

Activé la palanca que estaba escondida debajo de la mesa y el suelo se iluminó, la cara de Klaus se contrajo en una mueca de dolor, tenía los nudillos blancos de aferrarse a la silla y empezaba a sudar, volví a accionar la palanca y la trampa se apagó.

—¿Estás bien? —le pregunté, respiraba superficialmente y tenía la camisa empapada en sudor.

—Por Einar, no había sentido un dolor igual en mi vida, entiendo por qué los que sobrevivieron se volvieron locos.

—Ver estos chismes otra vez… me revuelve el estómago. —La cara del capitán era reflejo de la ira que sentía en esos momentos—. Solo de pensar que esa pobre niña, mi princesa, mi futura reina está en manos de esos sádicos… y que la están sometiendo a esto, no sé si podría evitar reducir toda tu capital a cenizas. —La amenaza del capitán no tuvo el efecto que yo hubiera pensado, pues yo también tenía ganas de reducir a cenizas todo este puto imperio.

—Debemos tener la cabeza fría, no podemos arremeter directamente, podrían matarlos. —Beryl tenía razón, no podíamos arriesgarnos a un ataque frontal, pero tampoco podíamos esperar eternamente.

—Un pequeño contingente irá por los túneles, el grueso del ejército sitiará la ciudad, yo lo encabezaré, ahora mismo soy el regente. Garrett, tú estarás al mando del grupo que entrará por los túneles, Beryl, tú irás con ellos.

Beryl soltó una lista de insultos digna de un marinero, lo que hizo estallar a Garrett en una sonora carcajada, hacía tiempo que no lo escuchaba reírse de aquella manera, me hubiera puesto yo también a reír si ella no me hubiera fulminado con la mirada.

—Descansad esta noche —me aconsejó Alexander—, debéis tener la mente clara para cuando lleguéis a la capital, y cansado no le servirá de nada a Alish ni a vuestro hermano.

—Tenéis razón, capitán, nos iremos al alba. Garrett, asegúrate de que los hombres estén listos, marchamos al alba. Podéis retiraros.

Todos salieron de la habitación, pero Alexander se quedó sentado en la silla junto con Klaus. El capitán parecía que había envejecido un milenio desde que había visto la máquina en funcionamiento y yo también. Es algo que destruiría tan pronto acabáramos con los reductos de la era oscura, mi padre no se había atrevido a ir más allá que intentar encontrar un equilibrio entre la paz con Tasia y lo que querían los asquerosos chupamagia, pero a mí no me temblaría el pulso.

—Debemos salvarlos, Tristán. —Alexander frunció los labios y se levantó una corriente de aire en el salón, supuse que era su magia haciendo presencia—. Si Alish muere, Haakon tendrá su excusa para declararos la guerra y no sé si estaré en condiciones de negarle ayuda.

—Lo entiendo. —No me gustaba su lógica, pero podía llegar a entenderla—. Haré lo posible para sacarla con vida de ahí, tienes mi palabra.

—Bien, me vuelvo al Bastión, tenme informado. —El capitán se despidió de Klaus y salió de la sala de reuniones, serían unos días muy largos para todos.

Accioné un interruptor de la mesa y el senescal de la fortaleza entró con paso firme.

—Príncipe Tristán —me saludó con una reverencia—, ¿en qué puedo ayudaros?

—Eso no es necesario, John, eres primo de mi madre, somos familia. —Le hice un gesto para que se acercara—. Prepara una habitación para… lo siento, no sé tu rango dentro del reino. —Miré a Klaus y él me devolvió la mirada con una sonrisa torcida.

—Klaus está bien, mi padre es lord Telep, comandante de los Caballeros Fénix, pero yo no me he ganado el título todavía.

—¿Puedes preparar una habitación para Klaus y otra para Beryl?

—Ahora mismo, Tristán, si tenéis la amabilidad de seguirme.

Me levanté y me acerqué al balcón, necesitaba aire fresco, ¿cómo se habían torcido tanto las cosas? Teníamos que machacarlos en pocos días y Sideira sería libre para avanzar. Estaba totalmente seguro de que alguien nos había traicionado, y cuando averiguara quién había sido, el castigo que les infligiría quedaría grabado en los libros de historia.

—Tristán. —La voz de Beryl era suave y su mano cálida en mi hombro—. ¿Cómo estás?

—Pensaba que te habías ido con John. —Me giré hacia ella y me apoyé en la barandilla del balcón, la brisa era suave, pero empezaba a ser fría. Se acercaba el tiempo de las cosechas y el paisaje empezaba a teñirse de dorados y ocres—. Agotado y muy preocupado.

—Yo temo por Alish, lo que ha dicho Alexander...

—Iremos lo más rápido posible, te lo prometo, necesitaré tu ayuda ahí debajo, en los túneles, puede que tu don esté menguado por las salvaguardas, pero necesitaré que estés atenta a lo que piensen los que van contigo, solo me fío de Garrett y de los cuatro miembros de mi círculo que irán contigo. Los demás...

—Entiendo, haré lo posible para ayudar. ¿Puedo pedirte una armadura ligera?

—Lo que necesites, ven, vamos a la armería antes de que te instales.

Salimos de la sala de reuniones y nos dirigimos al armero, que estaba afilando una espada, no había pensado siquiera que ella necesitara equipo, la pobre muchacha había salido con lo puesto.

—Te conseguiré ropa limpia también.

Asintió con la cabeza, puede que ella fuera una pieza fundamental en nuestra victoria y me aseguraría de que tuviera todos los recursos necesarios para su marcha a la capital, cuando llegáramos, tendría que estar lista para lo que estaba por venir.

CAPÍTULO 21

KILIAN

Empecé a abrir los ojos lentamente, lo último que recordaba era ver a Alish convulsionando de dolor delante de mí y que alguien me había golpeado la cabeza con algo romo. Suponía que el dolor de cabeza digno de las peores borracheras se debía a eso. Intenté tocarme para averiguar si notaba algún bulto por el que debiera preocuparme, pero me fue imposible, no tuve que girar la cabeza para saber que me habían encadenado.

—Mierda —me quejé.

Empecé a enfocar mi vista por la habitación, estábamos claramente en una de las mazmorras debajo del palacio, el sonido de unas cadenas ajenas a las mías me llamó la atención. Lo que vi me dejó sin palabras, Alish estaba colgada del techo, sus pies no tocaban el suelo y varias cadenas le envolvían el cuerpo, por lo que podía ver desde mi posición, no eran cadenas normales, parecían hechas del mismo material que los circuitos de las máquinas alimentadas por magia.

—¡Alish!

Ella intentó levantar la cabeza, pero la máscara que llevaba le impedía hacer el movimiento, también la habían amordazado impidiendo cualquier posibilidad de conjurar algún hechizo.

—¿Estás herida? —pregunté, pero ningún sonido salió de su garganta, solamente una pequeña inclinación de cabeza indicaba que estaba herida.

Entonces olí su sangre, el aroma estaba tan impregnado en la habitación que no lo había detectado, pero ¿por dónde sangraba? Miré su torso, pero solo atisbé pequeños rasguños, nada suficiente como para que dejara esa impronta tan fuerte. Recorrí los brazos y entonces lo vi, le habían clavado unas astillas a través de los dedos atravesándolos, estos estaban unidos a un artefacto que le envolvía la mano como si fuera una jaula y por ella era donde goteaba la sangre.

—Todo saldrá bien —le prometí, aunque no las tenía todas conmigo—, tienes que ser valiente.

—Menudo mentiroso eres, Kilian —me dijo una voz a través de la puerta de la celda.

—Darinka…

—Vaya, vaya, quién te ha visto y quién te ve. Encadenado y sufriendo por culpa de una putita tasiana. —Darinka entró en la mazmorra seguida de un par de guardias de su padre, nunca la había visto con esa mirada de odio y superioridad—. Nunca debiste haberme rechazado.

—No la toques —siseé.

—No estás en posición de exigir nada, bajadla —ordenó a uno de sus guardias—. Vamos a divertirnos un rato.

Tragué saliva, aunque intenté que mi cara fuera lo más neutra posible, si mostraba lo mucho que me afectaba, Darinka se ensañaría más con Alish. Los guardias bajaron a Alish de tal manera que sus pies tocaban el suelo, pero sus manos todavía estaban elevadas por encima de su cabeza, cuando enfocó su vista en mí, por primera vez desde que la conocía en su mirada vi auténtico terror y yo no podía hacer nada para aliviar su sufrimiento. Ahora que la tenían bajada podía ver que su vestido estaba roto y su cuerpo magullado, seguramente se había defendido y se habían ensañado con fuerza. Tenía cardenales en forma de dedos, como si la hubieran agarrado con fuerza, y pequeños cortes en los brazos y las piernas.

Darinka se acercó a ella y desenfundó un cuchillo que llevaba en una funda colgada de la cadera, se lo puso bajo el mentón y le levantó la cara para que la mirara a los ojos.

—He aquí la famosa princesa de Tasia, amada por Einar y marcada por Ansgar, ¿te los has follado para tener su favor y apartar a nuestro emperador del buen camino? —Vi que Alish le dedicaba una mirada furiosa, Darinka se rio y le asestó un golpe en la laringe con el mango del cuchillo que dejó a Alish sin respiración—. No me mires de esa manera, ¡zorra! —Le cortó el vestido y lo hizo descender hasta sus pies—. Vaya, vaya, qué os parece, chicos, no hubiera creído que a nuestro emperador le gustaran las mujeres un poco entradas en carnes, pero tengo que reconocer que tiene unas buenas tetas.

—¿Mi señora, seguro que no podemos jugar un poco con ella? —preguntó uno de sus guardias.

—Puede que mi padre os la deje cuando ya no le sea útil.

—Os mataré a todos con mis propias manos y me aseguraré de que sea una muerte lenta —les gruñí.

—Ay, mi querido Kilian. —Darinka se arrodilló delante de mí y se me sentó a horcajadas encima de mis caderas—. Levantadle la vista —ordenó a sus guardias.

Uno de ellos se colocó detrás de Alish y la agarró por el mentón, obligándola a ver lo que Darinka me hacía, con su otra mano la empezó a manosear y a mí me dieron arcadas, sobre todo cuando vi que las lágrimas empezaban a mojar las mejillas de ella.

—Valiente imbécil has escogido, la manosean un poco y ya se pone a llorar. ¿Le has contado las veces que me compartiste? —Darinka no hacía más que restregarse encima de mí, suponía que era para despertar algún tipo de deseo en mi cuerpo, pero lo que me producía ella era asco—. O ¿las veces que me hiciste correrme con todas las partes de tu cuerpo? Aún puedo notar en otros cuerpos cómo me envestías salvajemente, ¿con ella debes contenerte para no dañarla?

Sabía bien lo que Darinka intentaba hacer, intentaba romper a Alish, intentaba que se desmoronara para que sus defensas cayeran y fuera mucho más fácil absorber la magia.

—No, con ella no me contengo —le dije bien claro para que Alish me oyera—, porque ella sabe quién soy y de lo que soy capaz, al contrario que tú, jamás me ha tenido miedo, pero yo sí he tenido miedo de ella. Asegúrate de dejarla seca y muerta del todo porque si se levanta reducirá a cenizas todo el imperio sin pestañear. —Darinka se paró de golpe y se levantó como un resorte de mi regazo.

—Maldito hijo de perra. —Me dio una sonora bofetada, noté cómo un hilo de sangre corría por mi mejilla, la muy puta me había cortado con el anillo—. Vas a lamentar esto. —Se giró hacia Alish y la empezó a golpear—. Puta, te voy a hacer desear la muerte.

Los dos soldados sujetaban a Alish mientras Darinka se ensañaba con ella, Alish se zarandeaba de lado a lado por la fuerza de los impactos e intentaba forcejear, pero le era imposible con las manos de los dos guardias sujetándola firmemente. Yo no podía hacer nada más que intentar zafarme de mis ataduras, cosa que fue imposible. Cuando estuvo satisfecha cogió el cuchillo y cortó el tatuaje con el que Ansgar la había marcado. Alish levantó la cara hacia el techo como si estuviera gritando a pleno pulmón, pero ni un sonido salió de su garganta, luego se desplomó, quedando su cuerpo inerte balanceándose.

—Volvedla a subir y si el emperador abre la boca follaosla por todos lados. —Darinka se dio media vuelta dedicándome una mirada llena de odio y salió de la mazmorra.

—Venga, emperador, danos el gusto, seguro que tiene un coño delicioso… —El muy hijo de puta se relamió los labios antes de volver a colgar a Alish del techo, luego salieron de la mazmorra entre risas.

Cuando me aseguré de que ya se habían alejado lo suficiente, respiré tranquilo. Alish seguía inconsciente, cómo narices íbamos a salir de aquí, zarandeé las cadenas otra vez e intenté romper las argollas, pero fue imposible, me puse rígido cuando empecé a escuchar unos pasos ligeros, casi no podía escucharlos, como si alguien no quisiera ser detectado mientras se acercaba. Un ligero crujido en la cerradura y la puerta se abrió lentamente, una pequeña figura encapuchada entró en la mazmorra seguida de otra más corpulenta. La pequeña se paró delante de Alish y la inspeccionó.

—No la toquéis.

Ambas figuras se giraron hacia mí, como si acabaran de percatarse de mi presencia en la mazmorra.

—Emperador. —Ambas figuras se arrodillaron y se descubrieron. La más pequeña era una mujer pelirroja con unos grandes ojos de color avellana, y la más corpulenta un hombre rubio con ojos verdes y semblante serio, debajo de la capa se podía intuir que iban armados hasta los dientes.

—¿Quiénes sois?

—Soy Samara y él es Aquiles, venimos a ayudaros. —Samara se acercó a mis grilletes y empezó a abrirlos con unas herramientas que sacó de su capa.

—¿Por qué queréis ayudarnos? —No podía fiarme de nadie y menos de alguien que acaba de llegar con buenas intenciones.

—Os lo contaremos todo cuando os llevemos a un lugar seguro, confiad en nosotros, no queremos haceros daño ni a vos ni a la princesa —me respondió Aquiles—, pero debemos darnos prisa, no tardarán en volver, lord Derian estaba alardeando de que se iba a follar a la princesa mientras le sacaban magia.

—¿Cuánto llevamos inconscientes?

—Cinco días, y los rumores dicen que el ejército está llegando a la capital, si no salimos de aquí corremos el riesgo de que os maten antes de que ni tan siquiera vuestro hermano pueda negociar por vos.

Después de varios intentos, Samara consiguió desmontar el anclaje de las cadenas liberándome las manos.

—Los grilletes los quitaremos cuando lleguemos a un lugar seguro, ahora no hay tiempo.

Me levanté con cuidado, me dolían las piernas y los brazos de estar en la misma postura durante tanto tiempo, luego me acerqué a Alish tambaleando.

—Cuidado, no hagáis esfuerzos —me dijo Samara poniéndose uno de mis brazos en los hombros y ayudándome a ponerme derecho—. Aquiles bajará a la princesa y la llevará en brazos.

—Debemos hacer algo con sus manos, si no dejará un rastro de sangre —les dije a nuestros libertadores, Aquiles sacó unas vendas y cuando hubo desmontado las jaulas de cada mano las envolvió con varias capas de tela, luego la bajó lentamente y la cogió en brazos—. Ayúdalo, Samara, yo puedo mantenerme en pie.

Samara asintió con la cabeza y ayudó a Aquiles a abrir los candados de las cadenas de Alish, cuando la liberaron se percataron de que estaba desnuda.

—No podemos llevarla en cueros —se quejó Samara—, dame tu camisa, Aquiles.

—Si querías verme desnudo no hacían falta tantas vueltas. —Aquiles dejó un momento a Alish en el suelo, Samara puso los ojos en blanco mientras él se quitaba la capa y luego la camisa blanca para ponérsela a Alish, le quedaba tan grande como si llevara un vestido corto, luego la volvió a coger en brazos y salió por la puerta de la mazmorra.

Samara y yo lo seguimos intentando hacer el mínimo ruido, dimos varias vueltas internándonos cada vez más en el intrincado sistema de túneles hasta que llegamos a un callejón sin salida. Samara me dejó apoyado y se dirigió a la pared. Vi que pulsaba unos pequeños símbolos escondidos para activar un mecanismo. Y la pared se abrió revelando una caverna iluminada con setas lumínicas que le daban un aspecto etéreo, pequeños insectos parecidos a mariposas revoloteaban por el lugar.

—Vamos, se escuchan pasos, creo que ya se han dado cuenta de que no estáis en la celda. —Aquiles entró primero con Alish en brazos y luego yo con Samara, esta última accionó una pequeña palanca y la pared volvió a su sitio—. Ahora estamos a salvo de momento, pero debemos llegar a una casa franca que hay un poco más adentro para poderos curar.

—¿Me vais a decir ahora quién sois?

—Somos miembros de los *meaisín*. —El tono en que Aquiles formuló aquella revelación era de orgullo.

—Creía que erais un mito.

—No, no somos un mito, vuestro tío Derick la fundó antes de que vuestro abuelo lo asesinara, vuestro padre intentó ayudarnos a lo largo de los años, pero caminaba sobre una cuerda haciendo equilibrios para evitar que nos descubrieran, por eso cedía a tantas exigencias de esos malnacidos, para intentar darnos tiempo a reorganizarnos y poder acabar con ellos.

—Mi padre no me contó nada. —Me pasé la mano por la cara y me senté en el suelo, mi pobre padre había llevado esa carga durante décadas él solo.

—No le dio tiempo, cuando ocurrió todo lo de la princesa no lo resistió, era un buen hombre que intentó hacer lo que pudo para mejorar su patria. —Samara me tendió la mano y me ayudó a levantarme—. Venga, vamos, en un ratito estaremos en un sitio más cómodo.

Empezamos a andar por ese paisaje hasta que al final vislumbramos un grupo de pequeñas casas, se veía que estaban iluminadas con velas. Entramos y varias personas se nos quedaron mirando.

—Por Ansgar, qué hijos de puta —dijo una mujer acercándose a mí—, siento lo que os han hecho, majestad —me dijo inclinándose ante mí.

—Eso no es necesario. —La ayudé a levantarse e hice un gesto para que los demás presentes también lo hicieran—. ¿Podéis ayudar a la princesa? Por favor.

—Ponedla encima de la mesa, Samara, pon agua a hervir. —La mujer empezó a dar órdenes—. Aquiles, di a Marion que la necesito aquí, que traiga todo el botiquín. —Aquiles asintió con la cabeza y salió de la casa—. Héctor, enséñale dónde está el baño al emperador y dale ropa limpia, también traedme ropa limpia para ella.

—No me voy a mover de aquí —sentencié.

La mujer se acercó a mí y me olió arrugando la nariz.

—No os acercareis a mi paciente con ese olor encima, parece que os habéis revolcado en una pocilga —me gruñó cruzándose de brazos—. Lavaos y cambiaros de ropa, luego podéis quedaros al lado de ella, Héctor, ayúdale con los grilletes.

Asentí con la cabeza y seguí a Héctor, después de recorrer un pequeño pasillo llegamos a un sencillo baño, pero estaba totalmente equipado.

—Solo tenéis cinco minutos de agua caliente, os aconsejo que mojéis un paño y os lavéis bien antes de entrar, porque si se acaba el agua caliente se os van a congelar las pelotas, sacamos el agua directamente del manantial. —Héctor me miró con atención—. No os preocupéis por la princesa, con Morgana está en buenas manos, es una cabrona malhumorada, pero es como una madre para todos nosotros. Dadme las manos y os quitaré los grilletes.

Asentí con la cabeza, Héctor sacó varias llaves de su bolsillo y las fue probando hasta que encontró una que encajaba, abrió los grilletes y cuando me los hubo sacado salió del baño, seguí su consejo y primero me lavé entero sin casi usar el agua caliente, cuando me estaba aclarando se terminó y entendí perfectamente lo que quería decir, que se me congelarían las pelotas, estaba realmente helada. Salí de un brinco de la ducha y me sequé a toda prisa, la ropa que me habían dejado era sencilla, pero como mínimo estaba limpia. Salí del baño y me dirigí a la cocina, donde estaban tratando a Alish. Morgana y la que supuse que era Marion estaban intentando sacarle las astillas de los dedos.

—Se ha despertado un momento, pero la hemos sedado, antes de sacarle la pieza que lleva en la cabeza debemos recuperar las manos, si no corre riesgo de perderlas —me dijo Morgana.

—¿En qué puedo ayudar?

—Id a comer algo a la casa de al lado, os necesitaremos para cuando le saquemos eso de la cabeza, tendrá que ver a alguien que conozca para no volverse loca y atacarnos.

—¿Habéis hecho esto muchas veces? —La mirada que me dedicaron me dio la respuesta.

—Uno nunca se acostumbra, no me extraña que nos odien —se lamentó Marion.

—Venid, emperador. —Aquiles me puso una mano en el hombro—. Mi mujer hace un estofado de pescado que os vais a chupar los dedos.

Seguí a Aquiles a la casa contigua y cuando entré olía a especias y a velas, en medio de la cocina había una mujer que bailoteaba mientras removía la cuchara de un puchero.

—Serah. —La mujer se dio la vuelta y le dedicó una mirada amorosa a Aquiles.

—Habéis vuelto, y veo que acompañado, es un honor teneros en mi casa. Me inclinaría, pero el pequeño pateador que llevo en mi barriga me lo impide. —Serah se acarició la barriga y Aquiles la ayudó a sentarse en la silla.

—Gracias a vosotros por ayudarnos y, por favor, llamadme Kilian.

Aquiles acercó tres cuencos de estofado a la mesa y me pasó la cuchara, el estofado, tal y como había dicho él, estaba delicioso.

—Está buenísimo, me recuerda al de Ane, la cocinera de palacio.

—Es que es mi abuela, es nuestro nexo de unión con palacio. —A estas alturas ya nada podía sorprenderme, me terminé el cuenco tan rápido como pude, quería ir a ver el estado de Alish.

—Aquiles, ¿sería posible enviar una misiva a mi hermano?

—La he enviado cuando hemos llegado, supongo que no tardaremos en tener noticias, lo último que sé es que el ejército estaba a un día de aquí. —Aquiles sonrió, pero era de esas sonrisas que te dejan helado porque sabes lo que presagian—. Y cuando lleguen, acabaremos con esos cabrones, estoy deseoso de que paguen por todo lo que han hecho durante siglos.

Asentí con la cabeza y me levanté, me excusé con ellos y me dirigí a la casa donde estaba Alish, cuando entré ya le habían sacado todas las astillas de las manos y estaban acabando de vendarlas.

—Ojala tuviéramos un tasiano aquí, podría cerrar las heridas con magia —se lamentó Morgana—, pero deberemos contentarnos con lo que tenemos, ahora la sacaremos fuera y le quitaremos la máscara que le impide concentrarse y hablar.

Cogí a Alish en brazos y Samara me abrió la puerta para que saliera al exterior de la gruta.

—Vamos cerca del lago —me dijo Morgana haciéndome una señal para que la siguiera—, le quitaré el armazón y nos alejaremos, solo vos estaréis con ella, es mejor así.

Llegamos al lado del lago y me senté en la orilla con Alish acurrucada entre mis brazos, Morgana abrió los candados que cerraban el dispositivo y se lo quitó, Alish tenía la cara magullada por la presión y varios cortes provocados por los golpes que le había propinado Darinka, luego fue el turno de la mordaza, Morgana liberó sus labios y los examinó, se los habían partido y estaban resecos.

—Os dejo agua fresca para que beba cuando recobre la conciencia, y este ungüento para los labios y los cortes de la cara, le aliviará un poco el dolor. —Yo asentí con la cabeza y se alejó con Samara, que había permanecido a su lado.

—Alish, despierta, *stjerne*, estamos a salvo. —Vi cómo le empezaban a temblar los labios y de golpe abrió los ojos, un alarido salió de su garganta propagándose por toda la caverna.

Alish clavó la vista en mí y nos envolvió en llamas, intenté apartarme para no quemarme, pero por extraño que pareciera no nos dañaban.

—¡Es una manifestación de su dolor! —gritó Morgana—. ¡No os quema porque ella es vuestra ancla y vos sois su foco!

Alish miró en la dirección de Morgana y creó un muro de fuego que quemó la hierba a su alrededor, estaba totalmente concentrada en protegernos de los que pensaba que eran una amenaza para nosotros.

—Alish, ellos no son nuestros enemigos, nos han salvado.

—¡No! —gritó y se retorció en mis brazos—. ¡Suéltame! ¡Voy a matarlos a todos!

—Alish, ellos son inocentes —le susurré al oído mientras ella no dejaba de moverse para intentar librarse de mi agarre—. Tú no eres una asesina, Alish, nunca harías daño a personas inocentes.

—Suéltame, ¡no sabes lo que me hicieron! —Las lágrimas surcaron sus mejillas—. No, no sabes lo que es que te tengan ahí chupándote todo lo que eres, la magia es parte de nosotros y está ligada a nuestra vida, emociones… todo. Venían cada pocas horas y volvían a conectar esa máquina infernal. Quería morirme, Kilian, quería que me mataran para que dejara de dolerme…

—Shh. —No podía creer que ella hubiera tirado la toalla y hubiera deseado la muerte para dejar de sufrir, había escuchado historias acerca de cómo los tasianos se volvían locos a las pocas horas de haberlos sometido a esa tortura, Alish había aguantado cinco días, le absorbían magia cada pocas horas y yo había estado inconsciente, mierda, no había conseguido protegerla. Yo creía que los tenía entre la espada y la pared y con una sola estocada podría acabar con ellos, había sido descuidado y prepotente al creer que nos sería tan fácil a Tristán y a mí alcanzar la venganza que llevábamos mil años planeando. Alish había pagado las consecuencias por mi arrogancia, suspiré junto a su mejilla, casi la había perdido y todo hubiera sido por mi culpa—. No volverán a hacerte daño.

El muro de fuego se fue apagando a medida que Alish se calmaba, las llamas que nos envolvían casi se habían extinguido cuando Morgana llegó a nuestro lado. Alish se tensó y se enfocó en Morgana y Samara, supuse que les estaba leyendo las mentes ahora que no había restricciones a sus dones. Me volvió a mirar y asintió con la cabeza.

—Podéis acercaros, no os hará daño.

Morgana se arrodilló a nuestro lado y le ofreció la botella de agua a Alish.

—Debéis beber, alteza, os han privado de agua y de alimento para fracturar vuestras barreras mentales, antes de comer debéis tolerar el agua, este ungüento —dijo pasándome el bote de metal que había dejado junto a mi antes— os ayudará con las heridas, deberéis hacer reposo durante un par de semanas, tenéis un par de costillas rotas, el pómulo fracturado y las manos heridas de gravedad. Cuando las cosas se hayan calmado, sería bueno que os viera alguien de los vuestros, vuestra magia puede ser errática por culpa del dolor. Os dejaremos solos, cuando estéis preparados podéis venir a dentro, os tendremos preparada una cama.

Asentí con la cabeza y vi a las dos mujeres alejarse hacia las casas.

—¿Dónde estamos? —preguntó Alish con la mirada perdida en el lago.

—Creo que debajo del castillo, parece mentira que la rebelión que ideó mi tío y mi padre ayudó a mantener estuviera justo debajo de nosotros y no supiéramos nada.

—Tu padre querría protegeros por si salía mal. —Yo asentí con la cabeza y vi cómo Alish miraba nuestros anillos—. No quiero esperar más.

—¿A qué te refieres?

—Quiero que nos casemos, solos tú y yo ahora. —Su petición me dejó en *shock*, no había nada en el mundo que deseara más, pero me hubiera gustado que fuera en otras circunstancias.

—Alish, ¿estás segura? —Ella asintió con la cabeza y la besé en los labios, pero me detuve cuando se quejó, había olvidado que lo tenía partido.

Me levanté con ella todavía entre mis brazos y me encaminé hacia la casa, no sabía qué nos deparaba el futuro, pero tal y como nos había ido en el pasado, solo podíamos confiar en el presente y en nuestro presente nos teníamos el uno al otro.

CAPÍTULO 22

TRISTÁN

El ejército había acampado fuera del alcance de las defensas de la ciudad, los lores tenían los efectivos mínimos para defender las murallas. Pero igualmente envié una avanzadilla para investigar si había alguna grieta que pudiéramos aprovechar.

Beryl estaba discutiendo con Garrett, no lo habían dejado de hacer en todo el camino.

—Buscaros un catre de una vez, tengo dolor de cabeza, de escucharos —gruñí.

Los dos posaron sus ojos en mí y sentí que tenían ganas de arrancarme la cabeza, Beryl se dio media vuelta y salió de mi tienda.

—Ella no…

—No te gusta, ya lo has repetido mil veces, pero, joder, Garrett, lleváis cinco días así, me tenéis hasta los huevos.

—Príncipe Tristán, hay un mensajero que quiere hablar con vos, dice que tiene información sobre vuestro hermano. —La voz del intendente no era demasiada confiada, pero igualmente le hice un gesto a Garrett para que lo fuera a buscar.

—Tráete a Beryl también, necesitamos sus habilidades. —Garrett me puso mala cara, pero igualmente obedeció mis órdenes.

Al cabo de unos instantes Garrett volvió con Beryl y el mensajero, ambos se posicionaron a mi lado e hice una señal al mensajero para que se sentara.

—Identificaos —le ordené—, el intendente dice que tenéis información referente a mi hermano.

—Me llamo Thesseus y soy miembro de los *meaisín*, nuestros miembros rescataron al emperador y a la princesa, ahora están en un lugar seguro.

Miré a Beryl y ella inclinó levemente la cabeza indicando que decía la verdad.

—Pongamos que os creo. —Thesseus se acomodó en la silla y cruzó sus manos—. ¿Qué queréis que hagamos ahora?

—Nosotros servimos a Sideira, queremos lo mismo que quería vuestro tío y vuestro padre; acabar con los que desean continuar con los tiempos oscuros. Como vos y vuestro hermano habéis seguido la senda de la libertad, nuestras espadas son vuestras.

—¿Cómo está la princesa? —preguntó Beryl. Podía ver la preocupación en su rostro, seguramente estaba percibiendo que algo no iba bien.

—Está herida de gravedad, tiene varios huesos rotos y estuvo conectada cinco días a una chupamagia.

—Por Ansgar… ¡Cinco días!

—Mentalmente está bien —me aclaró Thesseus—, aturdida y bastante enfadada, Morgana me contó que levantó un muro de fuego para proteger al emperador y a ella misma, pero no hirió a nadie, vuestro hermano consiguió calmarla. Pero tardará semanas en poder usar las manos y la magia.

—¿Qué le ha pasado a sus manos?

—Le clavaron unas estacas en los dedos para debilitarla física y mentalmente, nuestra cirujana ha hecho todo lo posible, pero sería bueno que algún tasiano la ayudara para que la recuperación fuera más rápida.

Que Alish hubiera pasado por todo eso y continuara teniendo la mente intacta demostraba una gran fortaleza. Miré a Beryl que respiraba superficialmente, tenía la mano en el pomo de la espada, sus nudillos estaban blancos de lo fuerte que la sujetaba.

—Tenemos que tomar la ciudad —dijo Garrett—, no podemos demorarnos mucho más, está empezando a amanecer.

—Estoy seguro de que el emperador se unirá a nosotros para tomarla desde dentro, tenemos bastantes efectivos para efectuar ataques coordinados para poder distraer a las fuerzas enemigas, para que vos y el ejército entréis. —Thesseus sacó un mapa de la ciudad donde habían marcado varios puntos—. En estos puntos es donde los lores implicados tienen hombres.

—¿La población civil está a salvo? —preguntó Beryl mirando el mapa.

—Los han recluido en casa para evitar altercados, el emperador Kilian es respetado entre el pueblo, ha hecho mucho para mejorar la vida de la gente de a pie.

—Entonces está decidido, que mi hermano tome la ciudad desde dentro, nosotros atacaremos coordinadamente las puertas de entrada, nos reuniremos en palacio.

Thesseus asintió con la cabeza y se dirigió fuera de la carpa.

—Todo lo que ha dicho era verdad —nos confirmó Beryl—, pero me preocupa que esta noticia llegue a oídos de los lores, hay demasiada gente para que pueda escudriñar todas las mentes.

—¿Y el tasiano? —preguntó Garrett—, dijiste que tenía defensas mentales.

—Todavía no he podido entrar —se lamentó ella—, pero que tenga defensas no quiere decir que esté ocultando algo, simplemente puede haberse entrenado.

—Ya, pero no quiero tener que lamentar nada estando tan cerca, que mi hermano y Alish estén vivos no sale de esta carpa, atacaremos donde nos han indicado —les dije a los dos—. Garrett, prepara los hombres y reúnete con Beryl y los demás tal y como habíamos planeado en un principio.

Los dos salieron de la carpa y yo empecé a prepararme, debía representar el papel de príncipe una última vez, un último plan y una última batalla. Miré los muros de mi ciudad, nunca me había parecido tan gris y tan llena de maldad. Lo que esos malditos habían hecho a mi pueblo y a mi hermano no quedaría en saco roto, me aseguraría de que cada uno de los implicados recibiera lo que se merece. Me coloqué la armadura de cuero de draco, negra como la noche, al igual que la capa, y me dirigí a los establos. Monté a Sombra, mi semental negro, y me encaminé hacia la puerta del norte con mis guardias de confianza, divisé a Beryl y a Garrett, que iban a los túneles, y esperaba de todo corazón que no les sucediera nada. Mis hombres y yo nos quedamos a una distancia prudencial, lejos del alcance de sus arcos y ballestas.

—¡Soy el príncipe Tristán! No es mi deseo atacar la ciudad que tanto amo, pero no me temblará la mano si no liberáis a mi hermano, el emperador y a la princesa Alish.

Las puertas se abrieron y vi salir un pequeño destacamento con lord Derian a la cabeza, mis guardias ya tenían las manos en los mangos de las espadas cuando el séquito llegó hasta nosotros.

—Derian, no me sorprende lo más mínimo que estés a la cabeza de esto —escupí.

—No me insultéis, Tristán —me dijo mostrándome los colmillos—. Sobre todo cuando tengo a tu hermano y a su puta tasiana en mi poder.

Levanté una ceja, realmente se creía sus palabras. Nunca había visto a Derian con una armadura, se veía a la legua que no era suya, le bailaba debajo de las axilas y las perneras eran demasiado largas para él. Nunca había sido un guerrero, era un burócrata al que se le habían subido los humos.

—Mis informantes dicen lo contrario —revelé—, y deberíais daros la vuelta, creo que hay fuego en la dirección donde está vuestro palacio.

Derian palideció y se giró para ver la ciudad, mis hombres habían conseguido infiltrarse sin ser vistos y habían conseguido causar el pánico dentro.

—Os doy la oportunidad de rendiros y seréis juzgados dignamente, si no, moriréis aquí y ahora. —Derian tragó saliva, pero sus guardias no se movieron.

—Bien, esto termina hoy —les dije desenvainando mi espada, no tuve que esforzarme mucho para llegar a la garganta de Derian y cortársela, el pobre imbécil no se lo esperaba, cayó al suelo antes de darse cuenta de que sangraba—. Una muerte demasiado rápida para alguien de tu calaña, pero no tengo tiempo que perder. Acabad con ellos.

Los soldados que seguían a Derian me miraron como si me hubiera vuelto loco, desenvainaron las espadas y nos atacaron. Las espadas chocaron unas con otras, eran soldados bien entrenados, era una lástima tener que eliminar a gente tan diestra, Sombra se encabritó entre mis piernas, eso distrajo a uno de los guardias, elevé mi espada encima de mi cabeza y con un movimiento fluido le corté la mano con la que sujetaba la espada. Se agarró la muñeca cortada y empezó a correr hacia la ciudad, pero una flecha voló cerca de mí clavándose en su espalda. Miré a mi alrededor y mis hombres habían conseguido reducir a los soldados, uno había sobrevivido.

—¿Qué queréis que hagamos con él? —me preguntó Endika con el arco todavía en sus manos.

—Lleváoslo al campamento e interrogadlo, sacadle hasta la última gota de información —me acerqué al prisionero—. Morirás antes de mañana, la manera de hacerlo dependerá exclusivamente de ti.

—Mi príncipe, tengo familia —sollozó el soldado.

—Haberlo pensado antes de traicionar a tu emperador y aliarte con esos malnacidos. —Me di la vuelta y me subí a Sombra—. Haced una señal, entramos en la ciudad, aseguraos que nadie ataca a la población civil. —Debíamos recuperar la ciudad y que mi hermano se mostrara en público. Eso haría que sus partidarios salieran a la calle y nos ayudaran a tomarla. Con un poco de suerte todo terminaría antes del anochecer.

CAPÍTULO 23

KILIAN

Me desperté en la cama con Alish entre mis brazos, no sabía bien qué hora era, en la gruta la luz era tenue. Alish se revolvió, se quejaba en sueños, la poción que le había dado Morgana para poder descansar empezaba a perder efecto. La noche anterior, antes de dormirnos, había venido Héctor junto a su hermano Thesseus y me habían contado el plan de ataque, me había costado la vida convencer a Alish de que ella no podría participar, no se daba cuenta de lo malherida que estaba y aunque había intentado hacer magia apenas había conseguido mantener un hechizo durante unos minutos, al final se había resignado, sé quedaría aquí con Morgana.

—Kilian, ¿te he despertado? —me preguntó con voz pastosa por el sueño farmacológico.

—No, cariño, vuelve a dormir, yo tengo que empezar a prepararme.

Alish se dio la vuelta y me cogió fuertemente por la camisa, toda ella estaba tensa.

—Todo esto es por mi culpa —susurró junto a mi pecho.

—Nunca pienses eso, tu presencia solo ha precipitado las cosas, pero esto debía pasar sí o sí. —Me incorporé un poco para poderla mirar a los ojos—. Nada me impedirá volver a tu lado, ¿me has escuchado? —Ella asintió con la cabeza—. Te quiero, Alish, recuerda que eres mía y yo soy tuyo.

—Tú eres mío y yo soy tuya —repitió mis palabras y me besó, parecía un beso de despedida, aunque no quisiéramos reconocerlo, sus labios eran exigentes contra los míos, los acontecimientos de los últimos días demostraban que nada estaba escrito.

Salí de la habitación, pero antes di un último vistazo a Alish, estaba sentada en la cama, llevaba las manos vendadas hasta los codos y varias vendas más por todo el cuerpo.

—Vuelve conmigo, si no lo haces me enfadaré muchísimo. —Yo me reí ante el comentario.

—No me cabe la menor duda, descansa, Alish, volveré antes de que te des cuenta.

Bajé abajo, Héctor, Thesseus y Aquiles ya me estaban esperando, Morgana estaba en el fuego preparando, lo que me pareció por el fuerte olor, más analgésico para Alish.

—Emperador, tenemos una armadura para vos, no es tan lujosa como la que soléis llevar, pero os protegerá.

—Gracias, sois muy amables.

Me coloqué la armadura de placas, me quedaba un poco suelta, estaba claro que era de alguno de ellos, pero siempre era mejor que ir a pecho descubierto, también me dejaron una espada, la examiné y estaba perfectamente equilibrada y afilada.

—Os sigo —les dije a los tres—, vamos a recuperar nuestro imperio.

—Yo cuidaré de la princesa —me dijo Morgana antes de salir—, que nos haya hecho partícipes de lo de anoche nos ha honrado muchísimo, alteza, es el primer paso para la paz duradera.

Asentí con la cabeza y seguí a los tres hombres. Me guiaron a través de unas grietas en la cueva, podía escuchar agua corriendo a lo lejos, supuse que era el Río de Plata, ya que, en teoría, estábamos debajo del palacio. Nuestros pasos resonaban por las escaleras a medida que empezábamos a ascender y, al igual, que había hecho Samara para cerrar la puerta que daba acceso a las mazmorras, Héctor abrió una pared que daba a una bodega llena de vino.

—Estamos en la taberna El dragón dorado —me aclaró Thesseus—, el propietario es miembro de nuestra rebelión, desde aquí podemos salir a la calle por el callejón de atrás sin ser vistos, desde ahí podemos ir a cualquier parte de la ciudad, aunque yo aconsejo ir directamente a palacio, el resto de nuestros efectivos ya han conseguido la distracción para que entre vuestro ejército. Debéis estar ahí para que el pueblo os vea.

Cuando salimos a la calle reinaba el caos, se veían varias columnas de humo ascender hasta el cielo y la gente iba cargada con cubos de agua para intentar extinguirlos.

—No se está quemando nada esencial, solamente las casas de los lores y los barracones de sus hombres. —Aquiles sonreía, en cierta manera me recordó al *lobosith* que me había atacado hacía un milenio atrás, peligroso, frío y calculador.

Corrimos a través de las calles, los soldados de los lores estaban demasiado entretenidos apagando los fuegos para reparar en nosotros, pero cuando llegamos a la calle principal, que se extendía directamente a las puertas del palacio, empezamos a escuchar ruido de espadas chocando. El ejército había llegado justo a tiempo y estaba arrasando a los traidores, parecía que el palacio vomitaba sangre, era un espectáculo grotesco de ver, mi pueblo enfrentado entre sí por seguir las ideas de unos locos que solo querían vivir bien a costa del sufrimiento de gente inocente.

—¡Kilian! —gritó Tristán desde lo alto de las escaleras y me hizo un gesto para que me acercara a él—. Debes hacerte ver, es la única manera de parar todo esto.

Le hice caso y me encaramé a una de las barandillas de mármol que había al final de la escalinata.

—¡Deteneos! —grité a pleno pulmón, en ese momento deseé que Alish estuviera aquí para hacer algún truco de esos que se guardaba bajo la manga para que le hicieran caso—. ¡Detened el baño de sangre, si os rendís tendréis un juicio justo! ¡No quiero ver enfrentado a mi pueblo por culpa de gente que es tan cobarde que ni siquiera está luchando con vosotros!

Alguno de los soldados de los lores empezaba a tirar las espadas al suelo, otros hacían una última arremetida desesperada contra las tropas de mi ejército, no podía quitarles que como mínimo habían muerto como ellos deseaban, luchando. Al cabo de lo que pareció una eternidad, se hizo un silencio atronador. Los soldados que se habían rendido se ponían de rodillas y mis hombres recogían las armas y las apartaban de ellos, no eran tan estúpidos como para asumir que no hubiera alguno que los quisiera atacar de nuevo.

—Se os encerrará en las mazmorras hasta que se celebre el juicio, tendréis agua limpia y comida, si alguno lo desea, podemos hacer llegar un mensaje a vuestras familias. Aunque os haga estas concesiones, no esperéis piedad de mí, habéis levantado la espada contra mi persona, mi patria y contra la gente que amo, eso nunca lo voy a perdonar. —Entré en palacio seguido de mis nuevos acompañantes, Tristán y el resto de las capas negras—. ¿Dónde están Beryl y Garrett?

—Supongo que no tardarán en aparecer, entraron por los antiguos túneles de escape.

—¡Emperador! —Nicoletta salió de uno de los despachos—. Por Ansgar, estáis bien.

—Nicoletta. —Tristán y yo nos reunimos con ella y le tomamos las manos, había sido como una segunda madre para nosotros y verla de una pieza me quitó un peso de encima—. ¿Estás bien? ¿Te han hecho algo?

—No, estoy bien, me escondí en el templo. He subido cuando el ejército ha entrado, ¿dónde está la princesa?

—En un lugar seguro —respondió Aquiles—. ¿Dónde están los lores?

—Se han atrincherado en la sala del trono, eso me han dicho los sirvientes. —Nicoletta examinó a Aquiles de arriba abajo, estaba estudiándolo para ver si podía detectar algún tipo de mentira en él, se parecía tanto a mi madre—. Hay como unos veinte soldados con ellos, los otros creo que han huido cuando ha entrado el ejército.

—Vuélvete a esconder, Nicoletta, nosotros nos encargamos de ellos. —Ella asintió y se volvió a meter en el despacho—. Vamos.

Cada paso que dábamos nos acercaba más a la sala del trono y a la culminación de la venganza por lo que le habían hecho a mi padre esos malditos bastardos, puede que incluso mi tío conseguiría por fin justicia, porque esa noche caería todo lo que mi abuelo y sus antecesores habían significado. Cuando llegamos a la sala del trono la puerta estaba cerrada y era imposible abrirla, lo intentamos varias veces por la fuerza, pero fue imposible. Uno de los capas negras de mi hermano volvió a la entrada y regresó con varios hombres más y un ariete pequeño. Los golpes empezaron a resonar por palacio y poco a poco la puerta se fue agrietando, Tristán y Héctor empezaron a disparar flechas a través de las brechas de la puerta, sus tiros eran precisos porque incluso con el ruido de madera crujiendo por nuestros golpes podía escuchar cómo atravesaban las armaduras e impactaban contra la carne.

—¡Están a punto de entrar! —gritó alguien desde el interior—. Cubrirnos, protegernos malditos, imbéciles.

La puerta cedió con un estruendo y entramos al interior de la sala del trono esquivando trozos de la misma, en su interior estaban los diez lores restantes, solamente Kamen estaba luchando junto a sus hombres, el resto se había refugiado detrás de los soldados.

—Vaya mierda de sideiros sois si tenéis que refugiaros detrás de vuestros soldados —escupió Héctor—, valientes capullos chupamagias.

—Rendiros, bajad las armas. —Les di un ultimátum.

—Prefiero morir antes que ver cómo entregáis nuestro imperio a los tasianos. —Kamen me apuntó con la espada—. ¿Eso es lo que ha conseguido esa puta, no? Conquistarnos.

—Nadie nos ha conquistado, pedazo de gilipollas —dijo exasperado Tristán—, ¿piensas que sobreviviremos solos a la próxima niebla? Cada día hay más monstruos y más criaturas de la niebla vagando por Sideira, por mucho que los combatamos, por muchos efectivos que perdamos, sus números continúan creciendo. Los tasianos están entrenados, llevan milenios esperando que los ataquemos para conseguir borrarnos del continente, ¿no hemos derramado suficiente sangre? —Los soldados se miraban unos a otros—. ¿Y para qué? Para que unos capullos que no representan para nada nuestra raza —dijo Tristán señalando a los lores detrás de Kamen— puedan darse a la vida acomodada, ¿a causa de la muerte de personas inocentes?

Parecía que las palabras de mi hermano habían calado en varios efectivos de los lores, porque empezaban a mirarlos con recelo. Por el rabillo del ojo vi que uno de los tapices se movía, Garrett apareció detrás de él, seguido de Beryl, un hombre rubio que no sabía quién era y varios hombres de mi hermano.

—Uff, casi me pierdo la fiesta —dijo Garrett poniéndose al lado del mecanismo que activaba la trampa mágica.

—Os doy una última oportunidad para rendiros —les dije a los presentes.

—¡Nunca! —gritó Kamen y se abalanzó sobre mí, nuestras espadas chocaron y se desató el caos.

Beryl se posicionó a mi izquierda protegiéndome el flanco, su abuelo la había entrenado bien, se adelantaba a los movimientos de sus atacantes y los aprovechaba para poderlos apuñalar con sus dagas con precisión.

Dibujé un arco con mi espada, lo que hizo que Kamen diera un paso atrás para esquivarme, rodó por el suelo e intentó asestarme un golpe en las rodillas por detrás, paré el golpe con mi espada y le di un puntapié en la cara que lo envió varios metros atrás. Empecé a acercarme a él con pasos lentos y calculados intentando estudiar su expresión para averiguar su siguiente movimiento, quería disfrutar de ese momento, pero mi sorpresa fue que no volvió a atacar, ni él ni los demás enemigos que teníamos en la sala, todos se llevaron las manos al cuello soltando las espadas, el ruido del metal cayendo al suelo fue sustituido por sollozos de ahogamiento. Miré a mi derecha y vi que el tasiano tenía las manos alzadas y que las movía como si quisiera que alguien se acercara, pero no era alguien, sino algo que se acercaba a él, el aire de los pulmones de nuestros atacantes se acumulaba a su alrededor.

—Esta pantomima estaba durando demasiado —se quejó él—, o queríais seguir luchando, porque puedo devolverles el aire si queréis. —La mirada del tasiano era fría mientras se acercaba a Kamen, quien se había puesto de rodillas por la falta de aire—. Nadie llama puta a mi princesa y vive para contarlo. —Con un leve giro de muñeca todo el aire que había absorbido de los presentes impactó contra el pecho de Kamen haciéndolo volar varios metros impactando con el trono de mármol. Se escucharon varios huesos rompiéndose antes de que empezara a toser recuperando el aliento, pero no tuvimos que esperar mucho más para ver lo que venía a continuación.

Me sorprendí, al igual que el resto de presentes, cuando el siguiente impacto de magia no provino del tasiano, sino de alguien a nuestras espaldas, me giré lentamente y vi a Alish vestida con unos pantalones de cuero y una camisa blanca demasiado grande para ella arremangada hasta los codos, mostrando las vendas que cubrían la mayor parte de sus brazos. El fuego se extendió desde sus manos a todos los atacantes que había en la sala, los gritos de dolor y el olor a carne quemada inundaron la sala del trono. Me acerqué a Alish todo lo que ella me dejó, pues se había cubierto con un escudo de aire y rayos que me impedía llegar hasta ella.

—Alish, detente, ya están muertos —le grité a través de la barrera.

—No. —Su voz era gutural y su magia relucía en sus ojos fuera de control, nunca la había escuchado hablar de esa manera—. Merecen no tener reposo, me encargaré de que no puedan ser enterrados en suelo sideiro y nunca puedan reencarnarse, su alma podrida se la dejo a Cosus, que él les haga pagar por toda la eternidad todo el mal que han sembrado.

—Alish empezó a brillar y el fuego de sus manos se volvió más abrasador, unas lenguas de fuego salieron de sus dedos incinerando los cuerpos de los que habían osado levantar su espada contra nosotros, quedando reducidos a cenizas en cuestión de minutos, nunca había visto a Alish usar esa clase de poder, por Ansgar, sabía que era poderosa, pero ver lo que podía hacer era asombroso, aterrador y seguro que debía estar mal de la cabeza porque lo encontraba increíblemente sexy.

Cuando se aseguró de que ya no había más amenazas, disipó el escudo que había generado a su alrededor y me permitió acércame, le cogí las manos y vi que las vendas se habían desintegrado por el fuego y que sus manos empezaban a sangrar de nuevo.

—Alish, no deberías haberte escabullido de Morgana —le dije besándole la frente—, casi me ha dado un infarto cuando te he visto, ven, necesitas que hagamos algo con las heridas, te las has vuelto abrir.

—Debían pagar por lo que nos hicieron —me susurró ella. Asentí con la cabeza—. Quiero a Darinka para mí, le voy a devolver cada golpe y cada corte, lo que le haré pasar quedará reflejado en vuestra historia y nunca más volveréis a pensar que mi pueblo es débil.

—Nunca he pensado que tu pueblo lo fuera. —La cogí por la cintura y nos acercamos al tasiano—. ¿Puedes ayudarla?

—¿Qué haces aquí, Klaus? —le preguntó Alish casi sin aliento.

—Lo intentaré, pero mi especialidad no es la magia de sanación, nunca se me ha dado bien. —Klaus ignoró la pregunta y miró con cariño a Alish—. Me alegro de verte, ratoncita.

Alish miró a Klaus con ojos entrecerrados, como si quisiera leerle la mente, pero dio una sacudida y le fallaron las piernas, la cogí en volandas antes de que pudiera caer al suelo.

—Estoy muy cansada —me susurró al oído.

—Y has perdido mucha sangre —añadí—, pero antes de llevarte a la habitación debemos aparecer en público un momento, saldremos al balcón y anunciaremos el fin de las hostilidades, luego podremos descansar.

—Déjame frenar la hemorragia, es lo único que puedo hacer, escribiré a Alexander para que nos envíe un sanador. —Klaus cogió una de las manos de Alish entre las suyas y empezó a conjurar magia curativa—. Ha sido muy imprudente usar toda esa magia en tu estado. Podrías haber muerto.

Cuando las manos dejaron de sangrar, Aquiles se las vendó.

—Morgana te va a echar una buena reprimenda por esa estupidez —le dijo antes de revolver el pelo a Alish—, pero yo me alegro de que lo hicieras, ha sido un espectáculo, princesa, y tenéis mi respeto y admiración.

Beryl se acercó a su amiga y la abrazó mientras ambas mujeres lloraban. Pero ya habría tiempo para todo esto, más adelante, tiré un poco de la mano de Alish y ella soltó a Beryl. Tristán abrió las puertas dobles del balcón y salimos al exterior. Toda la ciudad estaba en silencio.

—Lo que hemos vivido aquí estos días es un punto de inflexión —le dije a mi gente—, debemos abrazar el futuro, pero no un futuro sembrado con la sangre de nuestros vecinos y la vida de las buenas gentes del imperio. Debemos pavimentar un futuro de paz, un futuro en que podamos coexistir y volver a ser aliados, como antaño, donde podamos defendernos de los peligros de la niebla.

—Haré todo lo posible para que haya entendimiento entre nuestros pueblos. —La voz de Alish era clara mientras se dirigía a las gentes de la ciudad, y yo envolví su mano con la mía, el gesto no pasó desapercibido—. No será fácil, hay heridas muy profundas, pero prometo hacer todo lo que esté en mi mano para que todos podamos sobrevivir a lo que está por venir y forjar un futuro para ambas naciones.

—No te merezco, *min stjerne*. —Entonces la besé, la besé delante de todos y ella se aferró a mí como si fuera su tabla de salvación, se empezaron a escuchar gritos de júbilo entre la gente y aplausos, la época oscura por fin había terminado.

Cuando nos separamos, Alish estaba totalmente ruborizada y miraba con disimulo a los presentes en el balcón. Levanté una mano hacia la gente despidiéndome y entré con Alish dentro del palacio para llevarla a nuestras habitaciones.

—Creo que lo que has hecho ahí ya no deja ninguna duda sobre nosotros —me dijo mientras recorríamos el pasillo.

—Creo que más bien fue lo que hicimos ayer por la noche. —Alish me dedicó una sonrisa que me hubiera revivido aunque estuviera al borde de la muerte—. Ven, debes descansar.

Cuando llegamos a la habitación, Nicoletta y Morgana estaban en su interior, la cara de esta última reflejaba que no estaba muy contenta con el escapismo de Alish.

—Niña, no vuelvas a darme esos sustos. —Morgana abrazó a Alish y la observó durante unos minutos—. Te has vuelto a abrir las manos, ven, deja que Nicoletta y yo cuidemos de ti. —Luego la mujer posó los ojos en mí y arrugó la nariz.

—Está bien, ya lo capto, si no me aseo no me acerco a Alish.

Me fui directamente al baño. Cuando salí, Morgana estaba acabando de desvendar a Alish, quien hacía muecas de dolor.

—Ven, vamos a bañarte. —Morgana volvió a mirarme y Nicoletta soltó una risita histérica—. Conseguid algo de comida para ella, cuando salgamos del baño y la haya vuelto a vendar es toda vuestra.

—¿Puedo convencerte para que te quedes en palacio y cuides de ella mientras llegan los sanadores tasianos? —le pregunté a Morgana, quien me dedicó una sonrisa.

—Niño, yo fui la partera de tu madre. —La noticia me dejó impactado—. Ella no confiaba en nadie más, no debes pedírmelo, volveré a palacio encantada, pero con una condición.

—Dime, si está en mi mano, dadla por cumplida.

—La gente que viste en la gruta necesita un hogar fuera de ella.

—Mientras encontramos un sitio pueden quedarse en palacio, tenemos suficientes habitaciones, estarán bien atendidos.

—No me has entendido, niño, no vendremos aquí a tumbarnos a la bartola, todos y cada uno de nosotros somos expertos en algún arte, queremos ser útiles para el imperio, dadnos algo que hacer, debemos dejar las sombras.

—Entonces tenemos un trato. —Le tendí la mano y ella la estrechó.

Las tres mujeres desaparecieron hacia el baño y yo me escabullí hacia las cocinas para encontrar algo que Alish pudiera comer. Cuando volví, Morgana estaba vendando las manos con todo el cuidado del mundo, me

ofrecí a ayudar, pero la mujer hizo un gesto como para que no la molesta-
ra, así que salí al balcón de la habitación, contemplé la ciudad, que ahora
estaba en plena ebullición para reparar lo que se había roto durante el
ataque, pero yo en lo único que podía pensar es que tenía a Alish a mi lado
viva y que, con ella a mi lado, por fin había un futuro por el cual quería
luchar.

CAPÍTULO 24

ALISH

Morgana me estaba vendando las manos con sumo cuidado, se notaba que era una sanadora experimentada pues, aunque llevaba varias capas de tela, aún conservaba bastante movilidad de mis dedos. Me dolía horrores cada vez que intentaba moverlos.

—Intentad no conjurar magia esta vez —me recriminó, aunque no podía tomármela demasiado en serio cuando me lo decía con una sonrisa en los labios—, os dejaremos solos para que descanséis, comed y bebed agua, me pondré a fabricar más analgésico.

—Muchas gracias a las dos. —Las dos mujeres inclinaron la cabeza y salieron por la puerta de la habitación, pero Klaus estaba detrás de ella esperando.

—Alish, ¿puedo entrar? —Dudé un momento porque la última vez que estuvimos juntos la cosa no había ido muy bien, aunque había venido a ayudarme cuando supo mi situación, el ambiente era tenso.

Kilian me miró un momento desde la ventana del balcón, estaba tan atractivo solamente con los pantalones sueltos de color negro, llevaba el pelo despeinado por el aire y a mí se me hizo la boca agua.

—*No me mires así* —le dije mentalmente, aunque con las salvaguardas del palacio me costaba mucho esfuerzo hacerlo.

—*¿Cómo te estoy mirando, sjterne?*

—*Como si quisieras comerme, y Klaus está en la habitación, no quisiera que pensara que estoy así por él.*

—*Es que quiero comerte entera.* —Una risa profunda resonó en mi mente.

Klaus se acercó al borde de la cama y miró en dirección al balcón, Kilian asintió con la cabeza y volvió a salir.

—¿Cómo te encuentras? —me preguntó evaluándome.

—Bien, dentro de lo mal que me encuentro, gracias por detener la hemorragia.

—Es lo mínimo que podía hacer. —Me rehuyó la mirada, era la primera vez que veía que hacía eso—. Siento mucho lo que pasó en el palacio antes de la ceremonia de Einar, quería solucionar las cosas contigo y lo hice del peor modo posible, espero que algún día puedas perdonarme.

—A mí también me gustaría que las cosas volvieran a ser como antes, pero creo que no será de la noche a la mañana, yo confiaba en ti y tú traspasaste los límites, después de lo que pasó con Soren creía que tendrías más tacto conmigo.

—No se volverá a repetir. —Respiró hondo—. En realidad había venido por otro motivo.

—¿Qué pasa, Klaus? —Kilian notó mi temor en la voz, porque todavía no había acabado de formular la pregunta que ya lo tenía sujetándome la mano.

—Acabo de recibir un mensaje de fuego de Alexander, Haakon sabe que estás viva y en Sideira, exige verte en la frontera.

—¡¿Quién coño se cree que es para exigirme algo?!

—Iré yo, Alish no puede viajar tal y como esta, se desangrará antes de llegar a la Cúpula. —Kilian miró a Klaus y este asintió.

—Deberíais llevar un pequeño contingente de soldados, no sabemos qué intenciones tiene Haakon. —Klaus miró a Kilian con atención y en la manera que me tenía sujeta contra su cuerpo—. Por cierto, no nos han presentado como es debido. Soy Klaus Telep, es un honor conoceros, emperador.

—Gracias por lo que has hecho por Alish, estoy en deuda contigo. —Klaus inclinó la cabeza en señal de respeto—. ¿Podrías dejarnos solos? —Klaus hizo una reverencia y me dio un besó en la mejilla—. No me gusta nada esta situación, parece demasiado conveniente, dejaré a Tristán y sus capas negras contigo.

—Nuestros nuevos amigos pueden ayudarle. —Le cogí la mano—. Pero puedo ir yo, Kilian, no es bueno que dejes la capital en este momento.

—No, eso no es una opción, Alish. Casi te pierdo, y si tu tío intentara algo contra ti y volvieras a salir herida… No sé si podría evitar convertirme en el villano que tu pueblo cree que soy. —Me miró con tanta intensidad que me quedé sin palabras, odiaba esta situación, odiaba que nos tuviéramos que separar precisamente ahora—. No quiero tener que dejarte ahora. —Me recorrió los labios con el pulgar y me atrajo hacia los suyos, el beso fue suave y lento, pero cuando su lengua se encontró con la mía me aferré a su cuello y tiré de él hacia mí—. Alish, estás muy mal herida.

Noté cómo las lágrimas empezaban a caer por mis mejillas y me tapé la cara con las manos, tenía un mal presentimiento, algo me oprimía el corazón, debería ser yo quien fuera a ver a mi tío.

—Eh, ¿qué ocurre, Alish? —Kilian me envolvió en sus brazos y me hizo sentar en su regazo—. No te he rechazado, *stjerne*, pero ahora mismo podría hacerte daño.

—No estoy llorando por eso —le respondí acurrucándome en la curva de su cuello—. Tengo un mal presentimiento sobre esto, Kilian, no sé cómo explicarlo, es una sensación horrible, algo me dice que no deberías acudir.

—Estaré bien, Alish, mis hombres vendrán conmigo. —Me besó en la coronilla—. Iré a ver a tu tío, le diré que estás a salvo e intentaré hacerlo entrar en razón, por mucho que tenga ganas de cortarle la garganta por lo que te hizo y, a causa de eso, haberte tenido alejada de mí durante un milenio, quiero que sea tu justicia la que pida su cabeza. Volveré contigo, te lo juro.

No había nada que pudiera decir para intentar convencerlo, la sensación de que algo iba a ir mal no me abandonó. Me envolvió entre sus brazos, pero el malestar continuaba estando ahí, carcomiéndome por dentro.

—¿Estás mejor?

—No. —Mi respuesta salió de mis labios más tenue de lo que me hubiera gustado.

Su mano se posó en la curva de mi cuello y me acarició el mentón con el pulgar, sabía que solo estaría a dos días de aquí, pero ahora mismo me parece a un mundo de distancia, me miró con esos ojos azules tan intensos que podría nadar en ellos por toda la eternidad.

Kilian me dejó otra vez en la cama con sumo cuidado y acercó una bandeja con comida, nada muy elaborado, unas pequeñas tostadas con queso, trocitos de cerdo curado y varios tipos de fiambre. También había un bol con fruta y una botella de vino.

Mientras comíamos me preguntó cómo me había escabullido de la atenta mirada de Morgana y yo le confesé que había saltado por la ventana. Se rio ante el comentario y me hizo la observación de que tenía una cualidad digna de los mejores ladrones para escabullirme por las ventanas sin que nadie se percatara. Le tiré una uva a la cara, pero la pescó antes de que pudiera tocarlo y se la metió con la boca. Cuando terminamos de comer se me cerraban los ojos y Kilian me metió en la cama y él se acurrucó junto a mí, la sensación de su cuerpo caliente pegado al mío me acabó de relajar e hizo que el sueño viniera a por mí. A la mañana siguiente, cuando me desperté, Kilian ya estaba desayunando en la mesilla auxiliar que había en la habitación. No se había dado cuenta de que me había despertado, así que me acerqué por detrás con sumo cuidado.

—¿Sabes que puedo oírte? —Se dio la vuelta cuando había hecho solo un par de pasos desde la cama.

—Está visto que nunca podré pillarte desprevenido y darte una sorpresa —le respondí mientras me acercaba al sofá—, ¿pensabas irte sin decirme adiós?

—No, te habría despertado cuando me hubiera vestido, ven, siéntate y desayuna conmigo. —Me tendió la mano y me ayudó a sentarme, me sirvió una taza de café y me llenó un plato con unos huevos y panceta—. Tu estómago está rugiendo, debes comer. —Partió un trozo de panceta y de huevo y me lo acercó a la boca.

—Sabes que sé comer yo sola, ¿verdad?

—Claro, pero dame el gusto. —Abrí la boca para complacerlo—. A veces me asusta la necesidad que tengo de ti, y no estoy hablando solo a nivel sexual. No sé cómo resistiré esta pequeña excursión.

—Pues no tardes en volver.

—Debo prepararme —susurró, se levantó y escribió una nota, abrió un momento la puerta del dormitorio y se la pasó al guardia de la puerta—. Ya he dado la orden, estarán preparados en una hora.

—Déjame ponerte la armadura —le supliqué—, déjame hacer algo para que me sienta menos inútil.

—Tú no eres inútil, además, nuestras armaduras son muy complicadas, recuerdas.

—Entonces enséñame —le respondí mientras me levantaba lentamente, por Einar, me dolía cada fibra de mi ser.

Kilian suspiró y me cogió de la mano para llevarme a su vestidor, donde se encontraba la armadura de cuero de hidra, era una armadura preciosa, negra como la medianoche, y tenía los antebrazos llenos de pequeñas escamas puntiagudas que sospechaba que podían desgarrar la carne con un solo movimiento. Qué decir del casco que lo habían modelado para que pareciera realmente una cabeza de hidra. Reconozco que no sé ni por dónde empezar, era tan distinta a las nuestras.

—Te veo ofuscada —me susurró al oído con voz socarrona.

—Vale, no tengo ni idea de por dónde empezar. —Me puse los brazos en jarras—. Ya me dirás tú para qué necesitáis armaduras tan complicadas. Dame algo que nunca te quites —le exigí.

Kilian me miró con cara extrañada, pero se sacó la pequeña cadena de metal lunar que llevaba.

—Siempre que estés lejos en el viento me escucharás, siempre que esté lejos en el agua me encontrarás, que el fuego sean tus palabras y que yo las pueda encontrar. —El metal empezó a brillar entre mis manos absorbiendo el hechizo—. Si ocurre algo podrás enviarme un mensaje de fuego, aunque solo funcionara una vez así que asegúrate de escoger bien lo que enviarás.

—Gracias. —Bajó la cabeza para mirarme a los ojos—. No sabes lo que significa para mí que te preocupes tanto.

Envolví mis brazos en su cintura y lo apreté contra mí, él no dejaba de acariciarme los brazos arriba y abajo para luego devolverme el abrazo, nos quedamos ahí de pie sin hacer nada más que abrazarnos un buen rato, no quería dejarlo ir, luego me besó en la coronilla y se deshizo de mi abrazo.

Kilian se volvió a poner la cadena y se vistió con unos pantalones negros ajustados y una camisa de manga larga del mismo color, luego se empezó a colocar las piezas de la armadura, lo hacía lentamente y mientras lo hacía me iba explicando cómo se colocaba y cómo se sujetaba. Eran intrincadas como un puzle, no me extraña que a los míos les hubiera costado tanto encontrar algún punto débil.

—No me gustaría encontrarme contigo en el campo de batalla —le dije mientras le pasaba la espada—, vestido así das pavor.

Kilian se rio, su risa era contagiosa, me encantaba verlo así, sin el peso de llevar la máscara que se había creado. Estaba segura de que se convertiría en el mejor gobernante que Sideira podría tener.

—No creo que me tuvieras miedo, nunca me lo tuviste, yo, en cambio, prefiero no hacerte enfadar, te he visto convertir gente en ceniza. —Me abrazó con cuidado y me dio varios besos por toda la cara hasta que me dio un profundo beso en los labios que hizo que mis piernas se conviertan en gelatina—. Ponte un vestido y baja a despedirme a la entrada, la gente necesita ver que te dejo en buenas manos.

Le hice caso, me puse un sencillo vestido de color lavanda de manga corta, no escondería mis heridas. No era el típico vestido sideiro que había visto llevar a las mujeres de la capital, era mucho menos intrincado y mucho menos provocador. Pero conservaba el aire pícaro con un escote bastante pronunciado y por la manera que se ajustaba a mi figura.

—Este vestido lo han hecho para mí, ¿verdad?

Kilian asintió con la cabeza y dio la vuelta para poder observarme mejor. Se arrodilló y me puso unos sencillos zapatos para poder andar por el palacio, mientras se levantaba no se perdió ningún detalle de cómo el vestido caía por mi cuerpo y cuando sus ojos se posaron en mí tuve la sensación de que mi cuerpo ardía, no sabía si algún día podría dejar de sonrojarme con su mirada.

—Preciosa. —Enroscó sus dedos enguantados con los míos y nos dirigimos a la entrada.

La gente de Avaris se había congregado en el patio de palacio, Tristán parecía tenso, no dejaba de mirar a la multitud buscando cualquier posible amenaza.

—Bien, ya estamos todos preparados. —Kilian se percató de que Beryl iba armada y llevaba puesta una armadura de cuero—. ¿Beryl?

—Emperador, voy con vosotros, soy lo más parecido a un consejero que tiene la princesa. —Beryl me miró con intensidad y escuché cómo le hablaba a Kilian mentalmente—. *Necesitarás mis dones en la frontera, Alish estará bien con Tristán y los meaisín, pero tú tendrás una carta bajo la manga, aquí nadie conoce el secreto de mi pueblo.*

Kilian asintió con la cabeza y se volvió hacia mí, me envolvió en sus brazos con cuidado de no clavarme ningún pincho de su armadura, se escuchaban silbidos y risas alegres a nuestro alrededor.

—No mentías cuando dijiste que a tu pueblo les gustan las muestras públicas de afecto. —Me reí contra sus labios.

—Para nosotros los sentimientos son importantes, ya te acostumbrarás. —Se inclinó ante mí y me besó los nudillos antes de subirse al caballo—. Volveré antes de que te des cuenta.

Yo no dije nada, no confiaba en mi voz ahora mismo, tenía un nudo en el estómago.

—Estaré bien. —Espoleó su caballo y salió al galope de palacio.

Los demás integrantes de su escuadrón lo imitaron y Beryl me dedicó una última mirada antes de seguirlos.

Después de comer, Tristán me hizo una visita guiada por el palacio, era realmente enorme y sorprendente, con sus luces eléctricas que hacían que pareciese de día. No volví a ver a Tristán hasta la hora de cenar, me contó que había iniciado investigaciones sobre todos sus hombres y que puede que necesitase de los dones que me había enseñado Pyre para encontrar al topo, necesitábamos averiguar lo antes posible si teníamos alguna amenaza interna, si mi tío seguía con su cruzada no podíamos permitirnos luchar en dos frentes.

Habían pasado dos días desde que Kilian se había marchado hacia la Cúpula para encontrarse con mi tío, dos días sin noticias y yo empezaba a impacientarme. Morgana me había dejado deambular un poco por palacio siempre y cuando no hiciera esfuerzos que pudieran lesionarme todavía más, mi cuerpo se curaba, aunque lentamente, sin poder acceder a mi magia para mitigar el dolor cada pequeño gesto hacía que mi cuerpo aullara. Tristán y Garrett se preocupaban mucho por mí, aunque me venían a buscar para las reuniones matinales. Tal y como decía Aquiles, me empezaban a preparar para tomar las riendas del imperio porque yo era la pareja de Kilian. Debía hablar con Tristán, debía contarle lo que habíamos hecho Kilian y yo la noche anterior a la toma de la ciudad, no se lo habíamos ocultado por miedo o vergüenza, sino que con todo el tema de mi tío había cosas más apremiantes.

—Alish, estás distraída —me dijo Tristán ofreciéndome un vaso de zumo de granada y limón.

—Estoy pensando en Kilian, no ha habido noticias todavía.

—Birka está a tres días de aquí, debieron llegar ayer por la noche, depende de la marcha. Es normal, no te preocupes.

—¿Si no llevaras ese símbolo qué podría leer en tu mente? —le dije señalando el símbolo de Ansgar—. ¿Es la verdad lo que sale de tus labios o una mentira azucarada para que deje de preguntar por el momento?

—Supongo que es algo que nunca sabrás. —Me dedicó una sonrisa socarrona y volvió a concentrarse en el orden del día.

La sensación de que algo no iba bien no había dejado de comerme por dentro y eso me agotaba más, pero entendía que la gente de Avaris necesitara a las personas que estaban en esta sala, a mí incluida. Por Einar, el destino tenía mucho sentido del humor, una tasiana al mando del imperio de Sideira.

—Me gustaría bajar a la calle hoy.

—Todavía estás muy débil —me respondió Tristán—, espera un par de días.

—No tenemos un par de días, Tristán —me quejé—, Kilian me reclamó como suya delante de todo el mundo y quiero hacer algo para ayudar a esa gente que está sufriendo por mi culpa. Porque su emperador se enamoró de una tasiana. Qué dirán los partidarios del otro bando, ¿que escogió una tasiana débil que no puede ayudarlos en los momentos más difíciles?

Tristán suspiro y miró a Garrett.

—Tiene razón, dejemos que baje a la calle y, aunque sea, hable con la gente, no podemos tenerla encerrada. Si la gente pregunta por sus heridas, que les cuente la verdad. Muy pocos han visto en funcionamiento esas máquinas, no han visto las torturas a las que sometían a los tasianos para obtener magia.

Tristán nos miró a ambos y luego miró al gran maestre y a Samara, de momento los presentes en esta sala eran representantes de los estamentos del imperio y, por tanto, sabían las necesidades de cada uno de ellos.

—Tiene razón —nos dijo Samara—, la gente de a pie quiere conocerla.

—Aún estamos buscando a los que se escaparon, podrían atacarla en medio de la calle. —Tristán tenía los puños tan cerrados que sus nudillos estaban tan blancos que creía que le saldrían los huesos de sitio.

—Por eso iré con ella —dijo Garrett—, me pueden acompañar los capas negras y Héctor seguro que también se querrá unir a nosotros. Él conoce a mucha gente, puede presentarnos a los que considere más adecuados para que la imagen de Alish vaya fluyendo entre el pueblo.

Tristán al final cedió, pero con la condición de que lo haríamos mañana por la mañana, además de que Morgana me examinaría antes y después. A la mañana siguiente, Nicoletta me vistió con un vestido totalmente sideiro, me dijo que me ayudaría a conectar más con la gente, así que al final cedí. Paseamos por el mercado y Héctor nos presentó a varias personas, la mayoría eran comerciantes y artesanos que habían sufrido a manos de los lores. Intenté memorizar todas las cosas que creían que podrían mejorarse para comentárselas a Kilian, algunos de los sideiros más antiguos todavía recordaban lo que les habían contado sus antecesores, cómo era la vida cuando éramos aliados, me dejaron muy claro que eran tiempos mejores para ambos reinos y yo empezaba a estar de acuerdo con ellos.

Me acerqué un momento a la gente que se había congregado fuera de uno de los negocios que visitamos, pero Tristán me detuvo.

—Estás volviendo a sangrar —me dijo levantándome las manos.

—Solo un segundo —le supliqué.

Tristán me puso una mano en la espalda y con la otra me cogió la mano, me acerqué a unos niños y me acuclillé para ponerme a su altura.

—Hola —les saludé—. ¿Estáis solos?

La mayor asintió con timidez. Pero los más pequeños se acercaron y me empezaron a tocar el cabello y a mirarme las orejas.

—¿Cómo os llamáis? —Se miraron unos a los otros, pero no me respondieron—. No os voy hacer daño. ¿Dónde están vuestros padres?

—Los hombres de lord Derian los enviaron a las minas por no poder pagar sus deudas —dijo la niña más mayor.

Miré a Tristán, quien abrió mucho los ojos, estaba claro que no sabía nada de esto.

—Creo, Tristán, que tenéis un problema bastante gordo, tienes algún topo que además os pasa información falsa. ¿Porque cómo es posible que no supierais que pasaba esto? —dije señalando a los niños.

Tristán asintió con la cabeza y llamó a una de sus capas negras, todavía se me erizaba el vello ante su presencia.

—Aseguraos de que los niños están atendidos y quiero hablar con todos los jefes de escuadrón a primera hora de la tarde. Ven, Alish, volvamos a palacio, tenemos que curarte las manos. —Luego se acercó a los niños, pero retrocedió un poco al ver que se abrazaban unos a los otros con miedo—. No os haré nada, Héctor os llevará a algún lugar seguro y os darán de comer.

—Venid conmigo, conozco una cocinera que hace un pastel de chocolate para chuparse los dedos. —Los niños le siguieron, Héctor tenía ese efecto, hacía que las personas quisieran seguirlo.

Asentí con la cabeza y me despedí de los niños, Tristán estaba tenso, se notaba en la postura que había adquirido.

—Siento haberte hablado así —me disculpé—, no tenía derecho.

—No te disculpes, tienes toda la razón, estábamos tan enfocados en nuestra venganza que perdimos la perspectiva global. Gracias.

—Lo solucionaremos juntos. —Me agarré del brazo de Tristán y él me sonrió—. Realmente me gustaría poder ayudar a esta gente.

—Gracias, Alish, no sabes lo que significa para nosotros tu ayuda. — Me dio un pequeño apretón en la mano intentando no lastimarlas más de lo que ya estaban y nos dirigimos a palacio, quería ayudar a esta gente, no eran como había pensado y quería compensarlos de alguna manera por mis prejuicios.

CAPÍTULO 25

KILIAN

Alish tenía razón, no tendría que haber ido, aunque la otra opción era todavía peor, si ella hubiera acudido a la frontera sería ella la que estaría en mi lugar y preferiría pasar mil años en esta maldita mazmorra que saber que él la tenía en su poder. En el momento en que llegamos a la Cúpula y Haakon no apareció me temí lo peor, luego nos vimos envueltos por un centenar de soldados y el cabrón se transformó delante de mí, casi parecía que estaba viendo un fantasma. Estaba tan estupefacto con la transformación que no me di cuenta de que se me habían acercado por la espalda, me golpearon tan fuerte que la oscuridad me engulló y desperté en esta celda inmunda.

—Vaya. mira quién se ha despertado —susurró entre las sombras—, el mismísimo Dragón de Sideira.

—Pensaba que no te atreverías a bajar —me burlé de él—, viendo que dejaste el trabajo sucio a tus secuaces.

—Hubiera preferido tener aquí a mi hermana en vez de a ti, créeme, ella es mucho mejor compañia que tú, sobre todo cuando tiene esa hermosa boquita sobre mi polla.

—Eres asqueroso —escupí—. ¿Cómo pudiste hacerle eso? Respondeme Galván.

—Si te sirve de consuelo, ella no sabía que era yo, pensaba que era Klaus —me confesó—, cuando él ocupó mi lugar como Galván ella empezó a rechazarme, pero la recuperaré y ella engendrará la venganza de mi familia.

—Si le tocas un pelo las leyendas de mi gente te parecerán un cuento de hadas comparado con lo que haré contigo. —Mi voz fue como un gruñido bajo, como si todas las fibras de mí gritaran.

Galván se puso a reír, hizo un giro de muñeca y empecé a ahogarme, me estaba sacando el aire de los pulmones, pero no entraría en pánico, durante los entrenamientos militares nos habían hecho algo parecido para prepararnos. Cuando estuvo satisfecho acabó con el sortilegio.

—Alish es un tesoro y pienso recuperarla. —Galván se acercó a los barrotes, pero no lo suficientemente cerca para que yo pudiera alargar el brazo y estrangularlo—. Cuando vi cómo te miraba y le ponías las manos encima, bueno, tuve que hacer un gran esfuerzo para no transformarme ahí mismo y arrancarte la garganta.

—Supongo que eso te hubiera hecho perder puntos con ella, ¿verdad? —Le miré directamente a los ojos, esos ojos que eran un reflejo de los de Alish, tan iguales pero al mismo tiempo tan diferentes—. Cómo pudiste hacerla pasar por todo eso, casi le destroza tu supuesta muerte. —Tenía que hacerlo hablar, que me diera tanta información como pudiera para poder transmitírsela a Alish.

—¿Crees que disfruté viéndola sufrir? Ella es la única en ese maldito reino que salvaré. —Galván me devolvió la mirada y se sentó en una silla—. Cuando nació supe que sería mi igual y a medida que se hizo mayor vi lo hermosa que sería cuando fuera adulta, empecé a tener sentimientos por ella y al principio me odiaba a mí mismo por pensar en mi hermana de aquella manera. Cuando estaba con otras mujeres pensaba en ella y eso me asqueaba.

—Pero es difícil alejarse de ella, ¿no?

—Cuando me transformé un par de meses antes de mi guardia y mi verdadero padre vino a por mí. Me contó todo al respecto de mi nacimiento y de nuestra *vendetta* y entonces lo vi todo claro. —Levantó la vista hacia mí y sonrió como un depredador—. Los dioses oscuros la habían enviado a mí para que yo cumpliera la venganza de los míos. Podría tener a Alish a mi lado sin sentirme mal por ello y, aunque ella me rechazara al principio, tengo medios para llevarla por el buen camino.

—Por Ansgar, eres medio tasiano ¿Cómo puedes despreciar así a tu otra mitad?

—¿Qué han hecho los tasianos por mí? Odian a los míos y si hubiera hecho la ceremonia del despertar me hubieran repudiado.

—¿Tu madre sabía que tu padre no era Eamon?

—No, mi verdadero padre adoptó la forma del rey para meterse en su cama, aunque a mi padre no le cuadraban las fechas de mi concepción, me crio sin reparos.

—¿Y vas a atar a Alish a ti aunque no quiera?

—¿Lo dudas? La tontita de mi hermana me dará cualquier cosa para recuperarte, la conozco muy bien. —Se levantó como un felino y se acercó un poco más a mí—. ¿Sabes por qué sé que accederá? Porque la alternativa es tu muerte.

—Crees que la conoces, ya no queda nada de la niña que tuvo el despertar más impresionante en milenios, se ha convertido en una mujer fuerte y decidida. Acabará contigo y yo estaré ahí para verlo.

—Bueno, mi querido emperador, supongo que eso lo veremos en unos días. —Me dio la espalda y se alejó de los barrotes dejándome otra vez en total oscuridad.

Me toqué el colgante que había hechizado Alish, pero debía esperar el momento exacto para enviar el mensaje y viendo dónde me encontraba ahora, poca información válida le podía dar para ayudarla a encontrarme.

CAPÍTULO 26

ALISH

Cuatro días y todavía no había tenido noticias de Kilian, abordé a Tristán en el desayuno.

—Tristán, estoy segura de que ha ocurrido algo, no es normal que Kilian no haya enviado ningún mensaje.

—Estoy seguro...

—¡No me mientas! Si no puedes asegurarme que Kilian está bien, yo misma iré a la frontera.

Iba a salir por la puerta cuando Adrien entró en el comedor.

—¡Altezas! Se acerca una legión tasiana —dijo jadeando.

—¿Qué estandarte lleva? —pregunté mientras no dejaba de pedir a Einar que no fuera el de mi tío.

—El fénix negro.

—¡Alexander! Tristán, llévame a las murallas, por favor.

—Alish... no creo que sea prudente.

—Llévame con Alexander, él nunca me haría daño, si está aquí es porque ha pasado algo en Tasia y viene a buscarme. Le leí la mente cuando me encontré con él a mi vuelta, fui muy concienzuda y me metí hasta el fondo.

Tristán asintió y me agarró la mano.

—Vamos a ponerte una armadura primero, y no es negociable.

Me vistieron con una armadura de cuero ligera, Tristán me contó que la tenían para los niños, en otra ocasión me hubiera ofendido, pero ahora mismo me apremiaba llegar a las murallas. Corrimos todo lo que mis heridas me permitieron y cuando llegamos a las murallas los hombres de Tristán estaban apostados con las armas preparadas. A lo lejos vi la legión de Alexander y tragué saliva, realmente quería creer que no era mi enemigo.

—Alexander y un par de hombres se acercan a las puertas —me susurró—, deja que hablen primero.

—Soy el capitán Alexander del Bastión del Palatinado, vengo en nombre de mis compañeros y el mío propio en son de paz, deseamos hablar con la princesa Alish, legítima heredera del trono de Tasia.

Tristán me asintió con la cabeza y bajamos hacia las puertas flanqueados por Héctor y Thesseus, pero estaba segura de que varias capas negras nos seguían de cerca. La ciudad estaba silenciosa suponía que los guardias habían hecho entrar a la gente en su casa solamente por precaución. Cuando llegamos a la puerta, el rastrillo y la reja ya se estaban levantando, al verme salir, Alexander y sus dos guardias bajaron del caballo, se acercaron con cautela ante la atenta mirada de mis guardias y se arrodillaron ante mí.

—Princesa, nunca hubiéramos entrado en territorio de Sideira si no hubiera sido necesario.

—Levántate, Alexander. —Le hice un gesto con la mano para que se levantara—. ¿Qué ha ocurrido? Enviaste un mensaje de fuego a Klaus diciendo que mi tío había llegado a la frontera con un ejército y pedía verme.

—Yo no envié ningún ejército. —La voz glacial de mi tío sonó debajo de una de las capas, cuando se descubrió sentí como si un puño me apretara el corazón, la última vez que lo había visto me había deseado una muerte rápida.

—¡Tú! ¡Maldito hijo de perra! —De un golpe de muñeca le lancé un pulso que lo envió varios metros detrás de Alexander.

—Alish, para —me suplicó Alexander.

—Intentó matarme y casi lo consigue —dije apretando los dientes—. ¿Dónde está Kilian?

—Déjame explicarme, por favor, confía en mí. —Le miré a los ojos y leí en su mente que decía la verdad que mi tío no había enviado el ejército en la frontera.

Alexander nos contó que Haakon había sido convocado supuestamente por mí con un mensaje de fuego, se había sorprendido cuando había notado su presencia cerca de la frontera y se sorprendió aún más cuando recibió otro mensaje de fuego.

—¿De quién era? —pregunté temiéndome lo peor.

—De Galván.

—Eso es imposible —susurré llevándome las manos a la cara—. ¡Mi hermano está muerto! Yo misma vi cómo quemaban su cuerpo en el templo de Einar.

—Ese no era tu hermano, querida sobrina, era Klaus. —Mi tío se acercó cojeando—. Al igual que no era yo quien te atacó en el bosque. Galván es un *formskifter,* un cambiaformas.

—El linaje Harald se extinguió hace eones —puntualicé—, cuando Einar y Ansgar vencieron a los señores de la niebla y sus hijos murieron con ellos.

—Está visto que han sobrevivido —me respondió mi tío cruzándose de brazos.

—Pero si Galván es un cambiaformas, eso quiere decir que yo también.

—No, porque no es hijo de tu padre, Galván no lleva nuestra sangre. —Haakon se acercó a mí con cautela—. Cosa que se hubiera sabido si hubiera intentado hacer la ceremonia del despertar, por eso lo fue retrasando hasta que ya no pudo hacerlo más y organizó su muerte.

Empecé a caminar en círculos de un lado a otro, intentaba recordar cada conversación, cada momento vivido con mi hermano. ¿Cómo era posible todo lo que nos estaban contando?

—¿Klaus también era un cambiaformas?

Alexander asintió con la cabeza y me tomó del brazo para mirarme las manos.

—Estás sangrando. —Alexander me desvendó la mano poco a poco intentando no tirar demasiado de las vendas—. Chupamagia —susurró—. ¿Hay algún sitio donde pueda atenderla?

—Venid a palacio, nuestra cirujana estará ahí para ayudar —dijo Tristán—. General será mejor que se cubra, no sé si fuisteis vos quien propinó las amenazas contra nosotros, pero mi pueblo no le tiene mucho aprecio ahora mismo.

—Créeme, niño, el sentimiento es mutuo, no es agradable que te encadenen en una de esas máquinas como si fueras una batería viviente. —Mi tío me miró con cariño, no lo había visto mirarme así desde que era pequeña—. Nunca hubiera querido que mi sobrina pasara por algo así.

Tristán y los capas negras nos escoltaron hacia palacio, entramos en el comedor familiar, donde Morgana ya nos estaba esperando, tan pronto estuvimos todos dentro, Tristán accionó las salvaguardas, impidiendo así que cualquiera pudiera escuchar la conversación. Morgana ayudó a Alexander a quitarme las vendas y él empezó a conjurar magia blanca para cerrar las heridas de la mano, luego, cuando se aseguró de que había recuperado totalmente la funcionalidad de mis dedos, continuó con el resto de heridas de mi cuerpo.

—Habéis hecho un trabajo excepcional —le dijo a Morgana—. Tenéis mi agradecimiento por cuidar de mi princesa.

—Alexander, ¿dónde está Kilian? —Le cogí la mano y supliqué a Einar que no me dijeran que había muerto.

—Lo tiene Galván, están en el Palacio de Diamante. —Me apretó un poco las manos para intentar reconformarme—. Por lo que sé, está vivo y tu hermano pide que te reúnas con él si quieres que continúe así.

—¿Cómo es que el ejército exterior de Tasia ha traspasado la Cúpula? —preguntó Tristán poniéndome una mano sobre el hombro, gesto que no pasó desapercibido para mi tío.

—Galván nos exigió obediencia, ninguno de los capitanes de los bastiones se arrodillará ante él. —Alexander me miró y se arrodilló ante mí—. Nosotros solo seguimos a la legítima heredera, la que lleva la sangre de Einar.

Vi que mi tío hincaba la rodilla en el suelo igual que los demás guardias.

—Por favor, levantaos, todavía estoy intentando asimilar esto. —Miré a mi tío, que empezaba a levantarse—. ¿Mi madre sabía lo que era Galván?

—No lo sé —me respondió—, sé que tu padre y ella tuvieron problemas, pero no sé qué pasó realmente.

—¿Dónde has estado hasta ahora?

—He estado en la Costa de la Niebla desde que tenías veinte años. —No podía creer lo que me estaba contando, eso quería decir que la persona que había conocido nunca había sido mi tío—. Galván y Klaus hicieron un buen espectáculo, solo necesitan algo de la persona en quien se quieran transformar y lo imitan a la perfección, incluidos los recuerdos.

—¿Por qué mató Galván a Klaus? —Vi cómo Tristán tragaba saliva, para él no debía ser fácil escuchar que la persona de la que se había enamorado era una farsa.

—Supongo que se desvió de lo que Galván tenía planeado —le respondió Haakon a Tristán—. Mi hijo me ha contado que durante las negociaciones de paz Galván no parecía Galván, estaba mucho más relajado cuando estaba con vos. —Miró a Tristán y sentí cómo se le tensaba la mano de mi hombro, se la cogí para reconfortarlo—. Matándolo tenía la oportunidad de desaparecer como Galván y luego intentar casarse contigo, Alish, eso le daría acceso al trono de Einar y la venganza hubiera sido completa.

—Soren no es que sea un ejemplo de virtud. ¿Sabías que intentó violarme? —La noticia cayó como una jarra de agua fría sobre los presentes.

—No, no tenía conocimiento, pero te prometo que responderá ante la justicia. —La cara de Haakon mostró todas las emociones posibles en cuestión de segundos, al leerle la mente tuve la certeza de que cumpliría con su palabra.

Tenía ganas de vomitar, todo mi cuerpo me pedía salir de ese despacho y empezar a gritar.

—Príncipe Tristán. —Alexander llamó su atención—. Vos sois el regente de Sideira mientras vuestro hermano esté cautivo, necesitamos la ayuda del ejército de Sideira para recuperar Tasia.

—Disculpe, capitán, pero Tristán no es el regente —interrumpió Morgana—. Sideira tiene su emperatriz. —Todos se giraron y posaron su mirada en mí, no había estado tan incómoda desde mi ceremonia del despertar.

—Es la pareja de Kilian, pero no están casados —le respondió Tristán—, eso no tiene efecto válido en el gobierno.

—Pero sí están casados. —Ansgar se materializó en el comedor, vestido con unos pantalones negros ajustados y una camisa blanca arremangada totalmente abierta y que dejaba ver su escultural cuerpo tatuado—. Yo mismo oficié la boda en el refugio de los *meaisín* el día antes de la toma de la ciudad.

—Nosotros fuimos testigos —añadió Morgana—, ella es nuestra emperatriz.

—¿Por qué no me dijisteis nada? —preguntó ofendido Tristán.

—No quería ocultártelo, pero todo pasó tan rápido, nos casamos porque no sabíamos si habría un mañana para ninguno de los dos. No viste lo que me hicieron en esa celda y yo no quería morir sin estar casada con él.

Tristán me envolvió en sus brazos y me dio un beso en la frente.

—Debemos hacerlo oficial ahora para que podamos empezar a mover ficha, debemos coronarte. —Tristán se giró hacia Ansgar—. Dios padre, sería de mucha ayuda que oficiaras la coronación, contigo ahí no habría dudas de su boda con Kilian.

Tristán salió hacia el pasillo y al cabo de unos minutos volvió a entrar en el comedor junto con Nicoletta.

—Adrien ya ha hecho un llamamiento a los nobles menores y a los representantes del pueblo y del sacerdocio, estarán aquí esta tarde, te coronaremos antes de que se ponga el sol.

Notaba el corazón en la boca mientras todos me miraban, casi no tuve tiempo de llegar al baño cuando vomité todo lo que había comido ese día, noté cómo unas manos frías me retiraban el pelo de la cara y me acariciaban la espalda.

—Lo siento, Alish —se disculpó Tristán—, he tenido poco tacto, no quería ponerte en esta tesitura.

Las arcadas me duraron unos minutos más mientras me sentaba en el suelo del baño y Tristán me daba una toalla húmeda.

—Han sido muchas revelaciones en poco rato.

—Tampoco esperaba ascender al trono de Sideira de esta manera —me quejé mientras me lavaba la cara—, tengo miedo, Tristán, no sé cómo afrontar esto, no sé cómo enfrentar lo que le pueden estar haciendo a Kilian.

—Todo va a salir bien.

—Eso me dijo Kilian y mira dónde estamos.

—Todos te ayudaremos y recuperaremos a mi hermano. —Me tendió la mano y me ayudó a levantarme—. ¿Estás bien? —Yo asentí con la cabeza y me agarré a su mano.

Cuando salí del baño todos estaban esperándome, mi tío se acercó, pero yo retrocedí.

—No quiero hacerte daño, Alish.

—La última vez que vi tu cara me estabas llamando zorra por haberme enamorado de Kilian. —Levanté el mentón y me concentré en su mente, no había barreras que me impidieran acceder a cualquier información que yo quisiera ver, así que leí y descubrí que todo lo que había dicho era verdad, quien me había intentado matar no era mi tío—. Supongo que tardaré un tiempo en acostumbrarme a que no fuiste tú el que me deseó una muerte rápida antes de que me tiraran al Mar de la Luna.

—Mentiría si te dijera que me entusiasma la pareja que has escogido. Pero también creo que el destino os ha puesto uno en el camino del otro para mejorar las cosas para ambas naciones, ya es hora de pasar página.

—Siento interrumpir —dijo Morgana—, pero si tenemos una coronación imperial, debemos transformarla en la emperatriz de Sideira.

—Morgana, no quiero dejar de ser yo —le advertí—, yo soy tasiana y no voy a dejar de serlo, me amoldaré a lo que se necesite de mí aquí, pero quiero que entendáis que no me puedo adaptar de la noche a la mañana.

La mujer asintió y me tendió la mano, los demás se pusieron en pie y me hicieron una reverencia. Morgana me llevó a la habitación que compartía con Kilian, todo olía a él y, por extraño que fuera, me daba esperanza. Nicoletta ya me estaba esperando, había colocado un hermoso vestido de seda de color azul zafiro, parecía el mismo azul que los ojos de Kilian, los tirantes estaban adornados con diminutos cristales que se iban extendiendo hacia el generoso escote y la espalda.

—Venid, mi señora. —Nicoletta me hizo una señal para que me acercara—. Desvestíos y poneos este.

Yo le hice caso y me quité la ropa, antes de pasarme el vestido me dio una combinación de un color muy parecido al del vestido, pero era minúscula, apenas me cubría el pecho, y por no hablar de las braguitas, que solamente eran unos trozos de tela diminutos unidas por un cordel.

Nicoletta y Morgana me ayudaron a pasar el vestido por la cabeza y me lo ajustaron, era como si llevara una segunda piel. El tacto era exquisito, muy parecido al que Kilian me dio apenas un par de semanas atrás, me miré al espejo y me ruboricé, era extremadamente sexy, a Kilian lo hubiera vuelto loco.

—Estáis preciosa, sentaos, os arreglaremos el pelo. —Nicoletta me hizo sentar en una banqueta mientras Morgana me daba unos zapatos de tacón del mismo color que el vestido—. El emperador encargó todo esto cuando llegasteis a palacio, sabía que compartiríais el peso del gobierno con él. Aunque me gustaría veros coronada en unas circunstancias más agradables.

—A mí también me gustaría que Kilian estuviera aquí, me da la sensación de que lo estoy traicionando.

—No penséis eso nunca —me respondió Morgana tomándome las manos—, estáis haciendo lo que el emperador esperaba que hicieseis. Tomar las riendas para ayudarlo, y eso haréis, vos lo salvaréis, estoy segura de eso.

Yo asentí con la cabeza y dejé a Nicoletta que me recogiera el pelo en una intricada trenza que me llegaba hasta media espalda, luego me delineó los ojos con un kohl negro y me pintó los labios de un rojo intenso. Cuando levanté la vista, mis ojos violetas parecían resplandecer, nunca me había visto así, el maquillaje de Nicoletta destacaba cada rasgo de mi cara y me daba una confianza que no sabía que tenía para afrontar lo que tenía delante de mí, eran como las pinturas de guerra de los antiguos ejércitos tasianos.

Cuando salí de la habitación, Tristán ya me estaba esperando, se había cambiado y se había puesto un traje de color negro que le quedaba como un guante, marcaba precisamente todo lo que debía marcar, era un hombre muy apuesto y seguramente habría roto más de un corazón, como Kilian. Me tendió la mano y me llevó a la sala del trono, la última vez que estuve en esa habitación había reducido a ceniza veinte sideiros.

—No estés nerviosa, estamos todos contigo —me dijo Tristán delante de la puerta mientras me apretaba la mano.

Se abrieron las puertas y los que habían sido convocados se dieron la vuelta para mirarme, tragué saliva, pero empecé a andar por el pasillo del brazo de Tristán. Al final del pasillo vi a Garrett acompañado de varios miembros de los *meaisín* y, delante de ellos, Alexander y un par de capitanes más, supuse que el que estaba cubierto con la capa era mi tío. Ansgar se materializó cuando puse un pie en la tarima donde estaba el trono.

—Alish Freyasson, la que posee sangre de Einar, ancla del emperador y marcada por mí. —Le hice una reverencia y vi cómo me dedicaba una sonrisa de oreja a oreja, bajé la mirada y me di cuenta de por qué sonreía, tenía una vista espectacular de mi escote. Me incorporé lentamente sin apartar la vista del dios y me tendió la mano para que me colocara a su lado—. Estás arrebatadora —me susurró.

—Yo acompaño a Alish al trono en nombre de mi hermano —le dijo Tristán mientras se arrodillaba delante de mí—. Yo, Tristán Eiríksdóttir, hijo de Asbjörn de la sangre de Ansgar, te juro fidelidad como mi emperatriz y ancla de mi hermano, prometo ser tu espada y tu escudo y juro dar mi vida por ti si eso fuera necesario. —Luego se hizo un corte en la mano y dejó que varias gotas tocaran el suelo—. En este suelo sagrado yo hago mi juramento por la sangre y para la sangre.

Los presentes en la habitación también se arrodillaron y se hicieron un corte en la mano repitiendo las mismas palabras que Tristán, vi a Alexander y a los dos capitanes que lo acompañaban arrodillarse al lado de Tristán y desenvainar sus espadas colocándolas en el suelo.

—Alish, legítima heredera al trono de Tasia, yo, Alexander Johanesson, capitán de la Legión del Fénix Negro, te juro fidelidad como emperatriz de Sideira, mi espada es tuya al igual que mi vida. —Alexander me miró y entonces entendí por qué lo había hecho, eso me legitimaba ante los sideiros al poner mi ejercito al servicio del imperio—. Por mi magia, por mi sangre, me vinculo a ti como hicieron mis antepasados.

Los capitanes repitieron el juramento y cuando terminaron juntaron sus espadas en mi dirección, la magia de los tres capitanes salió de sus manos a través de las espadas hasta llegar a mí, la sala del trono quedó envuelta en luz y Ansgar asintió con la cabeza.

—Siéntate, Alish. —Me ayudó a sentarme en el trono, estaba muy nerviosa, pero intenté que no se reflejara en mi cara—. Yo, Ansgar, dios de la guerra, dios del sexo y la caza, dios padre del pueblo de Sideira, te corono a ti como emperatriz. —Ansgar materializó una corona negra adornada con pequeños diamantes emulando las estrellas nocturnas y me la colocó en la cabeza—. Larga vida a Alish, emperatriz de Sideira, aquella que unirá a los pueblos.

Tristán se acercó al trono y se volvió a arrodillar.

—Mi emperatriz. —Su voz era segura—. ¿Cuál es vuestra primera orden?

Me recosté en el trono y crucé una pierna sobre la otra abriendo mi vestido, Ansgar sonrió, miré a Tristán y este también sonrió, estaba seguro de lo que le iba a ordenar y no iba a defraudarlo.

—Ahora convocaremos a los ejércitos de Sideira y Tasia, recuperaremos mi reino y salvaremos a nuestro emperador. —Le sonreí mirándolo a los ojos—. Ahora iremos a la guerra.

AGRADECIMIENTOS

A mi marido, Víctor, que sería capaz de convertirse en villano por mí.

A mis hijas, Alexa y Arlet, porque con ellas he comprendido que no hay límites cuando se trata de proteger a un hijo y he conocido el amor más puro y genuino.

A mi padre, Santi, quien me abrió las puertas de la fantasía y la ciencia ficción desde que tengo uso de razón. Gracias por alimentar mi imaginación y enseñarme a soñar.

A mi madre, Engracia, que me ha mostrado que el único techo sobre mi cabeza es el que yo misma decida imponerme. No podría haber tenido mejor madre, ni mis hijas una mejor abuela.

A mis tíos y primos, por compartir conmigo esta aventura.

A mis abuelas, Engracia y Esperança, ahora convertidas en polvo de estrellas. De ellas aprendí que existen muchos tipos de mujeres fuertes, capaces de brillar incluso en la sombra y la soledad, sin perder el corazón ni el anhelo de cariño.

A mis compañeras del Laboratorio Territorial de Girona, por haber estado a mi lado en mis mejores y peores momentos.

A Gahureh Konteh, Encarna Riera Pairó, Pilar Formatger Vila, Sergi Fusellas Busquets y Raúl Fernández Gil, mis betas, por ayudarme a dar forma a este vasto mundo llamado Thera.

A Ariadna Cherino Trill, mi compañera de lecturas y viajes a mil y un mundos ficticios. Gracias por compartir conmigo la emoción de cada nueva saga, el cariño y la promesa de muchas más aventuras juntas.

A Anna Cánovas León, mi talentosa ilustradora, y a Gemma León Castells, su madre y mi compañera de trabajo, quien nos unió en este camino.

A mis compañeros del sindicato SIETeSS, por demostrarme que, aunque seas pequeño, puedes hacer que los gigantes caigan de rodillas.

A todo el equipo de Platero Editorial, gracias por confiar en mí y darme esta oportunidad. Especialmente a Ismael y Rosa, por creer en mi obra y acompañarme en cada paso del proceso.

Y, por supuesto, a todos los lectores que me han permitido entrar en sus vidas. Gracias por leerme y por compartir conmigo esta aventura.